—鄭手作品集—

綾羅歌

卷二

目錄

第五部■逆境求存

第三部

金陵學徒

龍盤虎踞帝王州，帝子金陵訪故丘。
春風試暖昭陽殿，明月還過鳷鵲樓。

——〈永王東巡歌・其四〉，唐・李白

第十九章 南行

過完年後，沈拓帶了兩個兒子，以及他素來信任的喬五、兩個家中僕役、洪掌櫃和一個「沈緞」伙計，八人分乘兩輛馬車，離開了洛陽城。喬五乃是南方漢人，從少年起便是沈拓的親隨，同時也在「沈緞」任職，幫手處理沈宅和舖頭之間的種種瑣事，為人忠心誠實，辦事謹慎妥貼，因此極受沈拓信任。他的妻子喬廚娘煮得一手好菜，南北菜色皆精，羅氏對她十分倚重，讓她掌管整個沈宅廚房。喬氏夫妻倆膝下無子，一心為主人主母辦事；沈宅中除了賀大夫婦之外，便數喬氏夫婦的資歷最深了。洪掌櫃約莫三十來歲，乃是李大掌櫃親自調教的第二把手，深受沈拓和李大掌櫃信任；此番沈拓南下，有意讓洪掌櫃主理「沈緞」在南方的經營，因此將他也帶上了。

一行八人沿著黃河東行，經過北豫州、梁州，再沿著汴水往東南行去，來到接近魏梁邊境的徐州。南北流向的泗水橫跨邊境，過了邊境之後，便是梁朝大城武州了。二十六年前，蕭衍篡代劉宋，建立梁朝；蕭衍初登基時，北魏曾乘機南征，後以南梁大捷告終；邊境平靜了數後年，梁帝蕭衍又多次率師北伐，南北各有勝敗，相持不下，陷入僵持暫和之局。因此位於邊境的徐州和武州兩座城都修得城堅牆厚，各有數千士兵駐守，日夜防衛，然而過去數年來南北並無公開戰事，戒備並不算森嚴。雖長年敵對，兵戎相向，但南北平民貨物的往來交流卻從未停止，在邊境只需出示文件、繳交關稅，商賈和一般民眾都可自由出入。

出發之前，沈拓以南下探親祭祖為由，在洛陽官衙取得了通關文件。他往年曾多次南下做生意，與邊城關卡的將官頗為熟稔；從徐州出關時，守關將官恭敬地請沈拓一行人來到內廳，一邊煞有介事地檢查文件，一邊笑著問道：「沈郎君，這回沒帶上買賣貨物麼？」

沈拓答道：「鄙人此番攜二犬子南下，主要為了探親祭祖，不做生意。」對喬五示意，喬五從包袱中取出一個封套，裡面沉甸甸的都是銀子。沈拓將封套交給守關將官，微笑道：「然而出關稅銀，鄙人自得依例照付，絕不敢少了。將軍守城辛苦，區區薄禮，不過聊表鄙人慰勞將士之心罷了。」

將官眉花眼笑，說道：「沈郎君這可太客氣了。」歡歡喜喜地收下了。他心底自然清楚，沈拓既未曾攜帶任何需得繳稅的出關貨物，那這「稅銀」便可全數收進他的口袋，無可查究了。

沈拓等一行人出關之後，進入大梁武州城，辦妥入關手續；之後沿清水旁的官道南下，經東徐州、北兗州、南兗州，南徐州，轉往長江下游而去。

此去南梁京城建康（注），前後約莫一個多月路程。一路上，沈拓總與長子沈維共乘一車，沈綾則與喬五和洪掌櫃同車；用膳之時，沈拓往往帶著兩個兒子一同進膳；夜間他和長子沈維同住一房，沈綾則與喬五和洪掌櫃同住一房。沈拓不時讓洪掌櫃報告「沈緞」的營運情況，讓二子沈維和沈綾坐在一旁聆聽。洪掌櫃對「沈緞」經營瞭若指掌，哪座桑園、絲坊、染坊須要維修，哪兒須更換工頭；今年的染料、圖案和花樣如何；染料採購、織坊產量、各間舖頭的銷售等，全都一清二楚，朗朗而談。

沈綾在帳房算數記帳了一段時候，隱約能夠明白洪掌櫃所言，不懂之處，便開口詢問，沈拓便讓洪掌櫃回答。洪掌櫃有時詳加回答，有時躊躇道：「二郎這個問題牽涉甚廣，三言兩語之間，只怕說不清楚。」

沈拓笑道：「此事不急。綾兒，待你對『沈緞』生意了解多些時，便會明白了。」

至於沈維，他比沈綾年長十歲，自幼跟隨在父親身邊，對「沈緞」的生意自然嫻熟許多，和洪掌櫃探討的問題更加仔細深入，多次得到父親和洪掌櫃的讚許。

注　南梁的京城「建康」，即古城金陵，位於今日南京市的中南部。此城原名建鄴，三國時孫吳建都於此，之後東晉、宋、齊、梁、陳皆以此為都，號稱「六朝古都」。期間因避晉愍帝司馬鄴之諱而改名為建康，至梁時仍稱「建康」。

過去多年中，沈維彷彿從來不曾留意這個年幼的庶出小弟，這回同行南下，他對沈綾卻似乎多了一分興趣。這日父親沈拓出門訪客，將兩兄弟留在了客棧中，沈維忽然叫了弟弟來到自己房中，讓他坐下。沈綾不敢在大兄面前坐下，因此只拘謹地跪坐在沈維面前。

沈維神態端嚴，問道：「小弟，你近來都讀了些甚麼書？在家中跟羊先生學習算數記帳，學得如何？」

沈綾聽大兄正色相詢，不敢在面前顯擺自己的才能，於是恭恭敬敬地回答道：「回大兄的話，小弟最近讀了《史記・貨殖列傳》，仍有許多字句看不明白，須請高先生指點。平日在帳房幫羊先生算數記帳，因蠢笨魯鈍，不時出錯，多虧羊先生包容，多番指點糾正。」

沈維聽了，微微皺眉，說道：「自己兄弟，不須如此拘謹自謙。我是你大兄，你如實回答便是。」

沈綾答道：「是，大兄。」他對父兄滿心崇敬，不敢造次，又不知大兄詢問自己有何用意，於是維持著恭謹鄭重，一絲不苟地回道：「啟稟大兄，小弟學書學算，都遠遠不如小妹聰明機靈，更加不如大兄當年。唯有繼續刻苦努力，以盼將來能為『沈緞』出力，替阿爺和大兄分憂。」

沈維臉色一沉，凝望著他，說道：「是誰教你這麼說話的？」

沈綾感到背上一寒，忙俯首道：「小弟只知道如實述說，不敢對大兄隱瞞撒謊。」

沈維仍舊望著他，眼神凌厲懾人，冷冷地道：「阿爺對你寄予期望，說你聰明過人，甚至認為你未來可以撐起『沈緞』。你在阿爺面前，便懂得展露自己的靈巧智慧，在阿兄面前卻謙虛自抑，遮三掩四。這是為何？你不相信阿兄，是麼？」

沈綾望著大兄嚴厲的眼神，感受到大兄身上傳來的狠霸之氣，彷彿能穿透自己的胸口，奪取自己的性命。他全身發抖，背心冷汗直流，顫聲道：「小弟……小弟不敢。」

沈維見到他驚恐的神情，微微一怔，吸了口氣，轉頭望向窗外，靜了一陣，才淡淡地道：「不怪你。倘若換成我，我也不會輕易相信他人。」

沈綾不明白阿兄為何如此說，戰戰兢兢地跪在當地，不敢言語。

沈維回過頭來，望向沈綾，神色緩和了許多，英俊白淨的臉上多了一絲淺笑，說道：「別放在心上。來，小弟，我們出去走走。」站起身，出門而去。沈綾心中怦怦而跳，只能趕緊起身，跟在大兄身後。兄弟倆在小鎮上走了一圈，沈維對弟弟談了一些風物人情，言笑宴宴，一派自然，彷彿方才甚麼都未曾發生過一般。

沈拓熱情重友，一路上在不少城鎮盤桓停留，有時帶著喬五和洪掌櫃去造訪「沈緞」的主顧和生意夥伴，有時帶著長子沈維出門會見舊友，沈綾便和兩個伙計留在客店中等候。他留意到，每回父親帶大兄出門，必然過了午夜方歸，一回到客店便立即進入自己屋中，緊閉房門，讓伙計送熱水到門外，關了門在屋中梳洗更衣，而他們換下來的衣衫總是包裹起來，次日便命伙計扔了。

沈綾大感奇怪：「出門訪友，衣衫怎會弄得如此骯髒，必須扔棄？」他對父兄的行止充滿了好奇，但又不敢多問，只在暗中觀察。

有個夜晚，一行人在一間郊野的客店中下榻，沈綾和以往一般，與喬五、洪掌櫃同睡一房。喬五和洪掌櫃當日忙進忙出，一上榻便睡熟了；沈綾躺在榻上遲遲無法入睡，過了三更，忽然聽見隔壁父兄的房間傳來推門聲，接著腳步聲響起，有人來到窗邊，似乎正向內觀望。沈綾趕緊閉目裝睡，但聽窗外一人悄聲道：「都睡著了。」另一人道：「好，我們走吧。」

腳步聲遠去，沈綾輕輕起身，從窗縫中望去，但見兩人一身黑衣，正快步離去，瞧背影正是父親和大兄。他心中好奇：「這麼晚了，阿爺與大兄未曾更衣就寢，不知要去何處？」按捺不下好奇心，暗想：「我跟上偷偷望一望，只要仔細屏住氣息隱身，便不會被他們發現吧。」

他於是悄悄下榻，推門而出，屏息隱身，遠遠跟在父兄身後，見他們出了客店，沿著土道行去，來到一里外的一片空地之上。沈綾不敢靠太近，在數丈外停下，躲在一棵樹後，偷眼觀望。

但見父兄各自在空地周圍走了一圈，似乎在搜索查看是否有人。沈維來到沈綾藏身的樹旁時，他趕緊屏住氣息，不敢稍動；大兄左右觀望，並未能見到他，又去一旁繼續搜索。

一陣子過後，確定左近並無人跡，父子二人回到空地當中站定，但聽沈拓說了聲：「上！」空地傳來急促的腳步聲，以及幾聲有如鐵器撞擊的悶響。

沈綾又是驚訝，又是好奇，從樹後探頭望去。當夜月色清明，只見阿爺和大兄相對而立，手中各自持著一柄亮晃晃的兵刃，約莫二尺長短；父親所持兵刃扁平，兩邊皆有刃；大兄所持兵器頂端如箭頭，兩旁凸出牙形的尖刺。沈綾對兵器極為陌生，自然不知父親的兵器乃是匕首，大兄的兵器則是短戟。

父子二人持刃對峙了一會兒，接著便一齊出手，如電光石火一般，沈拓的兵刃刺向兒子的臉面，沈維的兵刃則橫劃阿爺的咽喉。沈綾大驚失色，險些驚呼出聲，幸而他警醒，及時伸手掩住了自己的嘴巴。他雙眼直盯著空地上的二人，但見阿爺和大兄身手矯捷無比，在千鈞一髮之際各自閃開了去，同時反攻。兩柄兵刃在月光下遊走閃爍，快若閃電，矯若遊龍，沈綾只看得目眩神馳，瞠目結舌。

如此交手了一盞茶時分，父子才倏然停手，回到最初對峙的狀態。

沈拓率先放鬆戒備，放下兵刃，臉露微笑，說道：「不錯，你的功夫半點沒生疏了，看來上回受的傷都已無礙。」

沈維也將兵刃收回袖中，說道：「阿爺承讓了。是，我的傷早已完全恢復。」

沈拓手中兵刃一轉，也消失在袖子中。他伸手撫摸左臂，嘆了口氣，說道：「前日那廝好生狡猾，我一個疏忽，手臂上竟掛了彩。幸而你眼明手快，立即攻其必救，他那一刀才沒將我的胳膊給卸下了。」

沈維擔憂地問道：「阿爺，您的傷不礙事麼？」

沈拓搖頭道：「只是皮肉之傷，敷藥幾日，便沒事了。幸而傷在左臂，不致叫奴僕看出。」

沈維皺眉道：「奴僕是看不出，小弟卻留心了。他昨日晚膳後悄悄問了喬五，阿爺左臂有些不靈便，是不是旅途勞累，受了風寒？喬五自然甚麼也不知道，只說主人身強體健，要他不必多慮。」

沈綾聽大兄提起自己，頓時留上了神；他確實注意到阿爺的左臂似乎不大靈便，外出乘馬時只以右手握持馬韁，下馬時也不曾使用左手，因此隨口問了喬五一句，沒想到卻被大兄聽見了。他心中懷疑：「那時大兄離我總有幾丈遠，正在馬車那兒取包袱，他怎麼聽得見我和喬五的對話？」

沈拓聽了，微微一呆，說道：「喬五老實，要瞞過他不難；但綾兒這孩子，果然心細得緊。我們都該多留心些，千萬別讓他瞧出了破綻。」

沈維應了，說道：「阿爺，您這回既帶了小弟出門，何不乘機開始傳他武術？」

這是沈綾第二次聽大兄提起這件事，暗暗驚訝，趕緊豎耳傾聽。前年家中團圓宴那夜，他也曾偷聽到大兄勸阿爺開始教自己武術，當時阿爺喝醉了，不置可否，不知這回他會同意麼？

沈綾心中怦怦亂跳，他對武術一無所知，懷有對未知事物的恐懼；除此之外，他也清楚知道自己體格殊不健壯，身手更非矯捷。過去一年來他常與小妹沈雒一塊兒練習射箭騎馬，小妹身強體健，手腳靈活；自己則氣虛力弱，笨手笨腳，與小妹相比之下，簡直是天差地遠。他知道若自己開始習武，種種弱處定將暴露無遺；他在阿爺眼中的地位原已頗為低下了，可不想讓阿爺發現自己不是學武的材料，對自己更加失望。

但見沈拓神色凝肅，並未回答，只道：「我們回去吧。」舉步走上土道。沈綾見了，待父兄經過藏身的大樹後，便悄悄在後遠遠跟上。

沈維跟在父親身後，並不放棄，又道：「小弟到南方祖宅住下後，便再無機會隨阿爺學武了。我們此程雖只有一個多月，卻足可教他個基礎，日後他便可在空閒之時，自行習練馬步和拳腳。請阿爺斟酌！」

沈拓緩緩搖頭，說道：「太早了。」

沈維露出驚訝之色，說道：「阿爺仍舊認為太早？小弟今年都已十歲了！我從四、五歲上，就已開始隨阿翁和阿爺學武了！」

沈拓皺眉道：「你不一樣，你自幼便跟著你阿翁習練武術。你開始學武那時，師祖尚未避世隱居，你阿翁也還在世上。如今師祖和你阿翁都不在了，那人雖暫時放過了我父子，但我若貿然開始教你小弟武術，誰知那人會否為此不快，藉機找事，再來為難我們？」

沈維靜默了一陣，才道：「小弟是阿爺之子，阿爺教他武術，乃是天經地義的事，他又怎麼管得著？」

沈拓搖頭道：「你阿翁去世之前，曾嚴厲告誡我，命我此後不可再傳任何沈氏子弟武藝，以免惹禍上身，招來災難。你阿翁的言語猶在耳畔，我怎敢忘記，怎敢違背？」語音微微哽咽。

沈維無言可對，轉開話題，說道：「阿爺，或許因阿娘待小弟較為苛刻，致使他看來對我頗存疑忌。每回我跟他說話，他都警戒提防得很，半句真心話也不敢吐露。阿爺，您若真心想讓小弟參與家業，那麼我們父子兄弟更應坦誠相對，彼此信賴，往後才能真正並肩攜手，開創事業，共禦外敵。因此我認為阿爺應當盡早讓他知道內情，倘若事事都防著他、瞞著他，那麼往後遇上困難之時，他不但幫不上忙，更加不會信任我們。」

沈拓皺起眉頭，遲疑不答。

沈維接著道：「我和小弟原本便瞭解不多，待他定居南方，就更加沒有機會相處了。阿爺，若您也認為我應當與小弟建立互信，不如您及早跟他說明真相，並讓我開始教他武術。旅途雖勞頓，但咱們大可行慢一些，留下傍晚和夜間的時光讓小弟習武。抵達建康後，我們也可多留一些時日，前後加起來總有兩個月餘，我若能利用這兩個月教小弟一些基礎功夫，至少他可以早晚自行運氣，鍛鍊臂力和腿力。待日後他回到洛陽，阿爺便可親自向他傳藝。若是錯過了這段時光，那就太遲了。」

沈拓聽了，不斷搖頭，說道：「我明白你希望讓綾兒及早學武，讓他成為我等助力的心思，也明白他已過了應當開始學武的年紀。但是維兒，你該知道，我們沈家處於極大的危難之中，多一個子弟會武，便多一分危險。我絕不允許你教他武術，此事萬萬不可！」

沈維聽父親說得嚴厲絕決，只能靜默不語。

沈拓頓了頓，又道：「綾兒天資聰穎，小小年紀便精於算數記帳，我瞧他很有經營生意的天分。這一點上，他只怕要強過我們父子，甚至強過你阿翁。我倒以為，該讓他開始參與『沈緞』經營，在南方跟著洪掌櫃學習絲綢之務、經營之道，方為上策。往後我們『沈緞』，只怕就得靠他撐持了！」

沈維搖頭道：「『沈緞』的經營有李大掌櫃和其他幾位大掌櫃照看著，其實不必太過操心。更何況『沈緞』經營如何，亦非我沈家最至關緊要之務。」

沈拓道：「不。維兒，你上有阿娘，下有兩個妹妹，她們可都得靠這份家業過日子啊！」

沈維陷入沉默，良久才道：「阿爺，您既無法同意，此事多說也是無益。」

父子此時已回到客店之外，沈拓道：「夜深了，我們早些歇息吧。」二人推門入房，熄滅了几上的油燈和蠟燭，上榻睡倒。

沈綾在父兄的房外等了一陣，直到確定他們都已睡去，才屏著息，悄悄舉步離去，回到自己房中。他回想父兄互持兵刃對打的情景，心中仍不禁戰慄驚詫，暗想：「阿爺和大兄對招時，出手又快又狠，我竟想不到他們的武術如此熟練高明！而他們將此事瞞得極緊，竟連喬五叔也不知道。」又想：「聽來大兄之前曾受過傷，而阿爺近期左臂也受了傷。他們究竟去做了甚麼，跟甚麼人打鬥，才會受傷？」又想：「阿爺多次提起『那人』，還說『那人雖暫時放過了我父子』，那到底是指甚麼人？阿爺為何如此怕他？」

又想起父兄再度為是否該讓自己開始學武而起爭執，而阿爺再次否決，反而認為應當讓自己開始學習絲綢之務、經營之道。沈綾心中籌思：「我若開始學武，定然事倍功半，一無所成；至於計數記帳、經營生意，反倒有機會一展所長。」

他躺在榻上，不斷回想方才偷聽到的父兄對話，其中有太多他不明白之處，越想越糊塗，心中思潮起伏，徹夜難眠。

次日眾人繼續南行，沈拓並未提起要讓沈綾開始練武，沈綾也再不敢在半夜去偷窺偷聽父兄言行。

一個多月後，一行人來到建康城外。沈拓曾因經營「沈緞」生意，已來過建康左近城鎮數回，但他心想此番有求於自己的兄弟，不應魯莽，於是吩咐喬五，一行人先在城中最昂貴的客舍「金陵精舍」下榻。之後數日，他帶著兩個兒子飽覽金陵名勝古蹟，才遣喬五去沈家老宅投送名帖，告知自己將攜二子於三日後造訪沈氏祖宅。

當年沈拓之父沈譽隨王肅北上歸魏，只帶了長子沈拓，將妻子和四個年幼之子都留在了建康。沈譽離開後，他的兩個兄弟繼續經營沈家祖傳的絲綢事業，但二人都不擅經營之道，生意漸趨冷清，最後幾座絲坊都荒廢了，建康城中更無人聽聞過「沈緞」的名聲。

此番沈拓父子造訪沈家祖宅時，出來迎接的正是沈家此刻的家長，沈拓的二弟沈拾。父親沈譽在他年紀甚幼時便離家北上，因此他是由母親一手撫養長大的。沈拾十分上進，少年時便發憤讀書、立志入仕。沈家並非高門華族，在南方世族中只屬「次門」；沈拾因學識過人，經評選以九品入仕，漸漸晉升至六品官，在南朝的仕宦體制中，已是次門子弟品位的極限了。其餘諸弟也讀書出仕，但品位皆低於沈拾。

沈拓和沈拾兩兄弟從未中斷聯繫，一直知道彼此的景況；此番見面，又是一番欣喜激動。沈拓在北方以絲綢發跡，大富大貴，雖長年忙於買賣奔波，但保養得甚好，體態結實，面色紅潤；沈拾則不論讀書或作官都以勤勞刻苦出名，此時已鬚髮皆白，滿面皺紋，黑斑滿布，看來簡直比兄長沈拓還要老上十歲。

沈拓讓沈維和沈綾拜見了二叔，又領他們去祠堂祭拜了沈家先祖，見過三叔、四叔、五叔以及多位從父兄弟，高高矮矮共有二十多人，一時也記不清誰是誰。

沈維低聲對沈綾道：「你得盡快認識所有的從父兄弟（注），以後你就得長住在這兒了。」

沈綾點點頭，吸了口氣，勉強壓下心頭的驚慌焦慮。他在洛陽家中時，往往感到自己是個外人，但至少沈家大宅是他自幼生長之處，奴僕侍婢都是熟悉的面孔；這時來到建康沈家祖宅，他更感到自己是個徹頭徹尾的外人，一切人事物全然陌生，心中不免甚感惶恐。

家族會見過後，沈拾對兄長道：「請大兄移步小弟書房，奉茶詳敘。」

沈拓道：「甚好。維兒，你跟我一道。」沈維答應了。沈拓又道：「綾兒，你留在這兒，跟從兄弟們多親近親近。」沈綾只能硬著頭皮答應了。

二叔沈拾對一眾子侄交代道：「這是你們洛陽大伯的次子，名叫沈綾。你等好生招待照顧這位從兄弟，不可失禮。」十多個從兄弟齊聲答應了。

眾沈家子弟個個睜大了眼，向沈綾打量去，難掩好奇；一等沈拾等離開，便圍到沈綾身邊，七嘴八舌地向他探問起來。這些從兄弟自五歲至十五歲不等，都是正在讀書的年紀；沈綾聽了他們的言語，卻不禁一怔，一個句子中他竟只能聽懂一、兩個字，其餘則完全不知所云。他大感奇怪：「二叔和阿爺交談時，我都能夠聽得明白，怎地這些從兄弟說的卻是另一種言語，我半點兒也聽不懂？」只能面帶微笑，等他們靜下來後，才抱著歉意，老實說道：「各位從兄弟，當真不好意思，你們說的言語，我一句也聽不懂。」

從兄弟們互相望望，其中年紀最長的開口說道：「綾從弟，失禮了！我名叫守業。我們方才說的是吳語，你從北方來，是以聽不明白。我此刻說的是金陵之音，你能聽明白麼？」這句話音調雖有些古怪，沈綾卻能夠聽懂，連忙點頭道：「回守業從兄，我能夠聽明白。」

沈守業笑了，對其餘兄弟說道：「你們瞧，和北方人說話，還是得用金陵之音啊！」對沈綾道：「綾從弟，快請坐。」

沈綾坐下了，他十分好奇，問道：「請問從兄，甚麼是吳語？甚麼是金陵之音？」

沈守業解釋道：「自東晉南渡以來，許多北方世家隨朝廷南遷，號稱『僑姓世家』。這些世家仍慣用舊時在首都洛陽時的語言，稱為『雅言』；時日久遠，不免混雜了一些江南音調，就成為咱們建康官場上通用的『金陵之音』了。至於原本居於南方的吳姓之人，

注　魏晉南北朝通稱堂兄弟為「從父兄弟」、「從父昆弟」或「從兄弟」。

說的則是祖傳母語，稱為『吳音』。我們沈家並非南渡僑姓世家，因此平日操的是吳音，但為了應試作官，子弟們都得學習金陵之音，和你說的洛陽話應當頗為近似。」

沈綾恍然大悟，說道：「原來如此。」他卻不知，洛陽當時通用的漢語其實已受到了鮮卑族漢化的影響，從八音變成了四音，與舊時的洛陽語頗為不同，但自比吳語更加接近金陵之音了。

從兄弟們見沈綾來自遙遠的北方洛陽，都搶著跟他說話，藉以練習自己的「金陵之音」，而沈綾則對吳語大感興趣，也試著向從兄弟們學說吳語。

此後沈拓父子一行人便在建康沈家老宅住下了。次日清晨，沈拓得知托請好友胡三轉存的米糧已抵達建康的胡氏糧莊分行，於是便帶上洪掌櫃、喬五、沈維和「沈緞」伙計，一起去探視了沈家廢棄多年的絲坊，詢問地契，研判能否翻修改建成倉房；之後又四出洽談收購桑園和絲坊等事宜。此後一行人早出晚歸，忙得不亦樂乎。沈綾則獨自留在沈家老宅，與從兄弟們一同起居。

沈綾發現從兄弟中有嫡出者，也有庶出者，全都在一塊兒讀書，居處飲食亦無任何差別待遇。從兄弟們從未詢問他是正出還是庶出，即使知道他並非大伯正妻羅氏所生，也並不以為意。這是沈綾生平第一次不必時時在意自己庶出的身分，令他大大鬆了一口氣，心想：「我從未離開過洛陽，甚麼世面都沒見過，若非跟著阿爺來到南方建康，我又怎會知道南北風俗竟有如此大的差異！同是沈家，北方重嫡輕庶，南方便無此習俗，嫡庶地位差別甚微。」（注）

沈綾也自從兄弟們口中得知，沈氏所有子弟皆以讀書為重，算數或經商等一概不學，甚至相信經商乃是下等人從事的營生，稍有地位的世家子弟絕不宜涉足。沈家不但重視讀書，也特別注重家教門風，所有子弟在沈家大宅中皆嚴守規矩禮節，尤其在長輩面前，個個謹慎肅穆，連話也不敢多說一句，彷彿一群小老頭兒一般。沈綾慣見大兄和姊妹在自己家中的舉止，大兄和父親平起平坐，談笑風生，兩個姊妹在父母面前更是嬌蠻隨性，毫無顧忌。相比之下，南方從兄弟們的言行便顯得拘謹得多了。

此外，沈綾往年在洛陽沈家時，偶而能見到皇族貴戚、富商巨賈出入家門，也時時見到家中廳堂陳列的稀世古董、奇珍異寶，目睹種種精緻珍貴的絲綢和大量錢財往來；建康

注《顏氏家訓．後娶》有云：「江左不諱庶孽，喪室之後，多以妾媵終家事；疥癬蚊虻，或未能免，限以大分，故稀鬥鬩之恥。河北鄙於側出，不預人流，是以必須重娶，至於三四，母年有少於子者。後母之弟，與前婦之兄，衣服飲食，爰及婚宦，至於士庶貴賤之隔，俗以為常。」這段敘述反映了南北對待嫡庶態度的差別；南方較不在意嫡庶之別，北方則鄙視庶子，嫡庶兄弟間的衣服飲食、婚姻仕宦、士庶貴賤往往天差地遠，而人人以為理所當然。

沈家祖宅則顯得樸素而冷清，往來的只有少數沈拾的同僚和同族親戚，昏暗破舊的老屋中充斥著朗朗讀書之聲，一派肅穆平靜。

沈綾身為庶子，在洛陽沈家時飽受冷落白眼，早早便學會了如何適應環境。他大起膽子，不斷纏著從兄弟們閒聊，說著說著，便將吳語學會了七、八成，和從兄弟們漸漸能說得上話了。從兄弟們對他原本好奇中帶著幾分戒慎，但見他其實平易近人，很快便跟他玩在一起，當他是諸多從兄弟之一了。

沈氏祖宅中沒有羅氏在旁虎視眈眈，令沈綾感到前所未有的輕鬆暢快；在這祖宅之中，他從未感到需要隱藏自己，也從未使用過屏息隱身的異能。他想起大巫恪曾勸告自己：「你在家中之時，切勿隱藏自己，而要開始讓家人見到你，看得清清楚楚，毫無遮掩。」尋思：「或許是時候讓人見到我了。然而我最需要的，是讓阿爺和大兄見到我啊！他們雖人在建康，但每日出門辦事，從早到晚都見不到人影，我連跟他們說句話的機會都沒有。等他們離開建康、回返洛陽後，可就更加見不到了。我留在祖宅，就算讓二叔和從兄弟們日日見到我，又有何用？」轉念又想：「而我何時才能回去洛陽？主母一定不會輕易讓我回去的。」

漸漸地，他內心深處生起了一個隱微的想法，連他自己也難以摸清：他不僅盼望自己能贏得父親的肯定，更希望有一日能超越大兄，甚至取代大兄成為最受阿爺青睞的兒子。

他並不知道自己怎會有這等念頭。自他懂事以來，心思都只專注於躲避羅氏的壓迫，在沈家苟延殘喘，勉強生存；然而不過兩年時光，他卻漸漸從竭力隱藏自己，轉為積極尋找機會展現自己，甚至幻想未來某日，自己能在沈家和「沈緞」中佔有一席之地。

然而野心歸野心，他畢竟年紀幼小，又被送離洛陽，一切身不由己，只能暫且放下這些莫名的念頭，不去多想未來之事。

半個月後，大從兄沈守業悄悄告訴沈綾：「綾弟，你可知道？我阿爺最初對你們北方沈家充滿疑慮，認為你們是靠著攀上皇親國戚而致富的暴發戶，倚仗著在北方竊取的富貴，打算來南方爭奪祖產。」

沈綾一驚，忙道：「我阿爺絕沒有這樣的意思！」

沈守業搖手笑道：「當然、當然，是我阿爺誤會多慮了。大伯來到家中後，十分開誠布公，一上來便跟我阿爺解釋他此來的原因是擔憂北方局勢不穩，盼能在南方老家布置個退路；大伯並對我阿爺說，所有他收購的桑園、絲坊等產業，都將歸沈氏宗親公有，並委託我阿爺代為掌理。我阿爺原本不敢相信，但在大伯連番解釋保證之下，才終於信了。」

沈綾鬆了口氣，暗想：「如今北魏和南梁敵對，我們家在洛陽家大業大，當然不能公然在南方置產，因此只能托辭孝敬先祖，不管在建康收購了甚麼，都只說是為了替本家沈氏宗親置產。」點頭道：「阿爺確實是這麼打算的。」

沈守業道：「我阿爺與大伯長談數夜之後，才終於明白了事情始末，認為自己不應拒絕大伯的孝心和好意，於是召集沈氏諸多親族耆老，告知大伯此番南下，一來有心拓展生意，二來打算置辦產業，捐贈為祖產，好照顧親族，請大家不必疑慮。親族耆老們聽說了之後，才懂了大伯的一番心意，也都表示支持。」

沈綾道：「二叔能夠理解我阿爺的心思，那就最好了。」心想：「南方沈家中人的想法當真不同；我若得知有本家親戚在外地發了大財，打算回家鄉置產，定然歡迎得緊。這兒的人卻因阿爺是經商之人，對他不但輕視鄙夷，更且心存疑懼。希望阿爺可千萬別將生意交給二叔執掌，二叔他們不懂得做生意，定要將我們的老本都虧光了。」

沈綾一個十歲的孩子都想得到這一層，沈拓當然早已想到。他對兄弟說委託他代管生意，自然只是名義上而已；事實上，沈拓早已做出安排，特意帶上了李大掌櫃手下擔任第二把手的洪掌櫃，讓他主理在建康新購置的絲綢產業。沈拓依照承諾，花了數萬銀兩在建康城外購置數百畝良田，捐作祖產；南方「沈緞」的一切日常經營，則由洪掌櫃一手操辦。

沈拓在建康待了兩個多月，才辦妥諸事。臨去之前，他去見二弟沈拾，鄭重將次子沈綾託付給他，說道：「請二弟讓綾兒跟隨眾侄兒一起讀書，待他長大後，或能追隨二弟的腳步，在大梁評選入仕，謀得一官半職？」

沈拾遲疑道：「讓綾兒和子侄輩們一同讀書，自無不可；然而侄兒乃是北人，依例不能在梁朝參與評選出仕。」

沈拓點點頭，說道：「既然如此，那綾兒便不必以評選入仕為目標，只教他多讀點兒書，學些聖賢道理，便已足夠。這樣吧，綾兒既不應試，便不必整日讀書，讀上半日即可；下午他可跟在洪掌櫃身邊，學點兒經營之道。」

沈拾是讀書作官之人，看不起只懂得做買賣賺錢的商賈，聽兄長說打算讓兒子小小年紀便跟著掌櫃學做生意，甚感不以為然；但想這孩子既是庶子，在南方又不能靠讀書評選出仕，不學做生意，便也沒有別的出路了，於是點了點頭，說道：「如此也好。對綾兒來說，讀書並非首要之務，我當與先生說明，讓他只上半日課，下半日他可去絲綢舖頭學些生意活計。然而，家中子弟皆以讀書為重，但盼綾兒勿與兄弟們談論生意之事，以免令他們分心。」

沈拓心中明白，二弟是不願綾兒跟從兄弟們談論經營賺錢之事，一來低俗，二來更怕讓他們對做買賣生起了興趣，那可是走上歪路了，當下點頭道：「我理會得。我定將嚴格告誡綾兒，命他不可與從兄弟們談論生意、舖頭諸事。」又道：「二弟願意收留犬子，為兄感激不盡。犬子若舉止不端，二弟盡可教訓打罵，當他自己兒子一般。」

沈拾擺手道：「二郎同為沈家子弟，小弟加以照顧教導，原是本分。你我自己兄弟，不須見外。」

沈拓臨行之前，叫了沈綾來，吩咐他好好讀書，得閒時便多去絲舖跟洪掌櫃學習，又告誡他不可與從兄弟們談論絲綢生意等事，最後交代道：「你在沈氏祖宅住下，以後二叔便如同你親生阿爺一般，負責管教於你。他說的話，就如同我說的話一般；他責罰打罵你，便如同我責罰打罵一般；你必須恭敬受教，絕不可反抗叛逆，知道麼？」

沈綾點頭道：「小兒知道。」想起就將與父兄分別，心中好生不捨，不禁熱淚盈眶。

沈維來到他面前，拍拍他的肩膀，說道：「小弟，阿爺讓你留在祖宅，不只是為了讓你多讀點兒書，增長點知識，更是為了讓你能夠了解南方風俗人情，日後好獨當一面，致力於開展『沈緞』在南方的生意。你明白麼？」

沈綾點了點頭，說道：「明白。」

沈拓道：「你大兄說得不錯。你在這兒寄人籬下，須得事事謹慎小心，態度恭謹，舉止得體，切不可妄尊自大，丟了你阿爺的面子。」

沈綾答應了，心想：「我在洛陽家中地位低下，處處受人白眼，自不曾養成妄尊自大的脾性。」

沈拓神色嚴厲，又道：「你若叛逆不肖，只消你二叔信中提到一句，我下回見到你時，絕不輕饒！」

沈綾低頭答應道：「小兒不敢。」忍不住問道：「請問阿爺，我何時才能再見到您？」

沈拓想了想，望了沈維一眼，說道：「北方局勢不大平靖，我和你大兄此番回去安頓家中諸事，往後當會常來南方走動。即使我不能前來，你大兄也會經常來此；相信半年或一年之內，我們便會再次來到建康。你需要甚麼，儘管跟你二叔說。若有甚麼緊急事兒，你亦可寫封家書，託洪掌櫃送往洛陽『沈緞』總鋪，我等自能收到。」

沈綾聽了，略略放下心，說道：「半年一年，也非太過長久。我雖獨自留在南方，但想來很快便能再次見到阿爺和大兄的面了。」

沈維望著他一陣，忽然上前一步，把手放在沈綾肩上，說道：「小弟，你莫擔憂害怕，我和你阿爺時時都會念著你，很快便會回來看你的。」

沈綾感到大兄溫暖的掌溫，心中一酸，忍不住哭出聲來，難以自制。

次日，沈拓便攜長子北上，回歸洛陽。

父兄離去之後，沈綾便獨自留在了建康沈家祖宅，每日跟著從兄弟們一起讀書。他在洛陽家中時也曾讀過幾年書，但高先生每日最多只給他們上一個時辰的課，而且高先生知道他聰慧，大多時候都任由他閱覽自己喜愛的史書，等沈綾提出疑問時，才替他解答。在南方讀書可沒這麼輕鬆容易；早上兩個時辰，下午兩個時辰，晚上還得抄寫及背誦，第二日先生檢查功課，背得不順暢的學子，便會捱先生訓斥，甚至以戒尺責打。眾從兄弟日夜讀書背誦，連歇息的時候都很少，幾乎沒工夫玩耍。

沈綾原本聰明強記，認真時幾乎能過目不忘，跟著從兄弟們讀書並無困難。但他認為自己不應招引不必要的關注，因此蓄意表現得十分平庸，並非兄弟中最出色的一個，但也非最差的一個；他背誦時一板一眼，既不太快，也不太慢，偶爾故意背錯幾個字，倒也不致遭到先生的挑剔責罰。在南方教書先生的眼中，沈綾可說是中等之材，與其他的從兄弟不相上下，果然並未引起任何注意。

沈綾見眾從兄弟讀書讀得苦哈哈的，一個個身形瘦弱，手腳無力，臉色蒼白，心想：「南方人為了當官，不得不刻苦讀書，而讀書這麼辛苦，能當官的人又不多，何必這麼拚命呢？我們在北方做生意，只要識得字，算得數，懂得養蠶取絲、織布製綢、經營商舖買賣，日子就過得挺好的啊！」

他又發現另一件古怪的事兒，那就是沈家祖宅中竟然並無一個女孩兒；他只見過幾個四、五歲大的女娃兒，由奶娘抱著，大一點的女孩兒便沒見過了。

沈綾對沈守業問起此事，沈守業回答道：「家中當然有女孩兒，只是她們並不讀書。」

沈綾大感奇怪，問道：「她們為何不讀書？」

沈守業聽他這麼問，也甚感驚奇，說道：「女孩兒哪能讀書？難道你們北方的女孩兒能讀書麼？」

沈綾道：「當然能了。我大姊小妹都讀書識字，我平日就是跟我小妹一塊兒隨先生讀書的。」

沈守業睜大了眼，說道：「這事兒，你可千萬別跟我阿爺說！他會說你們沾染了胡人惡俗、敗壞家風。」

沈綾大奇，說道：「女孩兒讀書，怎麼就是胡人惡俗、敗壞家風了？」

沈守業道：「在我們南方，女子絕對不能讀書識字，不然定要遭人非議的，還很可能嫁不出去哩！」

沈綾對南方重男輕女之俗又是驚訝，又是不解，想了想，又問道：「女孩兒不給讀書便罷了，那她們人都在哪兒？」

沈守業道：「她們都住在大宅後面的園子裡，學些繡花、縫紉、烹飪的手藝兒；偶爾也有女先生去給她們說說三從四德的道理。」

沈綾問道：「那你們都不跟姊妹們一塊兒玩耍麼？」

沈守業笑道：「女孩兒柔弱無力，哪能跟我們男孩子一塊兒玩耍？而且我們江南大戶人家的規矩，女孩兒過了七歲，便不能到前院來，給人見到就不好了。」

沈綾更加奇怪，問道：「為甚麼不能給人見到？」

沈守業道：「女孩兒若讓太多外人見過她的長相，那麼將來談論婚嫁時，就要大大吃虧了。不管誰家的子弟，都絕不願娶個給很多外人見到過臉容的姑娘；那表示這姑娘若非家裡太過窮苦，非得自己拋頭露面、操持家務，便是不懂規矩，行止不檢點，主動出外勾搭他人。因此我們沈家祖傳規定，女孩兒到了七歲，便不能跨出內院了。」

沈綾聽了，更是嘖嘖稱奇，暗想：「大姊和小妹在洛陽長大，哪有這許多束縛規矩？既能讀書學數，還能學武射箭，騎馬上街，參訪佛寺，觀看戲法表演，多麼自由自在！」

注《顏氏家訓．治家》：「江東婦女，略無交遊，其婚姻之家，或十數年間，未相識者，惟以信命贈遺，致殷勤焉。鄴下風俗，專以婦持門戶，爭訟曲直，造請逢迎，車乘填街衢，綺羅盈府寺，代子求官，為夫訴屈。此乃恆、代之遺風乎？」

第二十章 宮變

沈綾記著父親的叮囑，安分地待在沈家祖宅，上午跟著從兄弟讀書，午膳過後，便稟明長輩，去城中的沈家絲舖隨洪掌櫃學習，直到深夜方歸。

洪掌櫃三十來歲年紀，生得一張圓臉，留著兩撇八字鬍子，性情爽朗，乃是「沈緞」正值壯年的新任掌櫃，更是李大掌櫃最信任的心腹之一。他原本只是個在絲坊負責調色染絲的小工，因精明勤快，得到李大掌櫃的賞識，將他提拔到總舖，負責監督檢查所有的新貨。洪掌櫃精明仔細，對新製絲綢吹毛求疵，要求極高；每回李大掌櫃將絲貨呈送給公主駙馬或其他王公貴臣之前，都必定讓洪掌櫃檢視貨品，確定完美無瑕，才能放心出貨。

洪掌櫃南來時，攜帶了數百疋上好綢緞，在建康城中物色地點，開設了「沈緞」的第一間舖頭。他一切都得從頭做起，先召聘了十名本地學徒，親自調教訓練；他自己是見過世面的，曾在洛陽經營數十間舖頭，手下掌管上百名伙計。這時建康只有一間店舖，十個學徒，對他來說自是游刃有餘，一心只想著如何做足準備，為將來拓展南方生意打好基礎。

洪掌櫃讓學徒們都住在絲舖後的通舖中，每日清晨天未亮便喚他們起身，親自指揮他們清掃店面，整理陳列在店面中的絲帛綢緞，檢視招待客人的杯盤茶點等，之後才在舖後的食堂中與他們一起共進早膳。開舖之後，洪掌櫃又仔細指點學徒們如何招呼客人，如何議價，如何收錢，如何送貨，如何記帳；傍晚收舖之後，洪掌櫃又帶領學徒們到庫房中清查存貨，將絲綢一疋疋從櫥櫃中取出，攤開在大檯上，藉著油燈的光線，教他們如何檢視綢緞，確定緞面不曾被蟲蠹咬破，不曾浸濕發霉，或有任何其他汙損。檢查完畢後，還得用馬毛刷子將緞料刷理乾淨，撢去灰塵，重新捲好，以油布包妥，歸於原位，並在冊上登記何年何月何日何人曾檢驗緞料，寫下「完淨無缺」，或注上在第幾尺處略有汙損云云。

建康城這些學徒都很年輕，年齡從十二歲至十八歲不等，皆不識字，更加不會寫字，洪掌櫃只好教他們如何在冊上畫圖標注，每個學徒挑個不同的畫押，充作簽名。洪掌櫃不時抽查學徒們檢視過的緞料，重複檢視，指出疏漏缺失；他從不呼喝斥責，說話總是詼諧滑稽，生動風趣，待學徒如自己親生兒子一般，因此舖中氣氛融洽，學徒們都對他十分敬重服氣，甘心受教。

由於沈綾每日午後都來「沈緞」舖子中幫手，洪掌櫃便當他是第十一個學徒，讓他和其他學徒一起受訓。洪掌櫃明白主人沈拓對這個幼子的期望甚高，因此加倍用心教導，對他要求極其嚴格，和其他學徒毫無差別。沈綾才剛過十歲，但生性謹慎，這時又孤身處於陌生的建康，知道自己必須自立自強，因此對洪掌櫃萬分敬重，凡事認真，勤勤懇懇，一絲不苟，有做錯處便立即道歉，有不明白處便立即請問。洪掌櫃自己原是從學徒做起，年輕時也是個勤快多問的學徒，每當沈綾向他請教問題時，他便有問必答，還往往叫了其他學徒一起圍觀聆聽，並讓大家各自提出疑問，時常一邊說笑，一邊解答，讓學徒們都能從中受益。

沈綾年幼力弱，搬不動沉重的緞料，洪掌櫃便讓年長的學徒幫他將一卷卷的緞料從櫃子上抽出，在大檯上攤開，讓他學習檢視，記錄結果。有一回一疋緞子的角落染上了一小塊油漬，沈綾並未發現，洪掌櫃抽查檢視之後，叫了所有學徒們過來，指出那塊油漬，說道：「你們瞧，這疋緞子大部分都沒問題，但若仔細檢查，便可見到這角落上沾了一點兒油漬。」

眾學徒湊上前去，仔細觀看，果然見到角落上的油漬，但因和緞料上的花紋圖案混在一起，極難發現。一個學徒道：「要不仔細看，根本看不出來。」另一個道：「角落上點兒汙漬，剪裁時肯定要裁掉的。」

洪掌櫃點頭道：「你們說得都不錯。當主顧買下幾疋緞子回去剪裁製衣，多半不會用到這角落；即使用到了，衣衫的邊角也必摺疊縫起，充作邊兒，並不礙事。但是我們『沈緞』的名聲，卻不免受損了。好教你們得知，我們在洛陽城每間鋪子賣出的每一疋絲綢，都經過萬分仔細的檢驗，絕無半絲半毫的汙損，因此才能維持商譽，讓『沈緞』的賣價居高不下。我不是說這疋緞子不能出售，而是說我們自己必須知道哪兒有汙漬，並且須預先告知買主。買主若說不要緊，那便可照價出售；賣主要是不歡喜，我們便得裁去這一段，或是減價賣出。堅持嚴格謹慎，才是『沈緞』應有的作風。因此你們檢查存貨時，絕不可放過任何一個角落，知道麼？」眾學徒都點頭稱是，齊聲答應。

沈綾知道這疋緞子是自己檢驗的，洪掌櫃雖未指名，也未責罵他，他卻慚愧得滿臉通紅，暗暗發誓：「我此後須得加倍小心仔細，不能再有任何錯漏了。」

不久後，洪掌櫃開始教學徒們如何算數記帳，這可是沈綾的專長；他算起帳來得心應手，從不出錯，比其他年紀較長的學徒們迅速了十倍不止，讓眾學徒望塵莫及，連洪掌櫃見了，也不禁嘖嘖稱奇。加上他不但識得文字，而且字跡工整，不多久，洪掌櫃便決定讓沈綾專職記帳，並負責查驗帳簿；每日晚間及次日清晨開舖之前，沈綾都必須核對一遍每日進出的貨物、金錢等帳目，揪正各種錯誤，直到全數正確為止。

在洪掌櫃的嚴格訓練下，建康「沈緞」的學徒們都被調教得極為嚴謹小心，即使這群新伙計們經驗尚淺，健康「沈緞」舖頭卻已頗具大商舖的架勢了。

半個月之後，沈綾感到自己在舖頭的時候不夠長，於是每日天沒亮便起床，先去祠堂祭拜祖先，再去向叔嬸問安，之後便趕去城中的「沈緞」舖頭，跟學徒們一起打掃店面，清點絲綢，檢查帳簿，直到洪掌櫃親來開鋪，才趕回沈氏祖宅加入從兄弟們的晨讀。

洪掌櫃見他勤懇認真，口中沒說甚麼，內心裡卻暗暗點頭：「聽聞二郎因是庶子，在洛陽家備受冷落，才養成了這般堅毅踏實的性子吧？倒是個可造之才。」

數月過去了。這日下午，沈綾來到鋪頭時，只見隔壁茶室的伙計飛奔而來，滿頭大汗，氣喘吁吁，對洪掌櫃道：「大事，北方出了大事啊！」這茶室伙計也是個剛從北方移居建康的漢人，和洪掌櫃交情甚好，平日便常來絲舖閒坐聊天。

洪掌櫃忙讓伙計來到後進坐下，沈綾給他倒上茶，洪掌櫃問道：「怎麼回事？慢慢說！」

那伙計喝了口茶，說道：「我剛剛聽聞北方傳來消息，說太后和皇帝鬧翻了！」

洪掌櫃皺起眉頭，忙問道：「怎地鬧翻了？你快說說。」

伙計壓低聲音，說道：「想是因為皇帝年紀大了，開始不滿胡太后和她的男寵把持朝政；太后也不高興了，派人在城南的巷子裡刺殺了皇帝身邊的親信密多道人，又殺了幾個皇帝親近的左右侍臣。皇帝年輕氣盛，一怒之下，竟往晉陽發出密詔，召爾朱榮進京勤王！」

洪掌櫃和沈綾對望一眼，都沒想到洛陽的太后和皇帝這對母子這麼快便撕破了臉、兵戎相見。洪掌櫃忙問：「密召可發出了麼？」

伙計不斷搖頭，說道：「沒成、沒成！密詔被人給洩漏了，落入了胡太后手中。胡太后自然大怒，一不做，二不休，與身邊幾個男寵密謀，下手毒殺了皇帝！」

洪掌櫃和沈綾都大驚失色，齊聲問道：「此事當真？」

伙計聲音壓得更低了，說道：「當然無人確知是否真實，但京城中鬧得沸沸揚揚，都是如此傳說。不然，天子正當少年，無疾無病，怎會無端暴斃？」

洪掌櫃問道：「皇帝年少無子，將由何人繼位？」

伙計道：「天下都知皇帝無子，人人都有同樣的疑問，這皇位該由誰繼承呢？豈知不久之前，一位姓潘的妃子生了個女兒，胡太后就詐稱那不是女兒，而是個皇子，將她奉為皇帝，匆匆忙忙便即位了。」

洪掌櫃驚道：「讓一個剛出世的女嬰登基為帝，這也太不像話了吧！」

伙計道：「可不是？太后自己想必也清楚得很，此事無法長久欺瞞下去。幾日之後，太后見人心安定，無人追究皇帝的死因，便宣稱剛剛當上皇帝的嬰孩其實是個女孩兒，另外立了個兩歲的孩子——皇室之子元釗為皇帝。此事一傳出，頓時天下大譁，全城騷動，議論紛紛。」

洪掌櫃臉色一白，說道：「太后如此明目張膽，不但毒死皇帝，還隨便廢立小皇帝，恐將激起公憤啊！」

伙計道：「正是！那個當初曾受皇帝密詔進京勤王的爾朱榮，在外地聽聞了這些消息，義憤填膺，於是昭告天下，宣稱先皇乃遭胡太后毒殺而死，決定進兵洛陽、討伐胡太后！」

洪掌櫃忙問：「後來如何了？可打進京畿了麼？」

伙計道：「尚未聽聞，但也是幾個月內的事吧？」

沈綾擔憂至極，問洪掌櫃道：「不知阿爺和大兄回到洛陽了麼？家裡一切沒事麼？」

洪掌櫃安慰道：「我前幾日收到總鋪來信，東家和大郎早已回到洛陽，幾個月前又趕去東方做生意了，應當無事吧！」

伙計知道沈綾的家人都在洛陽，安慰道：「但盼貴宅平安無事！我聽人說，整個洛陽城滿城風雨，大夥兒都擔心得很，不知大兵進城後情勢又將如何？許多富戶甚至準備舉家離城避難呢！」

沈綾聽了，更是擔心不已。

待那茶室伙計離去後，沈綾坐立難安，洪掌櫃勉強安慰他道：「二郎且莫擔心，洛陽會否有事，此刻還不得而知。東家既然在南方布置下了退路，想必已預料到京師可能會出事。我們先別過慮，北方若有甚麼變卦，東家、東家娘子、大郎和小娘子們自能盡速南來避禍。我立即讓人送信去洛陽向東家請示，是否須在此預做準備。」

沈綾心中焦急，問道：「我是否該請示二叔，讓我立即北歸洛陽、探訪家人？」

洪掌櫃連連搖頭，說道：「不、不！當此兵禍將臨之際，你一個小小孩童豈能孤身北上？那可太危險了，只會給你阿爺添亂。二郎，不如你先回沈氏祖宅，跟你二叔報告北方生變之事，讓他心中有個底兒。我們目前甚麼也不能做，唯一能做的，便是安心留在建康，靜觀待變。」

沈綾知道洪掌櫃說得對，只能勉強壓下心頭的憂慮焦急，說道：「洪掌櫃，你若要送信回洛陽，我也趕緊寫封信回家，探問情況。」

洪掌櫃答應了。沈綾於是趕緊備好紙筆，卻不知自己該寫信給誰；父兄人不在洛陽，這信當然不能寫給主母，自己和大姊又不熟，心想：「只能寫給小妹了。」在此之前，他早早便已寫了三封信給小妹沈雒，只是南北書信往來須時甚久，至今尚未收到沈雒的回信。這時他擔憂北方情勢，立即提筆給沈雒寫了封簡短的信箋，詢問城中和家中狀況，信封上加了個「急」字，請洪掌櫃送去洛陽總舖，並請伙計轉交小妹。

他回家後，便立即向二叔沈拾報上了在舖頭聽聞的消息。沈拾聽了，皺起眉頭，問道：「消息可確實？」

沈綾道：「絲舖隔壁茶室的伙計剛從北方運送茶葉南來，消息應當無誤。」

沈拾搖頭道：「胡人粗鄙無文，不講禮義，才會有這等太后毒殺親子的悖亂之禍！」

沈綾心想：「歷史上太后殺死皇帝的事兒並不少見，也不見得只發生在胡人的皇室中。」口中只道：「二叔說得是。」

沈拾道：「綾兒，你且安心待在家中。相信你阿爺和家人吉人自有天相，定將平安無事。」

沈綾只能放下擔憂，恭敬答應。

之後數月，北方不斷傳來消息，說爾朱榮大舉討伐胡太后，三軍一色白衣，揚旌南下，直指洛陽，來勢洶洶。洪掌櫃極為擔憂，整日與城中其他來自洛陽的北人談論此事，紛紛猜測胡太后能否打退爾朱榮；然而他們雖都來自洛陽，但都不過是一介平民百姓，對大魏宮廷諸事一無所知，自也討論不出個所以然來。

一個月後，沈綾終於收到了妹妹沈雒的第一封回信。

沈雒的字跡和他記憶中一般，極為細緻工整；高先生教他們寫字時，每每稱讚沈雒寫字工整，一筆一畫都極用心。沈雒的每封信都很短，送達的時間前後不一，顯然沈雒每隔幾日便寫一封信，陸續寄出；而由於洛陽兵亂，交通阻礙，信件不若平日暢通，因此有的信件早到，有的晚到，有的好幾封同時送到。沈雒在信中詳細敘述的，大多是冉管事從洛陽其他貴宦家中管事處打聽到的消息，十分可靠，於是沈綾每日到舖中收信讀信，因而能略窺洛陽情勢。

原來當胡太后得知爾朱榮舉兵討伐自己時，並不十分擔心，下令召集王公大臣商議對策。由於胡太后獨掌大權多年，眾人又都相信她謀害了自己的親子皇帝元詡，宗室和諸臣對她都心懷怨懟，因此無人肯誠心進言。只有一個逢迎拍馬的官員對太后道：「爾朱榮不過是個馬邑小胡，平庸鄙陋，不度德量力，竟敢長戟指闕，這正是窮轍拒輪，積薪候燎啊！如今宮廷宿衛之文武足夠一戰，只須守住河橋，便可觀望爾朱榮意欲何為。他千里而來，想必兵老師弊，我等只須以逸待勞，破之必矣！」

胡太后聽了，深得其心，立表同意，當即遣手下領眾五千，鎮守河橋。

然而胡太后這輕忽薄弱的鎮守對策，才是真正的「螳臂擋車」。四月十一日，爾朱榮的軍隊渡過黃河，駐兵河陰。皇室震驚，宗室原本就人心不穩，這時紛紛歸附爾朱氏，甚至開城投降。胡太后這才知道大事不妙，倉皇之下，召集六宮所有宮女躲入永寧寺中，自己剃光了頭髮，在佛前長跪頂禮，祈禱佛菩薩保佑自己逃過此劫。

四月十二日，爾朱榮派遣騎兵闖入永寧寺，逮捕了胡太后和她新立的小皇帝，押解到河陰去見他。胡太后來到爾朱榮面前時，聲淚俱下，辯稱自己並未毒害先帝，一切作為都是為了大魏著想云云。

爾朱榮乃是北方領民酋長，對於徹底漢化的大魏皇族極為鄙視，望著胡太后涕淚縱橫，跪地求饒的狼狽模樣，只覺噁心，更不答話，拂袖而去，對手下道：「這惡毒婆娘！當初宣武帝自她而起廢了『子存母死』的規矩，豈知竟留下了這巨大禍根！她不但長年把持朝政，甚至狠心毒殺親生兒子！來人，把這婆娘和她立的那個假皇帝扔到黃河裡去！」手下抓起胡太后和兩歲不到的小皇帝元釗，扔入黃河，雙雙淹死；把持朝政十三年的胡太后和上任才四十餘日的小皇帝，就此喪命。

爾朱榮隨即立了二十一歲的皇族之子元子攸為皇帝。四月十三日，爾朱榮對洛陽群臣宣告道：「新帝登基，將於河陰舉行祭天大典，特召諸王公大臣至河陰聚會，參與祭典，晉見新帝。」

眾王公大臣眼見爾朱榮舉手便殺死了胡太后和小皇帝，另立新帝，朝中局勢大變，俱都膽顫心驚，不知所措。但他們受召去河陰拜見新帝及祭天，又怎敢不去？數千大臣猶豫遲疑之下，大多數仍來到了河陰。

沈綾讀到妹妹信中這一段時，心中大感不祥。果然，幾日之後妹妹的信件如此敘述：「王公大臣齊聚河陰，未見天子，亦不見爾朱；正議論時，忽聽蹄聲震動，四面湧出逾千鐵騎，團團包圍。」

洪掌櫃聽到此處，大驚道：「這些王公大臣、文武百官平日驕縱富貴慣了，個個手無縛雞之力，毫無應變之能，怎是這些北方鐵騎的對手？」

果然，就在眾王公大臣驚慌失措之際，爾朱榮一聲令下，鐵騎舉弓搭箭，對準了受圍之人，接著萬箭齊發，一片腥風血雨，到場的文武百官盡數遭戮。當時在洛陽的官員約有二千餘人，幾乎全數死於河陰之役，史稱「河陰慘案」，震驚南北。自此之後，北魏朝中官員一掃而空；南梁臣民也悚然心驚，北方胡民的殘忍暴虐再次浮上人們的心頭。

四月十四日，新皇帝車駕入城，大赦天下，改年號為「建義」元年。爾朱榮的軍隊大舉入城，駐紮於胡太后興建的永寧寺中。當時洛陽方經兵劫，百官盡殲，官民紛紛躲藏，驚駭不出。據說新皇帝登基時，百官之中竟只有散騎常侍山偉一人拜恩南闕。

沈綾接到小妹關於河陰慘劇的書信後，第一個想到的便是大姊的未婚夫盧氏一門，不知他們是否逃過了一劫？他立即去信詢問，但小妹的下一封信便回答了他的問題：「阿娘連日遣僕赴盧府打探，杳無音訊。昨日方輾轉得知，五郎叔盧仲宣喪命河陰。仲宣任太尉屬，乃盧氏一門官位最高者。」

沈綾看了，大感不安，暗想：「爾朱榮召集文武百官齊赴河陰，盧仲宣身任太尉屬，自然也去了；而他與其他千餘名大魏官員一般，一去不回！卻不知盧五郎如何？」

小妹下一封信接著寫道：「阿娘聞訊驚懼無已，急遣僕探問五郎下落。盧氏閉門拒客，只聞門內哀聲不絕，阿娘甚感不祥。多日後，僕方聞自盧僕曰：五郎隨叔赴河陰，至今未歸。」

沈綾心頭一涼，知道大姊的未婚夫盧五郎多半是凶多吉少了。他想起自己離開洛陽不到半年，城中便發生這等慘烈殺戮，不禁好生驚懼；回想去年大年夜當日見到平等寺金佛流淚的異象，心想：「或許這場劇變早有徵兆，金佛流淚正是皇室傾軋的預警，而大巫恪竟早在兩年前便已預知了！」

小妹的信中接著寫道：「大姊得訊悲痛暈厥。五郎年初方擢五品，原大喜事，豈料隨叔赴召，一去無返。」又寫道：「阿爺大兄昨日歸家，憂形於色，言洛陽官宦死傷慘重，悲聲載道，棺木短缺。大姊終日以淚洗面，閉門不出，終至病倒。其後姊欲落髮出家，爺娘不許。大姊求赴永寧為五郎上香祈福，亦不許；蓋爾朱駐軍永寧，不得入也。阿娘命余日夜伴守阿姊，不可須臾暫離。此信即書於阿姊飛雁居。臨苑百花盛開，觸景豈能不悲！」

沈綾想像大姊的悲痛欲絕，不禁好生難受，心想：「丰母怕她尋短見，因此讓小妹日夜守著她。」

之後沈雒的信又寫道：「城破兵亂，街巷一空，婦女藏家不出。喬廚娘悄赴大市，亦空曠無人，菜果魚肉皆無。半月來家中僅得存糧鹹菜為食。」下一封信又簡短又草率：「城中貴室豪家，棄宅競竄；貧夫賤士，繈負爭逃。阿爺命家人收拾細軟，明日即赴澠池

暫避。」（注）

沈綾不知道澠池是甚麼地方，但心想洛陽城兵荒馬亂，一家人原該出城避禍才好。他從沈雒之後的書信中得知，澠池乃是洛陽城西的大郡，位於谷水之濱，乃西行絲路必經之道；沈拓走了幾趟絲路，認為澠池是個十分方便的據點，因此數年前便在澠池購置了一所宅院，充作沈家別院，此時沈家便是要去該地暫避。

大約因沈家舉家離城，暫避澠池，該地交通遠不若洛陽，沈綾須等上十幾日才能收到一封小妹的書信。下一封信中簡述一家人於四月二十日破曉時分，帶著貼身奴僕，乘了十輛馬車出城急行，每兩個時辰小憩一次，當夜便抵達了澠池。別院甚是寬敞華美，院中配有僕役，早已掃灑乾淨，供沈氏一家居住云云。

沈綾得知家人順利逃離洛陽，平安抵達澠池，這才終於鬆了口氣，放下了心。

卻說四月二十日當夜，沈氏一家趕至澠池別苑，都已疲憊不堪，各自沐浴修整。晚膳之後，沈拓神色凝重，對妻子道：「大夥兒平安抵達澠池，安頓於此，我便放心了。我和維兒明日便出門，去北方諸城鎮跑一趟，整頓北方的多間舖頭，能收攤的就先收了，存貨則運至落陽城外的倉房封存；債務也須盡快催收，送至胡三在建康的糧莊儲藏。」

羅氏乘馬車奔波了一整日，只覺疲累難已，聽丈夫又要出門，大為擔憂，皺眉問道：

「當真這麼急麼？何不休息幾日再動身？」

沈拓搖頭道：「眼下情勢緊急，我等若不盡早運走存貨、收回欠債，只怕再亂下去，存貨和錢財遭大兵所劫，或遭爾朱強奪沒收，咱們可就一無所有了。此刻必須盡快將財產一部分封存藏匿，一部分暫存南方，方為保全之道。依我看來，未來數年洛陽情勢都將動蕩不安，必須得加快將『沈緞』的重心移往南方。」

羅氏只能同意，心中一動：「我年初請術士將那庶子趕去南方，豈知陰錯陽差，竟讓他逃過了洛陽兵劫，此刻反而身處南方、安享太平，老天實在太不公允了！拓郎計畫將財產逐漸轉移至建康，豈不讓那庶子的地位更加重要？」

她心中雖憤憤不平，但這些心事自不能對丈夫說起，想起自己又將與丈夫和長子分別，眼中不禁含了淚水，說道：「你別去太久。和大郎定要平安回來。」

沈拓道：「我理會得。妳莫擔憂我等，且在此安心住下，好好照顧兩個女兒。」

羅氏嘆息道：「只怕雁兒的傷痛難以平復。你明日就走，不如今夜去看看她吧。」

注「貴室豪家，棄宅競竄；貧夫賤士，繈負爭逃」等語，出自《洛陽伽藍記．卷一》，描寫河陰之變後城中居民倉皇逃難的情景：「〔四月〕二十日，洛中草草，猶自不安，死生相怨，人懷異慮。貴室豪家，棄宅競竄；貧夫賤士，繈負爭逃。」

沈拓點頭道：「是，我這就去探望她。」

沈拓於是來到大女兒的屋中，小女兒沈雒也在姊姊房中陪伴。沈綾告知二女自己即將再次出門，去北方辦事，二女都大感不捨。沈拓見大女形容憔悴，面帶病容，不禁心痛如絞，只能勉強安慰道：「盧家五郎雖下落不明，但吉人自有天相，既然還未找到人，說不定他竟逃過了一劫呢！」

沈雁只是默默掉淚，一句話也說不出來。

沈拓伸臂摟住大女兒，說道：「我的乖女！妳別擔心。就算盧五郎當真遭遇了不測，此間事情平定後，阿爺一定替妳另找一門更顯貴的夫家。」

沈雁伏在父親懷中，痛哭失聲，搖頭泣道：「阿爺，我並不在意夫家如何顯貴，我是真心中意盧家五郎的學識人品啊！如今他下落不明，我當守候一世，絕不另嫁！」

沈拓心中自然知道，盧五郎定然已經喪命，只是河陰死屍太多，一時找不到罷了。但他不願讓女兒太過傷心，只道：「阿爺明白妳的心。不如這樣，妳等候三年，那時若仍找不到人，阿爺再替妳安排更好的親事，如何？」

沈雁抹去淚水，抬頭望向父親，低聲道：「多謝阿爺愛護女兒的心意。女兒相信盧五郎仍好好地活著，我總會等到他的。阿爺此去，務請一路小心保重。」

沈拓撫摸女兒的秀髮，微笑道：「不必擔心，我和妳大兄很快便會回來的。妳放寬心情，盧五郎若是平安，那是最好；就算這門婚事不成，世事禍福難料，或許我們能在南方僑姓世家中替妳找到一門好親事呢！」

沈雁低頭抹淚，並不答話，顯然不願談論父親口中的「下一門好親事」，仍一心癡癡地等候盧家五郎。

沈雒坐在一旁聽著，眼睛從姊姊望向阿爺，又從阿爺望向姊姊，心想：「姊姊心中便只有婚嫁這一件事，可實在無趣得緊。等我長大後，絕不會如此在意自己嫁入甚麼人家，或自己的夫君是誰。」

就在這時，沈拓忽然對沈雒說道：「雒兒，這兒風大，妳去吩咐于洛，給妳大姊取件羊毛披肩來。」沈雒答應了，出屋而去。

屋中只剩下沈拓和女兒沈雁。沈拓握住女兒的手，低聲道：「雁兒，有件事情，阿爺須在離去前交代於妳，妳聽好了。」

沈雁聽阿爺語氣嚴肅，忙抹去淚水，坐直了身子，說道：「阿爺請吩咐，女兒一定盡力替阿爺辦到。」

沈拓想了想，說道：「我當初將妳小弟送去建康沈家老宅，用意便是替大夥兒安置一條退路；北方一旦發生動亂，我們便能舉家遷往南方定居，與妳小弟會合。倘若北方恢復安寧，那麼我希望妳知道，我有心在數年內讓綾兒回到洛陽，參與『沈緞』的經營。」

沈雁微微皺眉，說道：「但是阿娘……」

沈拓舉起手，說道：「別管妳阿娘怎麼想，她自然會反對到底。但為了沈家大局，我不能事事順從她的心意。妳阿翁在洛陽白手起家，開創了『沈緞』的事業；如今『沈緞』由我和妳大兄掌理，但我們沈家畢竟人單勢薄，妳大兄再能幹，也只是一個人。妳小弟聰明伶俐，知所進退，將來定是妳大兄的得力助手。」於是說了沈綾八歲之前便在帳房自學算數記帳、識字寫字等情。

沈雁聽了，不禁大感驚奇，說道：「我少見小弟，竟不知他如此早慧！小妹總說小兄如何伶俐多智，我從來不信，原來竟是真的！」

沈拓點頭道：「我也是在兩年之前，才發現了綾兒的過人之處。我長年在外，和綾兒相處的日子不長，但我看他是個性情中人。待他好的，他一定記在心中，絕不忘懷；然而待他不好的，他也不會輕易忘記。倘若他對家人心存芥蒂，不肯真心為『沈緞』出力，那就十分可惜了。」

沈雁點了點頭，說道：「阿爺的意思，是要我多勸勸阿娘麼？」

沈拓嘆了口氣，搖頭道：「任何關於綾兒的勸告，妳阿娘都是聽不進去的，妳也不必白費唇舌去勸她了。我只想讓妳知道，我十分重視綾兒；我甚至相信，我等往後須得倚賴他來撐起『沈緞』的事業。至於妳自己，不妨多加善待綾兒，讓他信任於妳。這對妳往後只有好處，沒有壞處。」

沈雁聽父親說得直白，點了點頭，說道：「我明白了。小弟回來之後，我定將善待於他，對他包容信任，絕不埋沒了他的才能。」

沈拓聽了，點頭道：「不錯，我正是這個意思。綾兒和雒兒年齡相近，一塊兒長大，兄妹倆感情極好，雒兒自然是一心向著綾兒的。妳們姊妹倆若都能當他如親兄弟般看待，他往後絕不會辜負妳們的。」

沈雁點頭道：「女兒明白了。」

沈拓微微一笑，伸手拍拍女兒的肩頭，說道：「這樣我就放心了。」

沈雁想起父親就將出門，又想起盧五郎生死未卜，忍不住撲在父親懷中，抽抽噎噎地又哭了起來。

注關於胡太后毒殺親子、爾朱榮舉兵討伐、河陰之變的描述，參考《魏書．卷十三．靈皇后》：「太后自以行不修，懼宗室所嫌，於是內為朋黨，防蔽耳目，肅宗所親幸者，太后多以事害焉。有蜜多道人，能胡語，肅宗置於左右。太后慮其傳致消息，三月三日於城南大巷中殺之。方懸賞募賊，又於禁中殺領左右、鴻臚少卿谷會、紹達，並帝所親也。母子之間，嫌隙屢起。鄭儼慮禍，乃與太后計，因潘充華生女，太后詐以為男，便大赦改年。肅宗之崩，事出倉卒，時論咸言鄭儼、徐紇之計。於是朝野憤嘆。太

后乃奉潘嬪女言太子即位。經數日，見人心已安，始言潘嬪本實生女，今宜更擇嗣君。遂立臨洮王子釗為主，年始三歲，天下愕然。」

「及武泰元年，爾朱榮稱兵渡河，太后盡召肅宗六宮皆令入道，太后亦自落髮。榮遣騎拘送太后及幼主於河陰。太后對榮多所陳說，榮拂衣而起。太后及幼主並沉於河。太后妹馮翊君收瘞於雙靈佛寺。出帝時，始葬以后禮而追加謚。」

《洛陽伽藍記．卷一》：「榮三軍皓素，揚旌南出。太后聞榮舉兵，召王公議之。時胡氏專寵，皇宗怨望，入議者莫肯致言。唯黃門侍郎徐紇曰：『爾朱榮馬邑小胡，人才凡鄙，不度德量力，長戟指闕，所謂窮轍拒輪，積薪候燎！今宿衛文武足得一戰，但守河橋，觀其意趣；榮懸軍千里，兵老師弊，以逸待勞，破之必矣。』后然紇言。即遣都督李神軌、鄭季明等，領眾五千，鎮河橋。」「十二日，榮軍於芒山之北，河陰之野。十三日，召百官赴駕，至者盡誅之，王公卿士及諸朝臣死者二千餘人。十四日，車駕入城，大赦天下，改號為建義元年，是謂莊帝。于時新經大兵，人物殲盡，流迸之徒，驚駭未出。莊帝肇升太極，解綱垂仁，唯散騎常侍山偉一人拜恩南闕。」

第二十一章　王氏

這日下午，沈綾正在絲舖中看帳時，忽見門外來了一輛華麗的馬車，一個衣著華貴、小頭銳面的中年人下了車來，在舖門口叫道：「掌櫃的！」

洪掌櫃正在後進清點絲綢存貨，其他學徒也正忙著招呼主顧，沈綾便放下帳本，迎上前去，行禮道：「這位貴客，請入敝舖稍坐奉茶，我這就去喚洪掌櫃。」

那中年人皺眉道：「我不坐了，茶也不必了。你快叫你們掌櫃的出來！我還有其他事趕著去辦。」

沈綾趕緊到舖裡找到了洪掌櫃，向他形容來客的馬車和衣著，說道：「這位客人看來很眼生，衣著挺講究的，但穿的並非咱們『沈緞』的絲綢，我猜想可能是城內哪個大戶的僕傭或管事。」

洪掌櫃從內進探頭出來，偷瞧了一眼，大吃一驚，縮回頭來，低聲道：「哎呀，來的可是王家的小管事哪！這可不得了！」

沈綾忙問道：「王家的小管事？那是甚麼人，很緊要麼？」

洪掌櫃道：「我說的王家，便是江東高門華族中位數第一的瑯琊王氏啊！東家的先父，你的先阿翁，往年追隨北遷的駙馬王肅，便出身瑯琊王氏。外面這位王生乃是王家專管外事的小管事之一，不知他怎會來此？若能做成王家的生意，那可是天下第一等的大事啊！咱們『沈緞』在南方可就做出名聲了！」

沈綾聞言也頗感興奮，說道：「洪掌櫃，你快去迎客，我去備茶。」

洪掌櫃整頓衣衫，快步趨出，遠遠地便開始作揖打躬，陪笑道：「王大管事！甚麼風將您吹來了？快快請坐！王大管事光臨敝舖，不知有何指教？」

王管事揮手道：「你姓洪是吧？洪掌櫃，我空閒不多，就直說啦。我們家十五郎要給他的狗兒買些墊犬舍的布料，你給我送幾疋來吧！」

洪掌櫃聽他竟打算買名貴精緻的「沈緞」去舖墊犬舍，臉上的笑容頓時僵住，一時不知該如何應對。

這時沈綾端上兩碗清茶，分別奉給王管事和洪掌櫃。北方奉客，多以酪漿，南方則慣以茗茶款客；「沈緞」的建康舖頭素以紫陽茶待客，那是山南數一數二的上品茶，使用的茶具則出自蕭山窯，托盤是青釉蓮花紋，茶盞內刻五朵蓮花瓣紋，形似一朵盛開的荷花，極為細巧精緻。

王管事低頭見了茶杯和托盤，原本說了不喝茶的，畢竟還是端起茶杯啜了一口，點頭道：「這茶還可以。」望向洪掌櫃，說道：「如何？你們這兒不是賣布料的麼？究竟有還是沒有？」

沈綾已聽見了二人對答，眼見場面尷尬，當即插口問道：「請問王大管事，貴府十五郎養的是甚麼狗？」

王管事側頭望了他一眼，挑起眉頭，沒想到一個絲綢舖子的學徒竟敢在自己面前發言，但聽他言語清楚，衣著得體，並不似一般學徒，於是問洪掌櫃道：「這是何人？」

洪掌櫃生怕沈綾答應出售珍貴的「沈緞」充作王家狗舍的鋪墊，給他使了個眼色，趕緊陪笑道：「這位是沈二郎，我們『沈緞』大東家的次子。」

沈緞在南方寂寂無名，王管事對甚麼「沈緞」大東家的次子並無多少尊敬之意，只擺擺手，說道：「我也不知小主人養的是甚麼狗，總之十分名貴就是了。」

沈綾問道：「體型有多大？」

王管事伸手比了比，約莫半尺長，說道：「還是隻狗崽子，就這麼點兒大，長毛兒。」

沈綾道：「原來是隻狗崽子。」

王管事不再理會沈綾，轉頭問洪掌櫃道：「掌櫃的，你們這兒有些甚麼合適的料子，可以用來鋪墊狗窩？」

洪掌櫃不能不答，緊急之中，只好回答道：「不如試試粗紋錦吧，粗紋錦比較厚，而且……而且冬暖夏涼。」

王管事點點頭，說道：「你說粗紋錦好，那麼便給我送十疋來吧。」

洪掌櫃好生後悔，但此時想改口也已不及，只能道：「是、是，我明日便給管事送去。」

王管事心想：「十五郎性急，要能今日給他辦好這件事兒，想必能討他歡喜。」於是說道：「今兒傍晚能送來麼？」

洪掌櫃心中暗暗叫苦，口頭上只能回答道：「是、是，小的立即挑撿妥當，今日傍晚便送去貴府。」

王管事道：「甚好。你給送到東北角的邊門外，跟看門的說是給王管事的就行了。」

洪掌櫃連聲答應，王管事便自去了。

王管事去後，洪掌櫃大感慚愧自責，雙手抱頭，將額頭抵在櫃檯之上，雙眼緊閉，咬牙說道：「老洪啊老洪，你這老糊塗！將我們『沈緞』上好的絲綢拿去給王家的狗用？這豈不是大大做壞了『沈緞』的名頭？往後我們該如何繼續在建康做生意哪？」

洪掌櫃平日性情開朗，舉止往往滑稽誇張，但如此當眾抱頭呻吟，倒也是第一次。眾學徒見了，都面面相覷，噤不敢言。

沈綾好生替他難受，只能安慰道：「洪掌櫃，您先別自責。咱們往後定是要做王家的生意的，但也不急在今日。如今有機會先認識一下，往後才有機會將『沈緞』賣給他們啊！這位王家十五郎不知多大歲數？不如我跟您一塊兒去，看能不能和他攀談攀談。」

洪掌櫃鬆開抱著頭的手，仍舊滿面頹喪絕望之色，搖頭道：「不成的、不成的，王家十五郎哪能這麼輕易便接見外人？我們送貨過去，定然只是放在門口，自有奴僕送進府裡，要見到王家中人的面，可比登天還難哪！」

沈綾訝異地道：「王家的人便這麼難見？他們都不出門的麼？」

洪掌櫃嘆息道：「二郎，你不知道，瑯琊王家乃是魏晉以來天下勢力最大的高門華族之一，王家一門，不知有多少人在朝中作官，顯赫富貴，至於極點。王家在建康的府第，大到看不見邊兒；他們在城外擁有的山丘、湖泊、園林，佔地千頃；王家諸人更不必離開家門，便要山有山，要水有水，何須踏出家門一步？不只是王家，謝家也是一般。這兩家在江左勢力之大，富貴之盛，無人能出其右。王謝兩家亦高傲得很，百年來多與彼此聯姻，幾乎不跟外姓通婚。」

沈綾出身的沈家在洛陽已屬城中數一數二的富戶了，聽說王謝兩家在南方的財力勢力如此，這才知人外有人，天外有天，便道：「這王謝兩家的財勢地位，只怕連皇族都比之不上！」

洪掌櫃點頭道：「你說得沒錯，即使皇族也難以與王謝兩家攀比。我聽人說，好幾位南方皇帝曾想給皇子娶王謝兩家的女子為媳婦，或將公主嫁入王謝兩家，王謝兩家都還不一定答應哩。」

沈綾好奇道：「他們的地位既然如此之高，為何不乾脆當起皇帝呢？」

洪掌櫃搖頭道：「王謝兩家雖有幾百位子弟在朝中擔任顯赫高官，但卻從未爭奪皇帝之位。東晉南渡以來，南方經歷宋、齊兩朝，以至今日的梁朝，皇帝多為武人出身。依我猜想，如王謝這般的名門華族，只盼家族繼續享受崇高的地位和無盡的富貴，對當皇帝可沒半點興趣。」

沈綾恍然道：「原來如此。」心想：「這兩家尊榮富貴如此，竟連皇帝都不屑當了。」

當日傍晚，洪掌櫃無奈之下，不得不挑了十足厚重的粗紋錦，讓兩個學徒搬上馬車，跟沈綾一道送去烏衣巷王家。他們依照王管事的指點，來到王宅東北角，專供販賣菜肉的小商小販出入的邊門之外。洪掌櫃上前敲了門，便有個僕役出來問明來意，進去通報；等了好一會兒，王管事才慢條斯理地出來接見。「沈緞」在北方雖生意興隆，名聲遠播，在建康卻才開鋪不久，王管事對「沈緞」眾人自然輕慢得緊。這王管事其實是王家專管外院雜務的小管事之一，連王家大宅都不得進，只在門房管些菜肉雞犬等瑣事，但在外人面前他卻能擺足了架子，此時向洪掌櫃和沈綾草草打了個招呼，行禮也免了，劈頭便問道：「布料送到了麼？」

洪掌櫃忙道：「就在車上。這粗紋錦厚而紮實，頗為沉重，不如我們替您扛進去吧？」

王管事往馬車上望了望，點頭道：「好吧。」

洪掌櫃問道：「請問管事，該送去何處？」

王管事道：「就送去犬舍吧。跟我來。」

洪掌櫃讓兩個學徒搬下六疋粗紋錦，自己和沈綾各抱了兩疋，三人跟著王管事跨過門檻，進入王家外院。此地雖只是王家外院，即一般僕婦奴婢居住生活之地，卻也十分寬敞開陽，花木扶疏，整潔雅致。轉了幾個彎後，一行人來到後院的東南角上，正是王家犬舍所在。

王家乃是富貴了數百年的名門大族，家中即使是犬舍，也非同小可；一整排的犬舍以上佳檜木製成，雕刻著各種奇花異卉，花草間雕刻了伏著坐著、大大小小的多種名犬。

就在這時，犬舍傳來一陣凶猛的狗吠聲，三頭身形巨大的獒犬從犬舍中鑽出，直向王管事衝來；幸而隔著柵欄，狗兒無法越過，只猛然撲在柵欄之上，狂吠亂跳不已。

洪掌櫃和學徒們從沒見過這等身形巨大的狗隻，只嚇得「啊喲」亂叫，轉身便逃。沈綾在洛陽家中時整日與金卷兒作伴，對狗兒十分熟悉，此時並不害怕，站在柵欄前不動，笑嘻嘻地道：「這幾頭犬兒可漂亮得緊哪！」

那些獒犬見他友善，便也收斂了氣燄，在他身前坐下，猛搖尾巴，乖乖地讓他摸頭搔頸，有的還翻過身子躺在地上，任他伸手穿過柵欄，揉摸自己的肚子。

犬舍旁一人「咦」的一聲，說道：「你不怕狗，狗兒倒怕你！這可奇了。」

沈綾轉頭望去，見說話的是個少年，不過十三、四歲年紀，比自己略大上幾歲；他面貌白淨俊秀，穿著一襲山東雲紋織錦居家寬袍，露出左肩和半幅胸口；頭髮蓬鬆，幾綹髮絲垂在臉上，看似粗疏而不經意，卻大有風流蘊藉之味。

王管事見到那少年，「啊喲」一聲，趕緊趨上前，對那少年躬身說道：「十五郎！您怎麼出來了？」

那少年道：「我出來看看阿寶。怎麼，牠肯吃食了麼？」

王管事支支吾吾地道：「我試過啦，餵牠吃豆泥、爛豬肉、牛骨頭，牠都不喜歡。」

少年皺起眉頭，滿面不悅之色，斥道：「沒用的傢伙！」

王管事低下頭，說道：「是、是！」

就在這時，十五郎轉頭望向沈綾，問道：「柵欄外那童子是誰？」

王管事忙道：「那是賣絲綢的『沈緞』鋪頭的沈二郎。我讓他們送幾疋粗紋錦來，用以鋪墊犬舍。」

十五郎啐了一口，斥道：「鋪墊犬舍有甚麼用？我的阿寶又不是怕冷，而是不肯進食啊！」

王管事陪笑道：「是、是。只是小人猜想，阿寶不肯進食，恐怕是凍著了，因此特地去城中的絲綢鋪子，讓人送幾疋厚實的布料來。」

十五郎「嘿」了一聲，低頭望向懷中一團毛茸茸的事物，滿面擔憂。

沈綾遠遠見了，忍不住問道：「請問十五郎，你的狗兒怎麼啦？」

十五郎輕輕撫摸懷中幼犬，擔憂地道：「我的阿寶不肯進食。」

沈綾道：「我可以看看麼？」

十五郎問道：「你懂得醫治狗兒的病麼？」

沈綾搖頭道：「我不是犬醫，不懂得醫治狗兒的病。但我以前養過狗兒，或許能給你出點兒主意。」

十五郎點了點頭，王管事趕緊上前打開柵欄，讓沈綾進去。那三頭獒犬見他進來，也不吠叫，只搖著尾巴跟在他腳邊。沈綾來到十五郎身旁，望向他懷中的幼犬，但見那是頭獅子犬，不禁喜道：「我還以為是這幾頭獒犬的犬崽，原來竟是獅子犬！」

十五郎見他說出狗兒的品種，甚是驚訝，說道：「你見過獅子犬？這是自西域傳入的稀罕品種，你怎麼認得出？」

沈綾道：「我家中就有一隻。但那隻獅子犬來到我家時已是成犬了，我倒是沒見過這麼小的。請問牠多大了？」

十五郎道：「幾個月吧？我也不知。」

沈綾問道：「斷奶了麼？」

十五郎皺起眉頭，說道：「我也不知？」

沈綾伸手接過那頭幼犬，摟在懷中，問道：「那麼你餵牠吃甚麼？」

十五郎道：「當然是肉和飯啦。狗兒還吃甚麼？」

沈綾感到那頭幼犬在自己懷中又輕又軟，眼睛都未曾完全睜開，搖頭道：「我瞧牠尚未斷奶，該給牠餵點兒羊奶才是。貴府有羊奶麼？」

王家甚麼沒有，不等十五郎吩咐，王管事立即道：「我這便去羊舍，擠一碗新鮮的羊奶來。」一說著飛步奔去了。

洪掌櫃和學徒們站在柵欄外，見沈綾和十五郎相談甚歡，彼此望望，心中都想：「這些小童們，圍繞著一頭狗兒就能聊將開來，當真稀奇。」

不多時，王管事匆匆端來一碗新鮮的羊奶。

沈綾道：「別讓大狗兒搶著喝，先將牠們關起來吧。」

十五郎吩咐了，便有犬夫上來將三頭獒犬牽走，關進了犬舍中。

沈綾將幼犬輕輕放下，十五郎親自將一盆羊奶放在牠面前。幼犬低頭嗅了嗅，身子開始扭動，顯得甚是興奮，卻似乎不知道該怎麼喝奶。

沈綾念頭一轉，說道：「我有辦法。」回頭叫道：「洪掌櫃，請你剪一塊粗紋錦給我，三寸見方便夠了。」

洪掌櫃趕緊從懷中取出剪子，就著學徒手上的粗紋錦剪下一塊，遞過去給王管事。王管事接過了，轉交給沈綾，沈綾將粗紋錦捲成一條，抱著幼犬，讓牠躺在自己臂彎中，用粗紋錦的一端沾滿了羊奶，慢慢擠入幼犬口中。幼犬張口便吃，吃得滋滋有聲，後來乾脆咬住粗紋錦，當是母狗的乳頭一般，吸吮起來。

十五郎大喜，連聲叫道：「牠吃了，牠吃了！」他看得興奮，問道：「讓我試試，成麼？」

沈綾笑道：「當然成。」將幼犬輕輕交給十五郎，並教他如何沾羊奶餵食幼犬；十五郎興奮得緊，直將大半盆羊奶都餵完了，幼犬才停止吸吮，滿足地舔舔嘴唇，閉上眼睛，熟睡過去。

沈綾笑道：「我們給貴府送粗紋錦來，原本打算用於鋪墊犬舍，沒想到一物二用，還能派上餵奶的用場！」

十五郎也笑了，說道：「太好啦。你叫沈二郎，是麼？這粗紋錦很好，再給我多送一點來吧。」

沈綾笑道：「我們帶了十足來，足夠餵狗兒十天半月了，那時牠也該斷奶啦。」

十五郎連連點頭，說道：「甚好、甚好。」低頭繼續望著心愛的狗兒阿寶，對沈綾道：「多謝你啦！」

沈綾笑了笑，說道：「舉手之勞，十五郎不必客氣。」告辭出來，和洪掌櫃、兩個學徒一同離開了王府。王管事見十五郎對沈綾青眼有加，對「沈緞」眾人立即客氣了起來，親自送出門去。

上馬車後，洪掌櫃忙問沈綾道：「你跟那王十五郎說了些甚麼？」

沈綾道：「也沒甚麼，他的狗兒還沒斷奶，自然不肯吃肉，我便教他如何餵狗兒喝羊奶。」

洪掌櫃甚感驚奇，說道：「二郎，你怎麼知道如何給狗崽子餵奶？」

沈綾笑道：「這有甚麼難的？我在洛陽家中養過狗兒，見過牠生了一窩狗崽，也就知道了。」

洪掌櫃滿懷希望地道：「咱們若能跟王十五郎攀上關係，或許便有機會開展王家的生意了！」

沈綾問道：「這王十五郎是甚麼人？」

洪掌櫃道：「我原本也不知道，方才悄悄問了王管事，他告訴我十五郎之父乃是南昌侯王規，現任大梁侍中、左民尚書；十五郎有個兄長王褒，學問淵博，多才多藝，深得皇帝賞識，將自己親兄弟的女兒嫁給他為妻，前途不可限量。十五郎是王規最疼愛的幼子，對他寵愛異常。二郎若跟他成了朋友，有了交情，以後就好說話啦。」

沈綾笑道：「我只不過教了他如何餵狗兒喝奶，算得上甚麼交情？王家這等世家門第，只怕咱們高攀不起。」

過了半個月，這日王管事匆匆來到「沈緞」鋪子，說有急事要請沈二郎去一趟。當時沈綾正在家中隨從兄弟們讀書，學徒告知沈綾要到午後才會來鋪頭。王管事聽了，竟留在鋪中等候；等一見沈綾到來，他便著急地嚷嚷道：「快、快！十五郎請沈二郎趕緊去一趟！」

沈綾奇道：「怎麼啦？」

王管事苦著臉道：「還是十五郎的阿寶，牠又不肯吃食了。」

沈綾和洪掌櫃對望一眼，心中都想：「我們『沈緞』在建康的生意，莫非得指望著這頭狗崽子做起來不成？」

沈綾不敢耽擱，趕緊跟著王管事來到王宅犬舍。但見那頭獅子犬阿寶正在犬舍旁的園中東奔西跑，十五郎在後追趕，口中呼喚著：「阿寶！阿寶！」

沈綾見阿寶長大了許多，已能自己到處亂跑了，不禁露出微笑。不一會兒，十五郎終於追上了牠，將牠抱起，試圖餵牠喝羊奶，牠卻掙扎著不肯喝。王管事趕上前幫忙，十五郎抬頭見到他，發惱道：「等你老半天了！你這沒用的傢伙，怎地這會兒才回來？」

王管事忙躬身道：「小的替您去請沈二郎啦。沈二郎早晨在家中讀書，剛剛才到舖頭。」

十五郎回頭見到沈綾，有如見到了救星，焦急地叫道：「沈二郎快來！你教我的法子不管用啦！」

沈綾上前望了望，笑道：「十五郎，阿寶該斷奶啦！」

十五郎一怔，說道：「斷奶？那牠該吃甚麼？」

沈綾道：「可以試試餵些碎肉小米。」

王管事聽了，說道：「我這就去取！」匆匆奔去，不多時便端來一碗碎肉小米，一放到地上，阿寶果然埋頭就吃，吃得津津有味。

十五郎高興至極，對沈綾大為感激，笑道：「真有你的，沈二郎！」

沈綾笑道：「這沒甚麼。阿寶可餓壞啦！」

兩個孩子蹲在地上，觀望阿寶大啖米肉。沈綾道：「阿寶也不小了，可以開始訓練牠了。」

十五郎大為驚奇，說道：「狗兒可以訓練的麼？能訓練牠做甚麼？」

沈綾道：「可多了！你可以教牠坐下，教牠趴倒，在地上翻滾，還能要牠去替你叼物事來呢。」

十五郎聽得好生驚喜，說道：「你快教我，該怎麼訓練狗兒？」

沈綾於是從碗中取了一點兒碎肉，將碗移開，對阿寶說道：「阿寶！坐。」

阿寶想著要吃，抬起頭，眼巴巴地望著沈綾，牠頭一抬，屁股一低，自然便坐下了。

沈綾笑道：「乖狗兒。」給牠吃了碎肉，阿寶高興得尾巴搖個不停。沈綾又重複了幾回，到了第五、六次上，他只消說聲：「坐！」阿寶便乖乖坐下了。

十五郎看得目瞪口呆，說道：「就這麼容易？」

沈綾笑道：「是啊，一點兒不難。只是必須重複訓練，讓牠明白你說『坐』，便是要牠坐下。往後即使你不給牠吃食，牠也會聽話的。」

十五郎道：「我試試。」依樣畫葫蘆，取了一點兒碎肉，舉起手，命令阿寶坐；阿寶這幾日餓得狠了，見有得吃食，立即便坐下了。十五郎大喜，說道：「當真有效！二郎，不如你再教點兒別的？」

沈綾於是又教阿寶趴下和翻身，阿寶甚是聰明，加上肚子餓得緊，一教就會。十五郎高興極了，問道：「別的狗兒也能訓練麼？」

沈綾道：「一般幼犬應當都能訓練的。要是年紀太大的老狗，只怕就不行了。」

十五郎眼睛望向王管事，點了點頭，露出若有所悟的神情。

沈綾一怔，隨即知道他暗指王管事年紀太大，如老狗一般，已學不了甚麼新伎倆，忍不住笑了出來。

十五郎正色道：「『以道觀之，物無貴賤』。不論人還是狗兒，皆無差別，咱們都不能小覷了。」

沈綾知道這話出自莊子〈秋水篇〉，勉強忍住笑，說道：「『天地不仁，以萬物為芻狗』。人和草紮的狗兒，原本便沒有甚麼分別。」

十五郎見他聽懂了自己的玩笑，更能引用老子《道德經》中的語句對答，心下好生高興，向他眨眨眼，兩個少年都忍俊不住，相對大笑起來。

十五郎是孩子心性，眼睛一轉，又道：「那幾頭獒犬年紀都不小了，不如我來試試訓練牠們。」於是讓犬夫帶了獒犬來，說要訓練牠們。

犬夫陪笑道：「十五郎，這幾頭獒犬，我們都已訓練過了。」

十五郎道：「是麼？牠們會些甚麼？」

犬夫道：「主要是守門。一旦有生人接近門口，牠們便會大聲吠叫，衝上去咬。」

十五郎吐吐舌頭，說道：「怎麼我來犬舍，牠們卻既不吠叫，也不衝上來咬我？」

犬夫道：「牠們熟悉主人和郎君們的氣味，因此不會攻擊您們。」

十五郎指著沈綾，說道：「那麼為何沈二郎上回第一次來家中，獒犬也沒有咬他呢？」

犬夫有些尷尬，只能說道：「那是因為沈二郎是十五郎的客人，因此獒犬不敢咬他。」

十五郎笑道：「如此說來，這幾頭獒犬還知道誰是我的朋友，可比某人強得多了！」說著又向王管事瞟了一眼，露出揶揄之色。

沈綾見了，忍不住又笑了起來。王管事見兩個童子望著自己發笑，好生尷尬，只能跟著苦笑，心中甚感懊悔：「當真料想不到，十五郎竟和這賣絲綢的沈家二郎如此投緣！早知如此，我當初就該對他多尊重禮遇一些啦。」

十五郎和沈綾一塊兒逗狗玩鬧，談天說地，好不歡快；直到傍晚，十五郎才命王管事派人駕馬車送沈綾回去沈氏祖宅。

自此以後，十五郎的狗兒阿寶每遇上甚麼疑難雜症，便派王管事去請沈綾來，給自己出出主意。沈綾雖出身洛陽巨富商家，但因是庶子，常常獨自一人在洛陽城中閒逛，見多識廣，腦子又靈活，每回給十五郎出的主意，即便是與養狗毫無關係的，也都十分管用。一回，沈綾聽十五郎說阿寶長大了，想造一棟較大的犬舍給他的阿寶居住，直說得天花亂墜，口沫橫飛。

沈綾笑道：「你這些想法都挺好，就不知木匠做不做得出來？不如我去找一位木匠，請他帶上木材和工具，你在一旁指點，請他當場做出一間犬舍來，你說如何？」

十五郎正想找些特異出格之事來做，一聽之下，大合心意，立即拍手叫好；沈綾見他如此有興致，便道：「那敢情好。我這便去尋訪一位木匠，請他來這兒打造犬舍。」

當日他回到「沈緞」舖頭後，便立即與洪掌櫃商量此事。洪掌櫃聽說事情仍圍繞著那頭狗崽子，不禁苦笑道：「做犬舍麼？我認識城中的一位蔣木匠，手藝高超，要不明日我們便去拜訪他，探問他是否有興趣。」

於是次日午後，沈綾便與洪掌櫃一同去拜訪蔣木匠，告知所需。蔣木匠聽說要去王家做犬舍，哭笑不得，但王家的生意，誰能推辭不做？於是說道：「好吧，我去！做犬舍也是活兒。」

蔣木匠知道王家富貴闊綽，即使是犬舍也不能輕忽，因此準備了上好的檜木板，帶上了數套規尺刀鋸等工具，外加五個頗具經驗的學徒。洪掌櫃以鋪頭的馬車載了木板和工具等物，和沈綾一起來到王府。因木板沉重，王管事便讓他們將馬車直接駛入。

當時十五郎正和一群六個友伴玩著投壺彈棋之戲，聽王管事說沈綾帶著木匠到了，一齊喧鬧著奔出內苑，來到犬舍。

沈綾正將馬繩綁在木柱上，回頭向十五郎打了招呼，笑道：「準備做木工啦！」

沒想到十五郎連退幾步，滿面驚恐之色，伸手指著他身後，叫道：「那是甚麼？」

沈綾不明白他為何如此驚怕，也是一呆，回頭一看，正對上了馬的鼻子，心想：「他是指這馬麼？」回頭望向十五郎，說道：「你是說這個麼？這是……這是我鋪頭裡的馬。」

十五郎睜大了眼睛，疑懼絲毫不減。就在這時，十五郎的狗兒阿寶不知好歹，吠叫著奔上前去，咬了馬腿一口。那馬吃痛，伸蹄踢去，從鼻子裡噴出一口氣，仰頭嗚叫。阿寶嚇得回身便奔，嗷嗷而叫，鑽入十五郎的懷中，一人一狗連連後退，直退到牆角；沈綾連忙一扯馬轠，喝止安撫馬兒。

十五郎緊緊抱著阿寶，顫聲說道：「這不是馬，是老虎啊！」

其餘那些少年們見到了沈綾的馬，也都嚇得臉色蒼白，渾身顫抖，紛紛附和道：「是啊，這根本就是老虎嘛！」「老虎要將我們都吃了！」「快逃命啊！」「十五郎，你帶來了甚麼猛獸，想讓牠將我們都吃掉麼？」

沈綾感到莫名其妙，望向一眾少年驚恐的模樣，看來並非假裝，又不明白他們為何如此害怕，忍不住問道：「諸位當真從未見過……從未見過馬麼？」

少年們紛紛搖頭，仍舊堅持道：「這不是馬，是老虎！」

沈綾勉強忍住笑，說道：「既然是老虎，那我便騎虎給你們看看，好不？」

少年們又好奇又害怕，紛紛道：「你真敢騎老虎？」「你騎吧，別給老虎吃了便是！」「拉緊了老虎，千萬別讓牠靠近我們！」

沈綾讓伙計解開馬籠頭，卸下馬頭上的皮索；這馬平日是用來拉車的，並無馬鞍馬蹬等物，但嘴上有嚼子，連在嚼子上的繩索可以充當轡繩。沈綾輕拍馬頸，悄聲對馬說了幾句話，雙手拉著馬轡，左腳一蹬，便翻身坐上了馬背。沈綾未滿十二歲，身材尚小，但南方馬不如北方馬高大，因此他能輕易翻身上馬。這馬雖是拉車的馬，少讓人騎，又無馬鞍馬蹬等物，但沈綾在洛陽時日日與小妹沈雒一塊兒騎馬出門，對騎馬頗為熟悉；這時他穩穩地騎在馬背上，笑道：「老虎要走路啦！大家小心了！」

少年們這時才漸漸相信這是馬，不是老虎了；聽他這麼說，都嘻嘻哈哈地四散逃跑，有的躲到庭院角落，有的縮在樹叢之後，有的躲在涼亭柱旁，口中大叫：「老虎來啦！」

口氣中少了幾分驚恐，多了幾分玩笑之意。

沈綾輕扯馬韁，雙腿一夾，口中吹哨，讓馬踏步前進，在庭院中走了一小圈，回到原地。少年們眼見這頭「老虎」並不凶猛，這才紛紛從躲藏處出來，膽大些的甚至來到一丈開外，就近觀望。

沈綾翻身下馬，拉著馬韁，笑道：「不必害怕，牠不會咬人的。各位郎君儘管上前，試著摸摸牠的脖子和鼻子。喏，牠的鼻子很軟的。」

少年們湊上前來，紛紛伸手撫摸馬身馬鼻，口中嘖嘖稱奇。

十五郎見友伴們驚奇讚嘆，心中不禁甚覺得意，對沈綾好感大增，笑道：「沈二郎，你真有本事，連老虎都能馴服！」

沈綾笑道：「這一點兒也不難。十五郎若有興趣，不如便讓我教你『騎虎』如何？」

十五郎連連搖手，說道：「只怕我『騎虎難下』啊！」眾少年都大笑起來。

當日下午，十五郎、眾少年在蔣木匠的指點下，一起畫出了犬舍的格局圖；之後眾少年便在蔣木匠和學徒們的幫助下，七手八腳地量度畫線，沿線鋸木，削筍敲釘，忙得不亦樂乎。眾少年哪裡做過木工這等粗活，刀子鎚子拿在手中，還沒做甚麼活兒，細嫩的皮膚便已磨出了水泡，紛紛叫苦。沈綾雖也沒做過木工這等活兒，但至少在舖裡得每日搬運緞料，力氣還是有的，手掌也沒那麼細嫩。他見十五郎的拇指磨得一片通紅，疼得愁眉苦臉，靈機一動，說道：「十五郎，我們之前送來的粗紋錦還有麼？你讓人取些來，我給你做對手套兒，便不怕手疼了。」

十五郎雙眼一亮，說道：「好主意。」於是讓王管事去取了粗紋錦來，沈綾雖非裁縫，但他在「沈緞」鋪子中做了大半年的學徒，對剪刀針線並不陌生，稍稍度量一下，便剪出兩塊手形的錦料，很快地用針線縫上了，做出一隻手套。其他少年見了，也吵著要，沈綾便趕緊又做了十二隻手套，讓十五郎的六個友伴各自戴上，繼續做木工。

忙到傍晚，眾少年在蔣木匠的指點協助之下，竟當真做出了一間三尺高、五尺寬的犬舍。

蔣木匠笑著稱讚道：「眾位郎君的手藝兒當真不錯，可比我的學徒們高明多了！待我給這犬舍漆上油漆，晾乾之後，便能使用啦！」

眾少年從未做過木工，這時合力做成了一間犬舍，都大感新奇興奮，歡呼雀躍不已。

十五郎十分滿意，對王管事道：「你去取罈好酒來，請蔣木匠和諸位木工師傅飲用。再去庫房取五兩銀子，賞給蔣木匠。」

王管事答應了，立即命家丁去取酒，又讓人去庫房取銀子賞給蔣木匠。蔣木匠喜出望外，趕緊道謝，收下銀子，又帶著學徒們喝了酒，歡歡喜喜地告辭去了。

第二十二章　夜宴

沈綾見天色晚了，也準備告辭離去，十五郎卻拉住他的衣袖，嚷嚷著道：「別走，別走！你怎能走啊？你今兒不但騎了老虎，還幫我做了犬舍哪！你且留下，跟我們一塊兒去八角亭宴飲慶祝一番！」

沈綾大感受寵若驚，他雖不時來王府陪十五郎玩狗閒聊，十五郎卻從未留他進膳，何況是與他的一群友伴一道？他有些忐忑不安，卻不想錯過這個大好機會，當下便應承了，對王管事道：「王管事，麻煩你去跟洪掌櫃說一聲，我今夜要晚些才回去。」王管事恭敬答應了。

十五郎甚是高興，引著沈綾和六個友伴離開犬舍，經過一道長廊，穿過拱門，來到一座巨大的花園之中。這是沈綾第一次來到王府犬舍以外之地，但見園中林木扶疏，濃綠成蔭，走出一段，迎面出現了一個極大的荷花塘，塘中數百株粉色、白色、鮮紅色的荷花紛紛綻放；池邊綠柳垂拂，一道小橋從池上橫過，連到池中的一座小亭。那亭子遠看並不大，但當沈綾跟著一行人穿過小橋來到亭中，才看出這亭子竟與自己洛陽家中的沐恩堂差不多大小，足能容下上百賓客；亭子呈八角形，周圍臨水，各面皆有紗簾垂掛掩映，亭中有道木頭階梯，通往樓上。

十五郎笑道：「上去吧，樓上景致更好。」

一群少年嘻嘻哈哈地來到二樓，沈綾也跟了上去。但見二樓四面開敞，望將出去，園子的東南西北盡收眼底。這池塘和亭子顯然位於園子的正中心，不管往哪一方望去，都幾乎望不到園子的盡頭；北面布滿嶙峋山石，南面則是成片的蔭鬱樹林，東面是層層相連的宏大府邸，西面則是一片碧綠湖泊，最遠處彷彿有道圍牆，圍牆外便是建康城的街道房舍了。

沈綾從未見過這等開闊美景，忍不住讚嘆道：「素聞王宅宏偉非凡，然而若非親眼目睹，絕對想像不到貴宅竟能寬廣至此！」

十五郎笑道：「你說王宅？這園子可還算不上是王宅，只能說是王家的別院之一哩。若非如此，長輩怎能任由我們一群孩童在這兒放肆玩鬧呢？」

沈綾在驚嘆間，但見園中的僕婦忙著布置座席，在亭子的八方安放了八個雕刻著精緻山水人物的楠木食案，上鋪細竹織墊，兩旁陳列著銀盤牙箸，金杯玉盞。十五郎招呼眾友伴入席，又讓沈綾坐在自己身旁。

沈綾之前已聽十五郎介紹過，這六名少年都是王家或謝家的子弟，還有一個出身陳郡袁家，也是江南僑姓望族之一。他們不是十五郎的從兄弟，便是表兄弟，個個出身高貴；因年齡相近，和十五郎一塊兒在王家的私塾讀書，因此結成了好友。眾少年讀書之餘，便學著叔伯長輩的樣，不時聚在一起宴飲玩樂。

沈綾往年在洛陽家中時，因飽受主母羅氏冷落，極少參加沈宅的宴客聚會，唯一見過的大場面，只有數年前和家人同赴駙馬府邸拜壽，以及那年大年夜時，在家中萬福堂和沈姑一家共進團圓宴。但他曾躲在暗處，偷覷父母兄姊在家中宴客時的排場，觀看賓客的言行舉止，此時親身參與這場王府別院湖心八角亭的聚會，心頭仍不禁頗感戰戰兢兢；他知道自己絕不能露出畏怯粗魯之態，不然他原本便身分低微，擺明高攀不上這些世家華族子弟，倘若再出醜露乖，往後定然更叫這些少年們瞧不起了。於是他打起精神，勉強隱藏心中的不安，盡力讓自己顯得愉悅自在，舉止從容。

只見十五郎伸手搖了搖几上的一只小鈴，鈴聲清脆；接著一群身形裊娜、衣飾精美、妝容齊整的女侍款步登上階梯，魚貫上前，替每人端上一道冷食。沈綾低頭望去，只見白玉瓷碟的中央盛著一個圓形球團，色作鮮紅，外裹一層透明的晶凍，周圍以綠色枝葉裝飾，煞是美觀。

一個少年笑道：「東海龍珠！我猜對了。」

沈綾後來才知，所謂「東海龍珠」，乃是以數百枚鯽魚之子聚合而成。這「東海龍珠」的份量不大，沈綾一口便吃下了，只覺入口沁涼鮮美，甘脆爽口，毫無腥味，竟是生平從所未嚐的美味。他心中暗暗讚嘆，側眼望向其他人，見他們隨口便吃了，毫無驚嘆之色，想是平日吃慣了東海龍珠，並不稀奇。

眾人食畢後，女侍們安靜而迅速地收去了白玉小碟，送上第二道冷食「雪泥蟹爪」。這道菜以天青色瓷碗盛裝，盤中的「蟹箝」呈鮮黃色，盛於瓷碗的正中央，仔細一看，才知那並非真的蟹箝，而是以蟹膏做成了蟹箝的形狀。沈綾以象牙筷子夾起，送入口中，但覺入口蟹味濃郁，肥美難言。他將那蟹膏留在口中許久，不捨得吞下，待蟹膏融化嚥入後，仍覺回味無窮。

十五郎望著他享受美食的神情，微笑道：「北方很少吃蟹吧？」

沈綾吁出一口長氣，點頭道：「北方魚多蟹少，蟹而有此豐腴之蟹膏者，北方更是絕無僅有！」

十五郎笑著端起自己的那碗蟹膏，移到他的几上，說道：「我嫌膩味，不愛吃這個。但總聽人說我們家這『雪泥蟹爪』乃是天下美味，莫要暴殄天物，不如請你吃吧！」

沈綾感激地連聲道謝，舉箸吃了，閉上眼睛，盡情享受這雪泥蟹爪的絕世美味。

一旁的謝十六郎笑道：「王十五，這雪泥蟹爪，只有你王家的廚娘張嫂做得出來。我阿爺總說，你們王家的庖廚啊，少了張嫂可真不成！我們家的廚子廚娘們試了不知多少回，都做不出這道雪泥蟹爪！」其他少年也紛紛表示同意，說起王家廚娘張嫂的拿手美食，都是讚不絕口。

沈綾心想：「喬廚娘最愛烹調美食。她若有機緣一嚐張嫂的手藝，想必驚豔莫名。」

八道冷食過後，侍女開始呈上一道道的熱食；包括「子非魚」（清蒸鱸魚）、「捧珊瑚」（紅燒蹄膀）、「撈珍珠」（丸子濃湯）、「摘天虹」（五色蔬卷）等，用的都是最新鮮珍貴的食材，很多沈綾更叫不出名兒，只曉得每道菜都細巧罕見至極。他雖已在建康住了一段時日，知道南方烹飪遠較北方細膩多樣，卻從未見識過這等精細美味的菜餚，只吃得讚賞不絕。

沈綾一邊享用美食，一邊聆聽身旁少年的談話。他在洛陽時曾讀過兩年書，在建康也每日跟隨從兄弟們讀書，史書尤其讀得通熟，聽這些南方世族子弟的對話，倒也不至於完全聽不明白，或者搭不上話；但他發現這些少年並不屑於談論經史子集，反而喜愛吟詩作對，談論老莊玄學。沈綾不懂得作詩，但老莊卻讀過一些，心想：「最好他們別繼續談詩，不然我這一整晚便只有聆聽的份兒了。」他靈機一動，心想：「我雖不會作詩，卻知道不少北方的詩歌啊！」於是找了個機會，對身旁的謝十六郎笑道：「北方詩歌風格，與南方大不相同；南詩精雅清麗，北詩豪放直爽。不如我唱首北方的詩歌給你們聽，讓你們評論評論，如何？」

眾少年聽了，都甚感好奇，紛紛叫好。於是沈綾唱了一首〈李波小妹歌〉：

李波小妹字雍容，
褰裙逐馬如卷蓬。
左射右射必疊雙。
婦女尚如此，
男子安可逢？

眾少年從未聽過北方詩歌，都大感新奇。謝十六郎問道：「沈二郎，你如何識得北方詩歌？」

沈綾道：「我生長於洛陽，耳濡目染，自然識得不少北方詩歌。」

眾少年這才知道沈綾乃是生長於大魏都城洛陽的漢人子弟，都大感驚訝。另一個袁姓少年問道：「這歌裡說的李波小妹，當真懂得騎馬射箭麼？」

沈綾笑道：「這個自然了。北方女子英姿煥發，人人都懂得騎馬，尤其是鮮卑女子。我家主母就是鮮卑人，出門必定乘馬；我的姊妹出門也總愛騎馬，我小妹還擅長射箭呢！她跟詩中的那位李波小妹一般，射箭準頭極好，騎在馬上快馳而過，拉弓瞄準，十五丈外的靶子，箭箭正中紅心！」

少年們都驚訝不已，七嘴八舌地不斷追問：「你的妹子當真能夠騎馬？」「馬，可不就是你今兒帶來的，那頭和老虎一般凶猛的獸物麼？」「她當真會射箭？女孩兒體弱無力，如何能拉弓射箭呢？」「你們家大人竟讓你家小妹學騎馬射箭！我們這兒啊，倘若哪個男孩兒想學騎馬射箭，大人一定立即斥責一頓，絕不准許！」

沈綾聽他們對於北方諸事一概不知，於是笑著解釋了北方風俗，接著說了些大魏都城洛陽的奇聞軼事，城中千百佛寺的莊嚴華麗，永寧寺塔的高聳壯觀，洛陽大市的繁華熱鬧，還有慕義里中金髮碧眼、長相奇特的西域胡人；他也講述了一些鮮卑人的習俗，甚至說了幾句他從于叟那兒學來的鮮卑語，唱了一支鮮卑曲，跳了一支胡舞，讓諸少年大開眼界，嘖嘖稱奇。

在這場夜宴之中，沈綾和這群南方世家華族中的子弟有說有笑，飲酒作樂，絲毫不顯寒傖；十五郎不但不須特意照顧於他，甚至還認為他給自己掙足了面子，不禁對這「沈緞」的二郎好感大增，另眼相看。

此後十五郎偶爾念及沈綾，便派王管事去「沈緞」鋪頭請沈綾來到家中，參與自己和親朋好友的聚會，不但增加宴會的趣味，更能讓自己在友伴面前出出風頭。

有一回，沈綾來到王家，見十五郎正在餵他新養的一池錦鯉，便跟在一旁觀看。

十五郎一邊餵魚，一邊問道：「二郎，你說你家裡是做甚麼的？」

沈綾微微一怔，心想：「他認識我這麼久了，竟然不知道我家是做甚麼的？」回答道：「我家是做絲綢的。」

十五郎又問道：「絲綢是用來做甚麼的？」

沈綾甚感奇怪，答道：「絲綢？自然是用來做衣衫的啊。」

十五郎若有所悟，低頭望望身上的衣衫，說道：「那我身上的這些衣衫，也是絲綢做的麼？」

沈綾望了望他身上的衣衫，說道：「是啊，這是江南特產的錢絹，很名貴的。」

十五郎笑道：「原來你家的絲綢也能做成衣衫，我以為你們的絲綢是專給狗窩做鋪墊的哩！我那日還想，建康城養狗的人家不多，你們的生意只怕不好做吧？」

沈綾心想：「這十五郎當真不通世務，竟以為聞名天下的『沈緞』是專門用來鋪墊狗窩的！嘿，他連自己的衣衫是甚麼做的都不知道。」於是只笑了笑，說道：「十五郎，你可知道絲綢是用甚麼做的？」

十五郎答道：「當然是絲做的了。」

沈綾又問道：「那麼絲是從哪兒來的？」

十五郎果然不知，茫然搖了搖頭。

沈綾笑道：「絲是從蠶兒口中吐出的。」

十五郎滿面迷惑，問道：「甚麼是蠶兒？蠶兒如何吐絲？」

沈綾笑道：「你從沒見過蠶兒，是麼？不如我下回帶幾條來給你瞧瞧，好麼？」

十五郎又是好奇，又是警戒，說道：「你說的蠶兒，莫不是如老虎那般龐大又嚇人吧？」

沈綾失笑道：「不，不！當然不是。蠶兒很小，比我的手指頭兒還要小，而且牠們動作很慢，嘴巴又小，絕對不會咬人的。」

十五郎聽了，這才放下心，說道：「好吧！那你下回帶幾條蠶兒來，讓我見識見識。」

過了數日，沈綾果然帶了一木盒的蠶兒來到王家。十五郎和他的友伴們好生興奮，湊上圍觀，見木盒中的蠶兒爬在桑葉上，忙著咬嚙桑葉，都大感新奇，紛紛問道：「這就是蠶兒？」「這小小蟲兒會吐絲？」

沈綾道：「是啊！牠們長大之後，便會吐絲做繭，將自己包在繭裡面。」他從懷中取出另一個木盒，裡面裝著十多個蠶繭，給少年們看。

十五郎驚奇不已，問道：「這就是蠶繭兒麼？我可以摸摸看麼？」

沈綾道：「自然可以了。但你得輕輕地摸，別太使勁兒；一使勁兒，蠶繭很容易就被捏扁了。」

十五郎和少年們紛紛伸手拈起一只只蠶繭，仔細端詳。十五郎問道：「蠶兒明明是軟軟的蟲子，怎麼能變成這圓圓硬硬的繭？」

沈綾道：「你想親眼看牠是怎麼變的麼？」

十五郎和其他少年都道：「非要親眼見到才行，不然我才不信呢！」

沈綾笑道：「那敢情好，我便讓各位親眼瞧瞧。」指著先前那個木盒子，說道：「這個木盒裡的蠶兒，近兩日內便會吐絲結繭；我將盒子留在這兒，小郎君們須得繼續餵牠們吃桑葉，一、兩日後，不時打開蓋子查看，便能親眼見到蠶兒如何從蟲子變成繭了。」眾少年聽了，都興奮不已，紛紛吵著要試試。

沈綾早有準備，說道：「這些蠶兒繭兒，不如就都留下給諸位耍兒吧。我也帶了桑葉來，可供蠶兒吃上五日。」

少年們都大感新奇，每人興沖沖地分了三、五條蠶兒、繭兒和桑葉，分別裝在木盒子中。沈綾向少年們講解如何將桑葉蔭乾，如何餵食，又該如何清除蠶糞。少年們聚精會神地聆聽，不斷點頭。

等沈綾講解完畢，十五郎童心頓起，提議道：「咱們同時學了如何養蠶，不如來個比試，誰養的蠶先結繭，便算贏了；誰的蠶吃不飽餓死了，便是輸家。輸的請客喝酒，如何？」眾少年們都貪玩好事，紛紛高聲叫好。

這時，內門屏風後忽然傳來個清脆的聲音道：「我也要參加！」眾少年回頭望去，但見一個十一、二歲的少女從屏風後轉出，身穿桃紅繡裙，一張瓜子臉，彎眉杏眼，櫻唇含笑。

十五郎招手笑道：「十七妹，妳怎麼跑來了？」

少女款步來到廳中，笑道：「我來看看你們在玩甚麼把戲啊！」

其他少年都識得這少女，紛紛與她招呼道：「十七妹！」

沈綾頗感驚訝；他在沈家祖宅中，從未見到過自己七歲以上的從姊妹。這王家的十七娘竟然如此大方地來到外廳，與其他男子招呼相見，毫不靦腆避忌。沈綾卻不知道，如王謝這等華門高族家中的女兒，大多飽讀詩書，琴棋書畫、吟詩作對，無所不通，在家中素與男子平起平坐；這等風範在一般南方人家之中，自是難以得見。

十五郎對沈綾道：「二郎，這是我同胞妹妹，十七娘。」又對少女道：「這位便是我跟妳提起過的，沈二郎。」

少女面帶微笑，緩步上前，微微頷首，向沈綾斂衽為禮，說道：「沈二郎。上回十五哥給我唱了一首〈李波小妹歌〉，說是二郎教他的，當真特別得很！」語音清脆而柔軟。

沈綾望著十七娘清麗而俏美的容顏，隨意而精緻的衣飾，全身上下散發著南方世家小娘子的端莊閑適、淡雅柔和，心中不禁動念：「這位小娘子不但容貌秀麗過人，而且氣質出眾，比大姊更多了一分嬌美優雅，比小妹多了一分恬淡柔順。」趕忙還禮道：「沈二見過十七娘。那首〈李波小妹歌〉乃是北方民歌，正是我唱給十五郎和諸位郎君聆賞，藉以取樂的。北方女兒豪邁奔放，可讓十七娘見笑了。」

十七娘微笑道：「沈二郎太客氣了，我怎會見笑呢？北方女子英姿颯爽，當真教人敬佩不已。這首曲子，沈二郎可願意為我唱一回麼？」

沈綾望著她從容自得的神態，輕柔如水的言語，只感到全身都酥了，連忙定了定神，望向十五郎，想知道他的意思。十五郎笑道：「二郎你儘管唱吧！十七妹從未聽過北方歌謠，一聽之下，竟然喜歡得很。只是我唱得不好，還是該由你來唱才是。」招呼妹子在自已身邊坐下，一起聆聽。

於是沈綾清了清喉嚨，唱道：

李波小妹字雍容，
褰裙逐馬如卷蓬。
左射右射必疊雙。
婦女尚如此，

男子安可逢？

沈綾一邊唱，心頭一邊暗自懊悔：「我在家中那時，怎地未曾多練練嗓子？又怎地未曾多學幾首北方歌謠？」

十七娘美目圓睜，專注而聽，聽完之後，拍手笑道：「好！真正好聽。十五兄，沈二郎唱得可比你好聽多啦！」

沈綾聽她稱讚自己，不禁滿臉通紅，一時說不出話來。十五郎笑道：「那當然了，沈二郎可是道地的北方人啊！」

十七娘低頭望向十五郎木盒中的蠶兒，大感興味，對十五郎道：「我也要參加養蠶的比試。十五兄，你分我幾隻蠶兒好麼？」

十五郎還未答話，沈綾已搶著道：「我這兒還有一盒蠶兒，十七娘儘管拿去吧。」忙著從包袱中翻出一盒蠶兒，雙手捧著，遞給十七娘。

十七娘接過了，頷首為禮，說道：「多謝沈二郎！請問，蠶兒該如何養法？」

其他少年都已聽沈綾解說過了，這時皆呼擁著走入院中，煮水品茶去了；於是沈綾坐在十七娘身旁，單獨向她講解如何蔭乾桑葉、如何餵食、如何清除蠶糞等。沈綾此時離十七娘甚近，聞到了身旁傳來一股淡淡的香味，好生舒暢，心中暗想：「不知她用的是甚麼脂粉，或佩戴了甚麼香包？這味道可真好聞！」

十七娘仔細聆聽，不斷點頭，最後微笑道：「多謝二郎解說，我定會認真餵養這些蠶兒的。」說著站起身，對沈綾斂衽為禮，捧著蠶盒兒，轉入屏風後去了。沈綾呆呆望著她的背影，不禁癡了。

半晌後，沈綾定下心神，來到院中，與十五郎和眾少年一同品了一回茶；臨走時，十五郎拉住了他，悄悄對他道：「十七妹之前便問了我好幾回，我跟她說，妳要想聽沈二郎親口唱那首〈李波小妹歌〉，就便自己來求他吧。誰知她今兒竟真的來了！多謝你為她唱歌，這回她可稱心如意啦！」

沈綾聽了，心想：「原來她一心想來聽這首歌，已經問了十五郎幾回了。」想起她嬌俏的容顏，溫軟的言語，不禁臉上一熱，不知該說甚麼才好，匆匆告辭離去。

幾日過後，十五郎派王管事來舖頭請沈綾；沈綾來到十五郎的住處，但見他和一班友伴都聚集在廳堂上，十七娘也在其中。十五郎一見到沈綾，便興奮地快步迎上，高聲叫道：「我贏了，我的蠶兒最先結繭啦！」

他的那些友伴也不甘示弱，各自捧著自己的木盒兒，搶著道：「二郎，你快來看。我的蠶兒結的繭最大！」「二郎，我的蠶兒結繭最快！」「我的剛剛結繭，但顏色最白淨！」

沈綾忙安撫一眾少年，笑著說道：「慢來、慢來。待我瞧瞧，誰餵桑葉餵得最小心，誰清蠶糞清得最勤快，結的繭就一定最大最好。」

這麼一說，一眾少年都趕緊將自己的木盒遞到他面前，請他評鑑。沈綾家中雖是做絲綢的，但他對養蠶並無興趣，向來不喜歡去燥暖閉塞的蠶舍；只因小妹沈雛鍾愛蠶兒，不時拉著他在桑園和蠶舍中盤桓，他才對蠶事略有所知。這時他一一仔細觀看少年們的繭，一邊點頭，一邊讚賞道：「這個繭不錯，形狀渾圓；這個顏色潔白得很；那個光澤極佳；這個麼，個頭最大；那個麼，才剛剛開始結繭，但蠶兒多食了一日桑葉，結出的繭可能會比其他的繭更大。」一眾少年各自被捧了幾句，人人都甚是高興。

沈綾最後讚賞道：「各位郎君們餵養蠶兒認真勤快，蠶兒全都按時結了繭，當真十分不容易啊！」少年們聽了，都自吹自擂起來，得意非凡。

沈綾留意到十七娘安靜地坐在几旁，几上放著她的蠶盒兒；她始終未曾發言，臉上露出愉悅自得的笑容。於是沈綾來到她的几前，鼻中又聞到她身上傳來的淡淡幽香，不禁心中一蕩，趕緊收斂心神，低頭望向她的蠶繭，只見木盒清理得乾乾淨淨，十隻繭兒潔白渾圓，在盒中排列整齊，不禁讚嘆道：「十七娘，這許多繭兒中，要數妳的最美了！」

十七娘聽了他的稱讚，不禁好生得意，雙眼發光，笑得露出一排皓齒，連忙用衣袖掩住了口，雙頰泛出一抹嫣紅，笑道：「沈二郎過獎了。」

十五郎等其他少年也都湊過來看十七娘的繭兒，見其又大又白，顯然遠勝自己的蠶繭，全都服氣了，紛紛笑道：「還是十七妹行！」「十七妹心細手巧，養出的蠶兒畢竟不同！」

十七娘笑著道：「你們既然服輸，可得依約請客喝酒喲！」

十五郎拍拍胸脯，爽快地道：「好！我來請！」其他少年都笑道：「自家阿兄請自家阿妹，這算甚麼？我們也該湊份兒請客才是。」眾少年七嘴八舌，笑著商量好了請客安排。

十五郎問沈綾道：「二郎，蠶兒變成繭之後，卻又如何？」

沈綾道：「結繭之後，便能取絲了。」

十五郎側頭望著盒裡的繭，皺眉道：「你說說，這圓形的繭兒，要如何變成細長的絲？」

沈綾笑道：「十五郎問得好！這一步驟可不容易。我們得將繭放在熱水中煮熟了，才能將絲抽出來。蠶兒做繭時，只吐一條絲；一個繭從頭到尾都是一條絲做成的，中間絕無間斷。」

十五郎和友伴們都大感驚奇，拿著繭左看右看。

十七娘開口問道：「放進熱水煮，裡面的蠶兒還能活麼？」

沈綾搖頭道：「蠶兒自然不能活了，但那也是沒辦法的事兒。」

十七娘聽了，顯得頗為不捨，問道：「若是不煮它，這繭兒會如何呢？」

沈綾道：「不去煮它，裡面的蠶兒就會轉化成蛾，破繭而出。繭一口被咬破，絲就斷了，可就不能織布了。」

十七娘道：「原來如此。」

沈綾道：「諸位郎君，十七娘，你們是想煮繭取絲，還是讓蛾破繭而出呢？」

十五郎和少年們及十七娘商量了一會兒，最後道：「我們兩者都想看看，不如各一半吧！」

沈綾道：「甚好。我們分出一半的繭，別去動它們，不久裡面的蛾便會破繭鑽出；另外的這些繭，我將它們煮了，取絲給諸位瞧瞧，好不？」

十五郎等人都大聲叫好，興沖沖地要沈綾立即表演取絲。

於是在沈綾的指點下，十五郎讓王管事在院子中生火置鍋，煮了一鍋熱水；沈綾將一半的繭投入鍋中，等水煮滾之後，眾少年和十七娘眼睜睜地望著蠶繭慢慢融化，變成一團細軟透明的蠶絲，都驚嘆不已。

沈綾早已有備，取出一對長長的竹籤和捲絲用的木軸，說道：「再來就是取絲了。第一步，也是最不容易的一步，便是找到絲頭。」持著那對長長的竹籤在鍋裡緩緩攪拌，挑尋了一會兒，才笑道：「找到啦！」小心翼翼地撈出一條絲頭，說道：「各位請瞧，這就是絲的頭兒。我們家的絲娘很厲害，一眨眼便能從幾百個蠶繭中找到絲頭。取絲之時，須得從頭到尾這麼捲上來，不能從中間取，不然絲就要打結了。」說著另一手持起木軸，將絲頭穿入軸上的孔穴中，接著慢慢轉動卷軸，蠶絲便從一鍋熱水中一寸寸地冒出，繞在木軸之上。

眾少年都看得目瞪口呆，十七娘更是眼中發光，低聲道：「原來蠶絲是這麼來的！」

十五郎躍躍欲試，問道：「可以讓我試試麼？」

沈綾笑道：「當然可以了。」將卷軸交給他，十五郎小心翼翼地繼續捲絲，直捲到絲尾巴，叫道：「到盡頭啦，沒有啦！」

沈綾笑讚道：「取得好！十五郎，你的手可真穩。」

十五郎持著那捲絲，興奮地道：「我要拿這條絲做塊頭巾！」

沈綾笑道：「一條絲可是不夠的。做一方頭巾，大約須要三百個繭吧！」

十五郎睜大了眼，說道：「三百個繭？那麼多？」

沈綾道：「是啊！須得用三百個繭，才能織出約一尺見方的絲綢。」

十五郎有些氣餒，說道：「哪來三百個繭呢？二郎，你家還有繭麼？」

沈綾笑道：「我家蠶繭可多著哩！」指著那卷絲，說道：「這絲乃是生絲，還不能用；得將絲曬乾了，再浸入色缸染色；染色後還得再次曬乾，之後將幾股絲揉成線，再將不同顏色的絲聚集在一起，用織布機織成各種花樣的絲綢料子，之後才能剪裁縫紉，做成頭巾。」

十五郎聽說製工如此繁複，立即便放棄了，擺手道：「這麼多工夫！我可做不來。」

沈綾笑道：「因此我們『沈緞』才得雇用數百個桑工、蠶工、絲工、染工、織工啊！要做出一條頭巾來，總需幾百人的工夫才成。不如我將這捲絲拿了回去，製成頭巾後，再拿回來給十五郎，你說可好？」

十五郎聽了，這才又高興起來，說道：「那好極了！」興沖沖地述說自己的頭巾要甚麼顏色、圖案、樣式，沈綾一一記下了。

其餘少年也紛紛學著挑絲，挑起之後，也各自說了自己想要何等顏色樣式的頭巾，沈綾心想：「一人一條頭巾，這工夫可大了。但只教能討得這些王謝家中小郎君們的歡心，辛苦麻煩一些，也是值得的。」於是用心記憶每個少年的要求。

待郎君們都挑過了絲，終於輪到十七娘了。她不忍心將自己的蠶繭投入熱水燒死，因此全數留下了，此時鍋中煮的都是其他郎君們的繭。這時她手持竹籤，伸入鍋中挑絲，竟然一挑便著，大感欣喜，笑道：「我找到絲頭啦！」

沈綾讚道：「十七娘好眼力！」見她力氣不足，便站在她身後，幫著她舉起木軸，將絲頭穿入木軸，再慢慢捲起。沈綾這時站得離她甚近，鼻中再度充盈著她身上的香味，不禁臉紅心跳；他須得盡力克制自己，才不致失態。好不容易捲完了一條絲，兩人相視而笑，沈綾問道：「郎君們想將蠶絲製成頭巾，不知十七娘想製成甚麼？」

十七娘俏臉一紅，微笑道：「我想要條手絹，就怕太過煩勞沈二郎了。」

沈綾望著她的笑靨，心中怦怦而跳，說道：「手絹麼？不知十七娘喜歡甚麼樣的花色？」十七娘伸出纖指點著自己的臉頰，眼望庭園中的花圃，圃中正好開滿了淡杏色的芙蓉，嫣然說道：「我想要杏色的，芙蓉圖案，沈二郎以為如何？」

沈綾望著她嬌俏的臉容，心中一蕩，聽她這麼說，連忙答道：「杏色極好，芙蓉更佳。我回去後，便立即替十七娘趕製這條手絹。」

十七娘低下頭，微笑著道了謝。沈綾鼻中又聞到她身上那股似有若無的幽香，只想在她身旁多站幾刻，好牢牢記住這股香氣。

注　凡描述南朝王謝子弟的言行衣著、宴飲遊戲等，盡量參照史書記載；其中說到王十五郎的友伴們成日在巨大的家族產業中宴飲、冶遊、嬉戲，從沒見過馬，第一次見到馬時，被嚇得東躲西逃、呼之為虎的情景，便引自《顏氏家訓》所述。葉言都教授所著《讓我們來到南朝》中有言：「南朝世族十分注重衣著用品的奢華、外貌的的美麗、態度的從容與行動的嫻雅」（164）。其中引用《顏氏家訓．涉務篇》所言：「建康令王复性既儒雅，未嘗乘騎，見馬嘶歕陸梁，莫不震懾，乃謂人曰：『正是虎，何故名為馬乎？』」我們更可通過生長於北方魏都洛陽的沈綾之眼，看出當時南北文化習俗上的巨大差異。王家美食的名目，則出自作者編造。

第二十三章 燒信

當晚沈綾離開王家後，並不回沈家祖宅，而是立即趕去「沈緞」鋪頭。這時已是夜晚，洪掌櫃早已關上店門，準備就寢了。沈綾在外拍門，一個學徒被吵醒了，來開了門，只見沈綾神色激動，說道：「我有急事，要盡快見洪掌櫃！」

學徒趕忙去後進喚醒洪掌櫃，不多時，洪掌櫃便披著睡袍出來，睡眼惺忪地問道：「二郎，甚麼事兒？這麼晚了，我還以為你今兒不回鋪子了。」

沈綾興奮地告知自己給王謝家多位郎君示範如何煮繭取絲，郎君們請他製作頭巾等情。

洪掌櫃聽了，頓時睡意全消，明白這是將「沈緞」售入王謝兩家的難得契機，立即拉了沈綾來到帳房，點起油燈，取出紙筆，匆匆磨墨，讓他寫下多條頭巾的顏色、花樣和款式等。

沈綾寫完之後，洪掌櫃望著那張清單，說道：「這些顏色樣式的布料，我們鋪裡大多已有存貨，不必另做。十五郎要的天青色犬紋頭巾，就得重新染絲織布了。」

沈綾道：「雖費工夫，但既是十五郎想要的，我們定得做到完全符合他的心意才是。」

洪掌櫃笑道：「只要能討得十五郎的歡心，花多少工夫都是值得的！」望了望清單，忽然又道：「頭巾之外，還有一條手絹？」

沈綾腦中浮起十七娘的倩影，臉上一熱，趕緊說道：「那是十五郎給他的妹子訂製的。」

洪掌櫃點點頭，拍拍沈綾的肩頭，說道：「辛苦你啦！二郎，多虧你花了這許多心血工夫，引得十五郎和他友伴們對養蠶取絲生起興趣。若非如此，咱們『沈緞』只怕永遠也做不到王謝家的生意。」

沈綾這時才放鬆下來，吁了口氣，笑道：「我也沒做甚麼，只不過陪著他們吃喝玩樂罷了。再說，這些王謝子弟都是十多歲的兒郎，教他們如何養蠶取絲，或做幾條頭巾送給他們，離真正跟王謝家做生意，還差得遠呢！」

洪掌櫃笑道：「至少是個開端啊！你快回家休息吧。」

沈綾回到沈氏祖宅自己的房中後，躺在榻上，翻來覆去，難以入眠。他回想著今日的種種經歷，一方面為契機到來感到無比興奮，另一方面，充斥在他腦海中、揮之不去的，卻是十七娘俏美的容顏，優雅的舉止，恬適的笑容，和她身上那股淡淡的香氣。

然而自從養蠶取絲那回之後，沈綾便再也未曾在王家見過十七娘了，不由得悵然若失。他不好向十五郎開口詢問，只暗自籌思：「我得該趕緊製出那條她想要的杏色芙蓉手絹，送去給她。她若喜歡，或許我還有機會見到她的面，聽她道一聲謝。」

過去半年來，沈綾不時赴王府與十五郎和友伴們飲酒作樂，與這些南方世家子弟混得熟了，知道他們十分重視儀容修飾，髮式裝扮、衣衫帽鞋，樣樣精緻，往往打扮得好似飄逸的仙人一般，更勝女子；但整日足不出戶，一個個白瘦文秀，弱不禁風。沈綾想起自己在洛陽那時，城中哪個郎君不騎馬，哪個少年不射箭？不單郎君們，小娘子中也有許多神采飛揚、擅長騎馬射箭者，尤其是擁有鮮卑血統的女兒。然而建康這江南之地，不但女孩兒深藏閨房，不見影蹤，連這些世家出身的男孩兒也極少出外拋頭露面，只喜愛在家中廣大的山林庭園裡賞酒吟詩，猜謎作對，或是玩些投壺、博奕、彈棋之戲。

沈綾心想：「南方人文弱至此，在我們北人看來，委實難以想像。」又想：「南人既不騎馬射箭，就連出門遊山玩水都很鮮見，整日四體不動，長坐屋中，因此他們衣衫的質料只需美觀便好，並不需經磨耐用。我們『沈緞』以牢固持久聞名，乘車騎馬都能穿著，在南方卻大可不必這麼牢固。」

他想起小妹喜愛蠶兒，深通養蠶取絲之道，自己對此不過一知半解，不禁好生後悔：

「我當年在洛陽家中時，若曾多花點心思研究養蠶之道，或許能想出如何改進『沈緞』的製作，以適合南方之用。」

想到此處，靈機一動：「我可以寫信給小妹，問問她的意見啊！是了，大姊最擅長花卉，我該請她畫一幅芙蓉的圖樣，好製作十七娘的手絹。」想到此處，當即來到舖頭的帳房中，取出筆墨紙硯，在案前坐下，磨了一硯墨；他想起小妹前一封信中提及，阿爺和大兄已回到澠池，洛陽情勢似乎漸趨穩定，一家人正打算回返洛陽，沈雒為此大感興奮，說她在澠池別院悶都快悶死了，真想趕緊回到洛陽沈宅。

沈綾這些時日來，不但忙著學習吳語、適應沈家祖宅的起居，又兼在「沈緞」舖頭當學徒、負責算帳記帳，更忙著與十五郎等人交際，竟已許久未曾想起自己的家人了。他回想今年初自己跟隨阿爺大兄南下，單獨留在建康沈家，至今已有大半年的時光；他對洛陽沈宅的一切並不如何想念，尤其羅氏對他嫌惡鄙視、苛刻排擠，家中僕婦都知道主母的心意，大多待他冷言冷語，神態輕侮。家中唯一讓他掛念的，只有天真熱絡的小妹。沈綾心想：「小妹一直對我極好，整個沈家大宅中，只有小妹真正當我是家人，處處迴護我，照顧我，願意幫我說話。」想到此處，不禁胸口一熱：「我若有回到洛陽的一日，定要好好回報她！」

他也想起大兄，暗想：「阿爺和大兄離去時，說最快半年，最慢一年，大兄便會再來南方。如今大半年過去了，洛陽又遇上兵災，阿爺和大兄想必忙碌得很，不克南來。」他童年時和大兄接觸甚少，大兄待他向來不冷不熱，既不曾欺壓輕視他，也不曾對他表達兄長的愛護之情；唯有在南行途中，大兄對他稍稍熱絡了些，不時叫他來閒談問話，臨行前還特意囑照叮囑於他，甚至曾在暗中多次請求阿爺教他武術。

至於大姊沈雁，她美貌絕倫，聰慧能幹，平日雖對自己並不怎麼理睬，甚至好像根本不知道家中有這個庶出之弟；但在那回造訪駙馬府前的緊急時刻，她曾出手幫了自己一把，出頭替自己解圍，對自己也算頗有恩情。想起她原本婚事美滿，然而未及成婚，未婚夫婿盧五郎便在河陰遇難，也不禁好生為她心惻。

他心想父兄既已回到澠池，那麼這封信應當寫給阿爺才是，於是寫了一封向父親報平安的信，簡單述說自己每日在二叔家隨從兄弟讀書、在店鋪隨洪掌櫃學做生意等情，並向阿爺、主母、大兄、大姊和小妹問好云云。之後他另寫了一封信給小妹沈雒，向她請教如何能讓蠶絲變得更加柔軟，但不需更加堅韌，並請她代為向大姊討一幅芙蓉圖樣；信到最後，他忍不住加了幾句：「夏末秋初，桑梢風起。毋忘白馬之信，企盼相聚之期。」

這是兩人之間的一個小玩笑，只有兄妹二人知道。

約莫三年前，兄妹一同在桑園看採桑葉時，賀嫂剛好也在。她平日沉默寡言，這回在沈雒的央求下，才跟他們說了個關於「蠶神」馬頭蠶娘的故事。

賀嫂道：「養蠶人大多拜蠶神，稱為『先蠶』，形象是『菀窳婦人，寓氏公主』。關於蠶神的故事是這樣的：古時候，在一個遙遠的村落裡，有對父女相依為命。後來因為戰亂，父親受召從軍，一去經年不歸，杳無音訊。留在家中的女兒非常擔心，她思念父親，就對天發願說：『誰能帶我的阿爺回家，我就嫁給誰。』當時她家中有一匹白馬，聽見了女兒的誓願，就忽然掙脫韁繩，衝出馬廄，往遠處奔去，不知所蹤。過了幾個月，白馬竟然馱著父親回來了！父親身上受了傷，白馬腿上也中了一枝箭。女兒又驚又喜，忙將父親扶入屋中包紮傷口，並探問究竟。原來父親在戰場上受了重傷，幾乎死去時，忽然見到白馬衝入戰場，找到了他，在滿天飛舞的箭雨之中將他負出。白馬也被羽箭射中了，但牠不顧自己的傷勢，馱著父親，馬不停蹄地直奔回家。」

沈雒聽得好生驚訝，插口道：「這馬也未免太聰明了吧？我的『踏雪』，可不知有沒有這麼聰明？」

賀嫂搖頭道：「二娘，這只是個傳說故事罷了。世間哪有這等通曉人事的馬？」繼續說道：「那女兒對白馬感激非常，趕緊替白馬治傷，餵牠吃草喝水。但是白馬一直望著她，低低哀鳴，好似有所請求。女兒忽然想起自己當時曾發過的願，心中一驚，暗想：『難道……難道白馬想要我嫁給牠？』越想越擔心，終於將自己當時以身相許的祈願告訴了父親。父親當然不能讓女兒嫁給一匹馬，大怒道：『這匹畜生竟然聽得懂人語，還妄想娶我女兒為妻，必是妖孽一流！』於是拿著一柄斧頭來到馬廄，質問那匹馬是否有心娶自己的女兒，並說牠是頭畜生，不應有此癡心妄想。馬聽了後，猛然蹦跳咆哮起來，狀似瘋狂，父親便一斧頭斬死了白馬。」

沈雒聽了，又驚又怒，跳起身來，說道：「他怎麼可以殺死救了自己性命的恩人……不，恩馬？」

沈綾見她如此激動憤怒，忙安慰道：「小妹，這只是個故事罷了，不必當真。」

賀嫂也道：「二娘，二郎說得對，這不過是個故事罷了。那父親殺了馬後，剝下了白馬的皮，掛在庭院中的樹上。女兒對白馬深感歉疚，獨自來到庭院，伸手撫摸馬皮，哭著向白馬道歉。就在這時，忽然颳起一陣怪風，馬皮飄了起來，忽爾捲住了女兒，直飛到天上。」

沈雒睜大了眼，說道：「是白馬的鬼魂顯靈麼？」

沈綾輕笑道：「世間哪有鬼魂？人都沒有鬼魂了，馬又怎會有鬼魂？」

沈雒瞪了小兄一眼，撇嘴道：「你剛剛不是說這只是個故事罷了，不必當真？怎地這會兒又跟我爭辯馬有沒有鬼魂呢？」

沈綾笑了笑，問賀嫂道：「後來呢？」

賀嫂道：「那父親在屋中見到了這一幕，趕緊衝出來，但白馬皮已捲著女兒遠遠飛去了。父親在後急追，追出老遠，進入了一片桑林中，最後見到馬皮落在了一棵桑樹上。父親趕緊奔上前探視，卻不見了馬皮，也不見了女兒，只見到樹上爬著一條蠶兒。原來馬皮緊緊地包著女兒不放，女兒就此化身成了蠶兒。二娘妳看，蠶兒的頭，是不是很像白馬的頭？蠶兒的身子，是不是很像一張白馬皮包著一個人？」

沈雒仔細觀察蠶兒，點頭道：「是有點兒像。」過了一會，又搖搖頭，說道：「是那女兒不對。她既然答應要嫁給救回她阿爺的人，而白馬確實冒命救回了她的阿爺，她怎能反悔呢？又怎能任由她阿爺殺死白馬？白馬可是她阿爺的救命恩人啊！」

賀嫂搖頭道：「雖說如此，但一個女孩兒，又怎能嫁給一匹馬呢？」

沈雒側過頭，說道：「這輩子他們一人一馬，不能成婚，那就相約來世吧！」轉過頭望向小兄，神情嚴肅，說道：「就像我和小兄，這輩子生為兄妹，不能成婚，那我們就相約來世吧！」

沈綾聞言一呆，一時不知該如何反應，賀嫂也張大了口，不知該說甚麼才是。

這時沈雒忍俊不住，捧腹大笑起來，笑道：「哈哈哈，你們都被我耍啦！」

賀嫂這才鬆了口氣，沈綾也大笑起來，笑得眼淚都出來了；沈雒更是笑得滾在地上，說道：「我騙倒小兄啦！我騙倒小兄啦！」

這時沈綾回想著往事，好生懷念，嘴角不禁露出微笑；他在信中寫的這幾句話，提起了兩人間的玩笑，同時也表達了自己對她的思念。

一段時日後，沈拓給幼子的回信送到了建康「沈緞」鋪頭，囑咐他須尊敬二叔和家中長輩，認真讀書，好好跟隨洪掌櫃學習絲舖生意，並說沈家諸人已回到洛陽，城中大致恢復安定，家中一切安好，毋須掛念云云。信中並夾帶了沈雒的回信；沈雒附上了大姊親手繪製的芙蓉圖樣，說在自己百般勸喻央求之下，大姊才暫且放下傷懷，同意親繪芙蓉；此外，沈雒也十分詳細地回答了沈綾的問題：「以妹所知，減少蠶兒餐數，從一日五餐減至一日三餐，桑葉份量亦減三分一，則吐絲纖細，雖較易斷，然觸手極滑，或合兒之用。」

沈綾大喜，立即回信向小妹道謝，並對洪掌櫃說了此事。

洪掌櫃有些不信，沈綾道：「小妹自幼愛蠶，對養蠶之道頗有心得，我們試試不妨。要是擔心效果不彰，我們可以先分出一小部分的蠶兒來試，看看效果如何。」洪掌櫃同意了。

當日，洪掌櫃便帶了沈綾乘坐馬車，來到建康城外的沈氏桑園。負責養蠶的是一位姓許的南方婦人，人稱許嫂。洪掌櫃請她試著按照沈雒的指示餵養十盒蠶兒，看看吐出的絲是否較細滑，許嫂答應了。

之後洪掌櫃帶著沈綾巡視位於城外的沈氏桑園、蠶舍、絲坊和染坊，介紹沈綾認識了各坊的管事，大多是南方吳人；幸而沈綾已學會了不少吳語，能夠與本地的管事以吳語交談。洪掌櫃詢問各坊的經營情況，沈綾在旁傾聽，心想：「阿爺和大兄往年每月親自巡視各坊，小妹則親自採桑餵蠶，都是親力親為；我也該多了解各坊的運作才是。」此後一有機會，他便隨洪掌櫃造訪城外的桑園絲坊等處，用心觀察學習。

數月過去，果如沈雒所言，那批吃得較少的蠶兒所吐之絲確實較為纖細，織出來的絲綢滑溜如水。沈綾十分興奮，立即寫信回去向小妹提及此事。沈雒很快又寫回信來，告知這些較細的絲應當如何染織，才不會斷裂。兄妹倆持續頻繁通信，沈綾得知爾朱榮擁立的新皇帝元子攸數度大赦，洛陽城漸漸安定下來；父兄再次出門做買賣，然而因兵劫動亂，絲舖生意大減；大姊稍釋悲痛，已開始每日去總舖幫手；主母羅氏接了年邁的父母來沈宅住下，自己卻因擔憂城中情勢，身體欠安，臥病了半個月才恢復過來，但仍須多休養，因此隔日才去絲舖望望，許多絲舖的事務都交給大姊處理。

沈綾在與妹妹的通信中，述說了王十五郎和他的獅子犬阿寶，他身旁那群同為世家子弟的友伴，也提及了十五郎的妹妹十七娘。沈雒對這王十七娘十分好奇，不斷來信追問關於她的事情；沈綾只見過十七娘兩回，於是對妹妹詳細形容了她的容貌衣著、神態舉止，並稍微透露了自己對她的仰慕之心，但是又說自慚形穢，絕對高攀不起。

沈雒很為小兄高興，在回信中鼓勵他道：「事在人為，小兄切不可妄自菲薄！」此外，她也在信中對小兄述說了自己對武術的嚮往；她原本便醉心於史記《遊俠列傳》中的人物故事，喜愛騎馬射箭，此時更對拳腳刀槍生起了濃厚的興趣。

沈綾心想：「阿爺和大兄武術高強，小妹要能向他們學武就好了。然而阿爺和大兄東奔西走，只怕在家的日子並不多。」他曾動念要告訴小妹父兄會武之事，又想父兄極力隱藏此事，顯然不欲人知，自己不可在信中提及半點。

在洪掌櫃的細心籌畫之下，終於製好了十五郎和友伴們要求的頭巾，外加那條給十七娘的杏色芙蓉手絹。沈綾對這手絹特別上心，回想著她望向庭園花圃時的神情，親自挑了她可能會喜歡的杏色色調，又請織娘照著大姊的芙蓉花圖樣織成了一方手絹，務求色彩鮮豔，織工整齊，圖案細緻。

頭巾和手絹製成之後，洪掌櫃和沈綾一齊仔細檢驗，確定每條的製工都完美無瑕，款式花色皆符合要求，才以上好的「沈緞」絲綢包裹好，外紮五彩絲線，讓沈綾將頭巾和手絹送去王府。

十五郎和友伴們收到後頭巾後，自都十分興奮，各自取出觀看，紛紛戴起頭巾，互相炫耀，宣稱這頭巾是他們親手養的蠶兒吐出的絲所製成的。沈綾將十七娘的手絹交給十五郎，請他代轉給十七娘；十五郎答應了，隨手將包裹好的手絹放在一旁。沈綾想開口詢問十七娘近來如何，又怕唐突，思慮再三，最後畢竟未曾問出口。

然而，這些世族子弟們為頭巾新奇了幾日之後，也就漸漸忘懷了，又開始沉迷於其他的趣事玩物，將養蠶取絲、自製頭巾這回事全數拋在腦後。

沈綾見到十五郎和友伴們對這些他們精心製出的頭巾並不如何重視，不禁大感失望，回到絲舖後，頹然對洪掌櫃道：「咱們這幾個月的努力，可全都白費啦。那些頭巾他們只戴了幾日，便脫掉扔在一旁，有的就留在十五郎的院子裡，甚至不記得帶回家去！」

洪掌櫃見他失望喪氣的模樣，安慰道：「二郎，開創生意原本不易，何況是如王氏謝氏這般的世家大族？我們竭盡心思，全力一試，也就是了。」又道：「我最近與幾戶建康城中的吳姓世家有約，他們對『沈緞』倒是頗有興趣。我打算先從這幾個家族著手，試圖拓展生意；至於王謝這等大家，還是慢慢來吧。你明日便跟我一道去拜訪一家姓顧的吳姓名門，如何？」

沈綾只能振作起來，答應了洪掌櫃。當日他便和洪掌櫃一起，為拜訪顧氏預做準備；他知道父親和大兄平日在洛陽城時，時時出門拜訪主顧，每回出訪前，都得事先研究主顧的家人喜好，準備適當的絲綢帶去給主顧挑選。這時沈綾和洪掌櫃在舖中坐下，商討這姓顧的家中有哪些妻妾子女，有多少財富，平日是否常常聚會宴飲，以決定該帶何種款式的絲綢前去造訪。

沈綾建議道：「這姓顧的人家孩子多，該挑些圖樣色彩鮮豔的布料給他們，給孩子做過節的衣衫。」

洪掌櫃則道：「這顧家乃是吳姓大家，注重傳統古禮，想必十分孝敬老人家。我們這是第一次拜訪，應當準備適合老人家的絲綢，讓他們挑撿了給老人家做新年衣衫，下回才帶些專給大人和孩童做新衣的絲綢去。」

沈綾點頭道：「洪掌櫃說得是。我二叔家最注重禮法孝道，一切都以長輩為先，不論吃的穿的用的，一切最好的都一定先請長輩享用，最後才輪到晚輩。」

洪掌櫃道：「正是。老人家的新年衣衫，顏色不能太鮮豔，以棗色、紫色最好，花紋應是團蝠紋、雙壽紋、松柏紋等吉祥圖紋。」

沈綾跳起身道：「我去找！」

二人花盡心思，挑選了最合適的十款「沈緞」，仔細包裹好了，次日便一同去拜訪顧家。然而顧家的管事顯得十分冷淡，只同意將「沈緞」呈給主母過目，讓主母決定是否選購，之後便將二人打發走了。數日過去，顧家杳無音訊；又過兩日，顧家遣人將十款「沈緞」原封不動地退回了鋪頭。

沈綾甚是失望，洪掌櫃卻泰然自若，說道：「這是很自然的事！顧家從未聽聞過『沈緞』的名聲，自然不會主動選購我們的絲綢。我們得一家一家去拜訪，直到拜訪的人家多了，才能慢慢打開名聲，贏得口碑。我等須得保持耐心，不可操之過急。」

沈綾沒想到做生意如此艱難，只能點頭稱是。

這年的冬天，沈綾在南方沈家祖宅過了年。

南方過年的習俗和北方相差不大，過年之前三天，沈氏祖宅全家上下一起動手，大掃除、寫春聯、貼窗花；大年夜時全家團聚，開堂祭祖；唯一不同的是，南方不重嫡庶，所有庶子皆可參與祭祖之典。晚上的團圓宴上有雞鴨魚肉，也有酒漿甜食，對沈氏來說已算十分豐盛了，但和沈綾在洛陽家中的食器排場、山珍海味相比，自是寒酸簡陋得緊了。

大年日當天，沈家子弟都早早起身，梳洗整齊，穿上新衣；一家人的新衣衣料自然都出自「沈緞」，洪掌櫃特意在兩個月前，便將各種新貨送到沈氏祖宅，供眾人挑選，好裁製過年的新衣。這一日，沈氏家族的長老和遠親齊聚祖宅，總有兩、三百人，在祠堂中依長幼排序，晚輩輪番給長輩磕頭拜年。小孩兒難得可以不必讀書，一群從兄弟在院子中遊玩嬉戲，好不快活。沈綾也遠遠見到女眷帶著尚未出嫁的女孩兒從內堂出來，到祠堂拜見親族中的女眷長輩。

過完年後，沈綾仍不時受邀十五郎之邀去王府宴飲聚會，心中總盼望能再次見到十七娘，但她卻再也不曾露面。

沈綾不知她究竟收到了那方杏色芙蓉手絹沒有，更不知手絹的顏色花樣是否合她的心意。他雖仍不時想到她的音容笑貌，但也清楚知道自己地位低下，在南方只是個綢緞鋪子的學徒，和王謝這等豪門大族自是雲泥之別；就算在洛陽，即使沈家富可敵國，自己也只是個無名無分的庶子，北方有頭有臉的人家都不會考慮將女兒嫁予他，他對婚姻又怎能有任何奢求想望？

到了三月，沈綾收到小妹沈雒寫來的信，告知洛陽城中發生了一件大事：「平等寺金佛復汗矣！士庶聞金佛復汗，群往觀之。」

沈綾頓時心生不祥不感；他清楚知道，上回金佛「流汗」，幾個月後便發生了爾朱榮攻入京城、淹死太后和小皇帝、在河陰屠殺百官的慘劇；此番金佛再次「流汗」，不知又將發生何等劇變？

沈綾身處建康，暗暗擔憂這回的劇變可能將源於南方。原來大梁皇帝蕭衍眼見北方皇室生變，他原是個野心勃勃的君主，認為這是自己北伐的大好時機，因此大舉召集兵馬，伺機北攻。因此自從過完年之來，建康城中便是一片兵馬喧囂，情勢緊繃。

果不其然，就在當年五月，大梁皇帝蕭衍趁北方動亂之際，擁大魏皇室北海王元顥為帝，舉兵北伐，兵臨洛陽城下。前一年方在爾朱榮的擁護下登上帝位的元子攸驚惶不已，只能棄城逃亡；元顥在五千梁軍的支持下，攻破洛陽城，入宮稱帝，改元建武，聚兵於永

寧寺。（注）

短短兩年之間，大魏皇位四易：少年皇帝元詡被親母胡太后毒殺，新立的嬰兒公主皇帝很快被廢，再立的小皇帝元釗和胡太后一起被爾朱榮投入黃河淹死，如今新皇帝元子攸逃出城去，洛陽又多了一個皇帝元顥，朝廷動蕩可想而知。城中王公百官在河陰一役死亡殆盡，其餘富商巨賈、百官家眷、北方世族、市井小民等，聽聞南梁軍隊趁亂北伐、皇帝出城避禍，自都驚慌失措，紛紛搶著出城逃亡，洛陽再次陷入一片混亂。

到了七月，情勢再度反轉。爾朱榮率北方領民展開反攻，新皇帝元顥敗走，隨他北上的五千江淮子弟盡數遭俘，無一得還；元顥自己帶著數十騎逃出洛陽，意圖逃奔南梁，卻在途中遭人殺死。皇帝元子攸回歸洛陽皇宮，重新稱帝，京城才稍稍恢復平靜。

自魏孝文帝遷都洛陽以來，洛陽城平定繁華了三十多年；然而過去數年間卻兵劫不斷，先是爾朱榮率兵入城，佔領皇宮，又是元顥入城稱帝繼而敗走，城中居民從富裕安逸轉眼陷入混亂爭戰，彷彿陡然從天界跌入了地獄。高官貴人、市井小民同樣擔驚受怕，裝著家當的包袱都不敢打開，隨時準備出城逃難。

差不多於此時節，沈綾不再收到妹妹的書信，寫去洛陽的信亦如石沉大海，令他心中愈發焦急擔憂。

卻說元顥在南梁軍隊擁護下入城稱帝時，沈拓和沈維父子恰巧不在洛陽，因此沈家眾人並未出城避難，只緊閉門戶，躲在家中，盼能平安度過這場災厄。羅氏因擔心父母居處不安全，早早便將年邁的父母接到沈家大宅住下。她命冉管事封鎖大門，僕婦家人皆不可出入；只讓冉管事隔日帶著兩名奴僕出門一趟，在城中尋覓食物、探聽消息。

羅氏的父母聽聞城中兵荒馬亂，即使躲在沈家大宅中，仍不免擔憂懼怕，不多久兩老便相繼病倒，纏綿不起。羅氏讓冉管事出去請大夫，才知道幾位熟識的大夫都已出城避禍。羅氏無奈，只能讓嵇嫂依照父母往年服用的藥方煮了，給雙親服下，但雙老病勢仍舊沉重，並無起色。

羅氏擔心孫姑、孫姑夫和孫聰、孫明一家，有心邀請四人來沈宅住下；派人去孫家探問時，才知他們早已逃出城外，不知去孫家哪個遠親那兒避難了。

羅氏心想：「他們家小人少，倒是容易出城避難。我們大門大戶的，家中人口眾多，拓郎和維兒又不在城中，哪能說走就走？」又想：「或許該將兩個女兒託付給孫家，讓她

注《洛陽伽藍記》描寫元顥入城稱帝前後的情景：「永安二年三月，〔平等寺金佛〕復汗，京邑士庶復往觀之。五月，北海王〔元顥〕入洛，莊帝北巡。七月，北海大敗，所將江淮子弟五千，盡被俘虜，無一得還。」

們出城躲避一陣子，較為穩妥。」

但她無法確知孫家遠親在城外的住處是否安全，派人送信去孫家詢問，過了一個多月也沒有回音，便索罷了。

羅氏又要照顧父母，又要張羅一家大小的生活，心力交瘁，不多時便也病倒了。沈雁不得不放下婚事破滅的悲痛，開始幫助母親主持家務，照顧外祖父母和家中諸人，甚至接手母親在「沈緞」總舖的工作，開始從事驗貨看帳等事務。沈雒年紀仍小，幫不上大姊的忙，只能留在家中照顧外祖父母和母親的病況，親事湯藥，衣不解帶。

沈雒過去一年多來不斷與定居南方建康的小兄通信，但這陣子洛陽兵戎混亂，加上南梁皇帝率軍北征，南北通信早已斷絕。她給小兄寫了許多封信，都無法寄出，心情愈發鬱悶。她越是思念小兄，對母親就越是不能原諒，她知道小兄之所以離開洛陽，定是出於母親的逼迫；如今自己和小兄分隔兩地，連通信都不能，令她大感寂寞孤單，煩躁不安。

在此之前不久，羅氏身邊的侍女陸娱兒發現了沈雒時時與沈綾通信，立即將此事報知羅氏。羅氏這些時日來諸事不順，身體又差，久病易怒，聽聞後竟大發雷霆，當日便讓小女兒來到病榻前，厲聲質問她道：「妳這些時日來，常常和那豎子通信，是麼？」

沈雒並不覺得這有甚麼，說道：「阿娘是說小兄麼？是啊，我常常和小兄通信。」

羅氏見她神色語氣間毫無知錯悔改之態，一時怒發如狂，猛拍床榻，高聲道：「他寫的信呢？全都拿來給我！」

沈雒驚奇道：「阿娘，我和小兄通信，有甚麼不對了？我們通信乃是私事，又怎能給人看？」

羅氏勉強壓抑怒氣，吩咐道：「婇兒！妳去二娘的知秋苑，將那豎子寫給她的信全都給我搜出來！」

婇兒奉命去了。沈雒心中恍然，心火大起：「是她告的狀！」狠狠地瞪了陸婇兒一眼。不多時，婇兒取回了三十多封信，都是沈綾寫給妹妹的。羅氏伸手接過，一封封看了，其實內容也無甚事，不過是沈綾敘述自己在南方建康定居後的情形，沈氏祖宅的諸位長輩和從兄弟，建康城內的風俗景物，以及他在洪掌櫃手下做學徒時遇上的種種困難和挑戰，其中自不免提到自己在沈氏祖宅中與一眾從兄弟不分嫡庶，一同讀書起居等情。

羅氏越看越怒，最後將一疊信都扔到地上，喝道：「他跟妳說這麼多生活瑣事，還說甚麼南方不重嫡庶，究竟存著甚麼心？訴苦？告狀？埋怨苛刻他，讓妳心中對妳的阿娘生起怨恨，是也不是？妳給他的信上又寫了些甚麼？也是一般的訴苦告狀，說阿娘哪兒做得不對，哪兒對妳不好了，是也不是？」

沈雒聽了，不禁一愣；她內心雖對母親苛待小兄十分不以為然，但兄妹在信中並未提及羅氏，沈綾更從未有過任何一句對主母的怨言，甚至不時探問父親和主母是否健康安好。這時她忍不住道：「阿娘！我怎會不知道阿娘素來疼我愛我，小兄對您也從來沒有說過半句怨言，您這話卻是從何而來？」

羅氏人在病中，原本暴躁易怒，此時聽女兒不肯認錯，更是憤怒無已，喝道：「第一，我不准妳再跟他通信。第二，這些信全都給我燒掉，一封也不可留下！第三，那小子不是妳的兄長，跟妳毫無關係！我不准妳再跟他通信，我要妳當他從來就不存在，或是已然死去，心裡想都不准想他，聽見了麼？」

沈雒長到十歲，從未見過母親如此暴怒，說出的話又如此荒誕無理，一時驚得不知所措，只能眼睜睜地看著陸娞兒將小兄的信件投入火爐，燒為灰燼。她望著火焰，淚水忍不住撲簌簌而下，一咬牙，扭頭奔出，全不理會身後母親的呼喝斥罵。

此後，不論沈雒聽見大姊或嵇嫂說母親的病勢如何加重，對自己如何惱怒不諒解，她都再也不肯踏入母親的寢室，更別說像往昔那般，日夜在母親病榻前服侍湯藥了。

沈雒仍試著與沈綾通信，但陸娞兒十分狡猾，有幾回從家中僕役或「沈緞」鋪頭伙計手中攔下了沈雒的信，交給姨母。羅氏大怒，每次都將女兒叫來門外訓斥一頓，沈雒聽若不聞，倔強脾氣發作，仍舊繼續試著給小兄寫信。

洪掌櫃的兒子洪有忠這年十八歲，正在總鋪幫手，從總鋪的伙計處聽聞了陸娞兒攔截信件、主母羅氏禁止沈雒和兄長通信等情，便偷偷寫信給遠在建康的父親洪掌櫃，告知此事。洪掌櫃覺得這實在不是個事兒，也不好介入東家的家務事，因此並未跟沈綾提起。但此後他便將沈綾寫給妹妹的信夾在自己寄給兒子的信件中，讓洪有忠偷偷轉給車夫于叟，請于叟轉給女兒于沱，也就是沈雒的侍女，再讓于沱悄悄交給沈雒；沈雒寫給小兄的信也得通過這個管道，輾轉傳送到建康。沈雒因此能夠繼續與小兄通信，但礙於于叟並非時常去總舖，未能定期送信收信，因此兄妹倆的通信便遠不如往昔頻繁了。

沈綾從沈雒信中得知主母燒毀了自己寫給她的所有信件，小妹為此悲傷憤怒至極，不肯原諒主母等情；於是在回信中百般勸解，說主母身體不適，脾氣自然不好，小妹千萬不可記恨在心，更不可以不去見自己的母親。沈雒雖不情願，但在過了幾個月後，也終於接受了小兄的勸告，不再和母親鬧脾氣了。然而羅氏長年來對沈綾絕決無情，為了幾封無關痛癢的書信對幼女大發脾氣，甚至無理燒毀信件、禁止女兒與庶兒通信，這種種偏激的言語行徑，不免在沈雒心中留下了難以揮去的陰影。

第二十四章 劇變

轉眼又過了一年。沈綾自從去年初來到建康後，父兄便再也未曾來探訪，一年多來他也只收到父親寫來的一封信，大兄則音訊全無；小妹的信也愈發稀少，要隔好幾個月才收到一封。他只能憑著小妹信和從洛陽來的伙計之口，略微得知洛陽近年的兵災變動。

就在這年的九月中，也就是元顥敗退身亡後的兩個月，梁朝出了一件大事：皇帝蕭衍捨身出家了。

當時沈綾正在舖頭中，王管事匆匆上門來，叫道：「大消息，大消息哪！」

由於沈綾和王十五郎交情甚好，王管事為了和洪掌櫃和沈綾打好關係，時不時便來「沈緞」舖頭喝茶閒聊。這時洪掌櫃連忙迎出，問道：「王管事！快坐！甚麼大消息？」

學徒們都認識王管事，一個趕緊舖設席位，一個連忙遞上茶來。王管事坐定了，喝了茶，神祕兮兮地道：「你們可知道，皇帝又到同泰寺出家了！」

洪掌櫃和沈綾相顧愕然；大魏皇室雖也崇信佛教，在洛陽城中建了上千座金碧輝煌的佛寺，也曾有幾位皇后出家為尼，但皇帝出家，可是聞所未聞。

洪掌櫃忙問究竟。王管事道：「約莫八年之前，皇上親下聖旨建造同泰寺，成為專供皇室禮懺講經的聖地，一般人不得而入。據說寺中樓閣臺殿，層層疊疊；當中一座九級浮圖，高入雲霄，大殿中供奉金銅所鑄的十方佛，身高丈八，可壯觀了。」

沈綾心想：「我們洛陽永寧寺塔也是九層，不知哪座塔高些？」

王管事續道：「自從建成之後，皇上每月都要去同泰寺禮佛拜懺，聽經講經。沒想到皇上這回在同泰寺舉行『四部無遮大會』時，忽然脫下龍袍，換上僧衣，捨身出家啦！」

洪掌櫃驚嘆道：「皇帝出家麼？我可是第一回聽聞這等事！」

王管事笑道：「洪掌櫃有所不知，這可不是第一回了。我們聖上一心向佛，意志堅定，兩年前便曾在同泰寺捨身出家，三日後返回皇宮，大赦天下，同時改年號為『大通』。」

洪掌櫃點頭道：「是了，那時我們還沒來建康呢。這回想必也要大赦天下了，是麼？」

王管事道：「可不是？那年聖上出家之後，便親升法座，開講《大般涅槃經》，連講十日，毫無還俗回宮的意思。大臣們急了，商量之下，決定捐錢一億，向三寶祈請禱告，請求贖回『皇帝菩薩』。兩日之後，皇帝終於同意還俗，回到了皇宮。」

洪掌櫃、沈綾和學徒們都驚嘆不已，洪掌櫃吐舌笑道：「一億錢！那同泰寺的僧人可發大財啦！」

皇帝捨身出家的這等大事，在沈氏祖宅中自是一點兒也聽不到的。沈綾也不跟從兄弟們述說他在鋪頭中聽見的巷議街聞，每日清晨只管與從兄弟們一同讀書，之後便去鋪頭做學徒，彷彿活在兩個截然不同的世界中。自從沈綾定居沈氏祖宅後，他因小心謹慎，從未惹出甚麼麻煩、招引甚麼流言，因此二叔沈拾對他逐漸放心，偶爾叫他來詢問學習如何，其餘便一概不加管束。

絲鋪之中，洪掌櫃對沈綾的勤勉認真愈發欣賞，從養蠶取絲、織工染料、檢查成貨、拜訪主顧、算數記帳，事事讓他參與。這段學徒生涯對沈綾乃是極好的訓練；他從最初對絲綢生意一無所知，到每事親躬，深入了解絲綢製作的每個環節，懂得鋪頭學徒、伙計、掌櫃等的職司，慢慢摸清不同主顧的喜好，逐漸成為洪掌櫃最為信任倚賴的助手。

匆匆一年過去，到了次年七月，沈綾收到妹妹的來信，內容令他不禁好生擔憂——原來平等寺的金佛第三次悲泣了。這回人們不說「佛汗」，直接說「佛泣」。由於前兩次的神驗，朝野得知金佛三度流淚，都惶懼不安，皇帝甚至下令不准士庶前往平等寺觀看金佛。

該年九月，劇變果然發生了：皇帝元子攸因不滿爾朱榮專權，有心將他除去，於是詐言嬪妃產下太子，命爾朱榮入朝慶賀。爾朱榮一進入皇宮，皇帝便命侍衛關閉宮殿大門，持刀圍繞，皇帝在光明殿親手殺死了爾朱榮，將其手下全數勦滅。

此事傳出之後，洛陽城官民皆慄慄不安；皇帝奪回大權自是好事，但爾朱氏一族掌管數萬北方領民，軍力強大，此番皇帝和權臣兵戎相見，鹿死誰手還難說得很。

果不其然，爾朱榮的從弟爾朱世隆得知從兄被殺後，驚怒交集，十月便立皇族元曄為帝，改號「建明元年」，定都晉陽，接著發兵洛陽，征討皇帝元子攸。

到了十二月，洛陽再度陷入兵劫。爾朱榮的侄兒爾朱兆攻入洛陽，擒住皇帝元子攸，將他鎖在永寧寺的門樓上。當時天寒地凍，皇帝冷得受不了，追著爾朱兆，求他給自己一條頭巾禦寒，爾朱兆斷然拒絕。不久後，爾朱兆便將皇帝送往晉陽，縊死於三級寺。皇帝元子攸臨崩前哭泣禮佛，誓願未來生生世世，不為國王。

自皇帝遭囚後，皇宮空虛，百日無主；之前爾朱榮和元顥攻入洛陽時，皆駐兵永寧寺，並未侵擾百姓。這回爾朱兆入城，情勢卻大為不同，爾朱一族惱怒皇帝無端殺害族長爾朱榮，因此縱兵大掠洛陽，富室遭劫一空，平民驚慌奔命。爾朱氏手下胡騎有不信神佛者，甚至闖入瑤光寺等尼寺肆行淫穢，震驚全城。洛陽居民人人恐懼戰慄，逃出城者有之，閉門不出者有之。

卻說歲末之前，沈拓帶著沈維，終於回到了洛陽，來到妻子的病榻旁，探問病情之後，神色凝肅，說道：「我早知洛陽情勢不穩，這兩年東奔西跑，將可以關閉的舖頭都關了，大量絲綢封存於倉庫，欠債也收回了七、八成。眼下城中情勢危急，爾朱氏手下士兵四出劫掠，是時候長久離開洛陽了！我等應立即取出糧莊中的銀兩，打包總舖存貨，南下建康落腳。」

羅氏知道丈夫說得對，但她眉頭緊皺，思慮良久，終於搖了搖頭，說道：「你帶著維兒和女兒們去吧。我不能離開洛陽。我父母年老多病，我不能捨棄他們，獨自離城避禍。」

沈拓大感意外，連忙勸道：「娘子，我們不是捨棄丈人丈母，只是離城暫避一陣子罷了。等情勢穩定後，我們自當回來安奉兩老。妳若擔憂，不如我們帶了兩老一起上路？」

羅氏搖頭道：「不成的。我阿爺阿娘都六十多歲了，近年來又臥病在榻，這幾年戰亂頻仍，南下路途艱險，兩老怎經得起這等奔波折騰？」

沈拓不放心妻子留下，執意相勸，但羅氏不忍捨棄父母，思之再三，最後說道：「我自己也在病中，纏綿未癒，還是不去了。三個孩子跟你南下，等你們安頓好了，再來接我等便是。」

沈拓說不動妻子，只能提出折衷之法，說道：「無論如何，妳和丈人丈母都應離城暫避才是。是了，我們上回去避難的澠池，離洛陽不過一日路程，兩老應能撐過這段路。妳自己身子也不好，單獨陪伴兩老出城，恐也不妥。不如讓雁兒和雛兒伴隨妳及丈人丈母一道西去澠池，路上好幫忙照顧。此外，我讓喬五夫婦也跟你們一道，這兩個是家中老人，忠實可靠。澠池路途既近，地方又安全，加上別苑已有僕婦可服侍照料，你們全數遷去，我才能放心。我和維兒便帶上幾個伙計，運送財貨南下，在建康安頓好後，再安排接妳等南下。如此可行麼？」

羅氏想了想，說道：「就這麼辦吧。待我去和阿爺阿娘述說此事，並告知兩個女兒。」

沈拓道：「我和維兒身攜重財南行之事，須絕對保密。對外以及其他家人，都只說我們和上回一般，只是舉家赴澠池避難，別無其他。事機緊急，我和維兒明日清晨便上路，妳們整頓幾日後再出發也不遲。」

羅氏道：「我理會得。」

夫妻倆商議妥當後，沈拓便立即去城中糧莊找胡三，告知需從糧莊中取出百萬金銀。胡三聽了，睜大了眼，說道：「這筆錢可不小啊！沈老兄，你去往南方的路上，萬事可得小心些。」

沈拓暗暗一驚，強笑道：「甚麼去往南方，路上小心？我取出金銀，只不過是想帶了錢財，和家人一起去澠池避難罷了。如今這等亂世，我可不敢輕易出遠門，更加不敢去往南方。」

胡三側眼望向他，露出隱晦的微笑，說道：「兩年之前，你便開始讓我替你將絲綢和米糧轉去建康儲存，之後你又南下了一趟，將二郎留在那兒。我當時沒想太多，如今可明白啦！你未雨稠繆，預先將絲糧和幼子送去南方安頓，當成一條退路，是也不是？如今洛陽果然出大事了，可見你料事如神，未卜先知。依我猜想，這會兒你想必打算攜帶家眷，南下避難了，是麼？」

沈拓眼見此刻洛陽情勢岌岌可危，暗想自己這一去，也不知還會不會回到洛陽，或許此後再也見不到胡三了，於是伸手拍了拍胡三的肩膀，說道：「胡三，我們相識這麼多年，我也就不瞞你了。說實話，我原本並未預料到情勢會糟到這等地步。我眼下從你這兒取些金銀出來，確實是想帶去南方。然而內子、丈人丈母和兩個女兒等幾位屬老弱婦孺，實不宜跋涉遠行；我打算讓他們暫赴澠池避難，明日就只我和大郎先行南下建康，在該地安頓下來了再說。你也該早做打算，想辦法保住老本才是。」

胡三臉色忽然變了，不斷搖頭，雙手蒙面，哽咽道：「沈兄，你有所不知，我早就沒有老本可保了！」

沈拓一驚，忙問道：「怎麼回事？你快說！」

胡三哭道：「自河陰慘劇之後，那些皇親國戚、文武百官、富商巨賈，個個搶著取走存放在我這兒的所有米糧和金銀。我借出去的絲糧，卻一分也收不回！沈兄，老實說，我這兒早已一無所有了！先父留下的胡氏糧莊，眼看就要毀在我手中了！」

沈拓忙問：「那我寄在這兒的一百萬金銀呢？」

胡三雙膝一軟，跪倒在地，哭道：「真的沒了啊！沈兄，你別逼我，不然我就只能有尋短一條路了！」

沈拓心中大震，半晌後才勉強鎮定下來，他和胡三自少年起便相識，這幾年生意上又多有合作，因此才將「沈緞」的大部分的絲糧和錢財存放在他的糧莊；如今他卻說自己存在此的金銀全都沒了？他驚怒交集，吸了一口氣，努力壓抑心頭怒氣，才溫言道：「快起來！你跟我下跪，這算甚麼？大禍當頭，你我兄弟，自當急難相助才是。我不怪你。這樣吧，我知道你籌措金銀需要點時日。你如今能拿出多少，就算多少。我先取了去，剩下的，你近日內慢慢還給我家娘子便是。」

胡三抹去眼淚，千恩萬謝地道：「沈兄，你真是好人！胡三感激不盡。我手中只有十萬兩銀子，我讓伙計去取。你先拿去，南下安頓之後，我總有辦法籌出銀子，全數還給娘子，一個子兒也不少。」

沈拓聽說只有十萬，不禁皺眉，沉吟道：「我知道你手頭困難。不如這樣，我給你十日。十日之內，你若能再湊出個二十萬還給內人，餘下的我們可以多等個一年半年。你說如何？」

胡三滿口答應，說道：「沒問題，沒問題！十日之內，我定能籌出二十萬，親自交給娘子。你信我這一回！」

沈拓回家後，將胡三所言跟妻子羅氏說了。羅氏大驚失色，拍案怒道：「這怎麼行？我這就帶了掌櫃伙計們，上門去跟胡三討回銀兩！」

沈拓安撫她道：「且不忙。胡三已籌措出了十萬兩，讓我帶上；我答應給他十日的工夫，他說定能另湊出二十萬，交還給妳。」

羅氏對胡三的言語毫無信心，質疑道：「我們寄在他糧莊的錢財總有百多萬兩，他給了你十萬，就算再給我二十萬，也遠遠不足啊！他猶欠我們的八、九十萬兩，何時才能全數還清？」

沈拓嘆了口氣，說道：「我們若能取回三十萬，已算很好的了。我更擔心的是在城外的桑園、絲坊，和店舖中的存貨，那才是最大的錢財所在。我盡量多帶些存貨去南方，如此才能保住我們沈家的老本。」

羅氏點頭道：「我已跟李大掌櫃說了，舖子裡的存貨，盡量打包了，裝上馬車，十車應當足夠。這些車全都跟隨你們南下，我們多派幾個伙計跟去，幫忙照看貨物。」沈拓點頭稱是。

羅氏想著又擔憂起來，問道：「你帶著這許多銀兩財貨上路，是否該多請幾位武師跟隨？」

沈拓搖頭道：「若有武師跟隨，只怕太過招搖。我還是和上回南下一般，就帶著維兒和伙計南下。到了南梁境內，洪掌櫃和伙計們自能前來接應。」

羅氏雖仍擔心，但此刻世道混亂，丈夫多次出門遠行，熟知途中凶險，他既如此決定，當已考慮過途中凶險，能夠避凶趨吉。於是羅氏趕緊命嵇嫂和陸娽兒挑選了家中珍貴易帶的金銀珠寶，用絲綢包裹好了，裝入木箱，讓丈夫次日帶走；兩個女兒也匆匆收拾行囊，準備過幾日後，便跟隨母親和外祖父母赴澠池沈家別苑避難。

次日清晨，沈拓和長子沈維便帶著羅氏準備好的家中錢財、金銀和大批絲綢存貨，匆匆南下。

然而，就在沈拓和長子沈維離開家後的當日午時，一個青天霹靂般的噩耗傳回了沈家。

約莫日中時分，一個趕驢車的車夫許叟來到沈家敲門，敲了半日都沒人應，焦急之下，只好在門外大叫道：「快開門，快開門哪！你家郎君出事了！」

羅氏正在病榻旁照料兩老，安排兩老即日出城遷往澠池，自己也仍病著；聽見消息，心中驚懼無已，在嵇嫂的攙扶下，抱病出屋，命家丁開門。

車夫許叟一見到她，立即說道：「夫人！小的方才去南潁川送貨，回來的路上，在潁水上的橫波渡口，見到沈郎君和沈大郎的車隊……」

羅氏先是一呆，脫口道：「怎麼會？他們沿黃河東行，往徐州去，怎會在潁水的橫坡渡口？」又想：「莫非路途不安靖，他們臨時改變了行程，決定取道潁水南下？」忙問：「車隊沒事麼？」

許叟喘了口氣，說道：「我見到車子東倒西歪，人……人都倒在地上。我過去一瞧，見到幾個人身上都是血，像是……像是死了，看來……看來是遇上了殺人劫財的強盜甚麼的。我不敢多瞧，趕緊來給貴府報訊。」

羅氏一聽，腦中如轟雷一般，雙眼一翻，仰天倒下，昏厥了過去。嵇嫂和陸媃兒見狀大驚，連忙搶上抱住了羅氏，嵇嫂叫道：「娘子、娘子！」陸媃兒則叫道：「姨母、姨母！」

沈雁在自己的飛雁居中，聽見僕婦呼喚，匆匆趕到正廳，驚見母親倒在地上，還道她因病重虛弱而昏厥，忙吩咐僕婦道：「快去請大夫！」皺眉問嵇嫂道：「主母身子不適，怎地讓她離開寢室了？」

嵇嫂指著許叟，一把眼淚、一把鼻涕地道：「這位老丈來給主母報訊，說……說主人和大郎的車隊……他們的車隊……在橫波渡口出事了！」

沈雁一聽，猶如一盆冰水從頭淋下，呆在當地，無法動彈。兩年多前，她因未婚夫盧五郎在河陰遭難，傷心至極，痛不欲生；這段時日中，她好不容易才從傷痛中振作起來，開始協助生病的母親操持家務、幫手照顧絲舖，如今這新的噩耗猛然擊來，她幾乎抵禦不住，只能勉強告訴自己：「沈雁啊沈雁，家裡只有妳一個了！妳得撐持起這個家！」

於是她深深地吸了一口氣，勉強恢復鎮定，蹲下身探視母親，見她呼吸平穩，應當只是昏厥了過去，略略放心，對嵇嫂道：「快抱阿娘回寢室躺下。」嵇嫂趕緊招來幾個僕婦，七手八腳地將羅氏抬回鳳凰臺的寢室中。

沈雁站起身，轉向許叟，行禮道：「多謝您趕來報訊。請問您在何處見到敝門車隊？」聲音沉穩，連她自己都有些不敢相信。

許叟見她鎮定如此，微微一呆，回答道：「車隊麼，在……橫波渡口那兒，待我領大娘前去。」

沈雁點了點頭，喚道：「冉管事！」

冉管事趕緊趨前，沈雁吩咐道：「你叫上喬五和十個家丁，讓于叟、李叟準備三輛馬車，立即趕往穎水的橫波渡口。」

冉管事答應了，快步搶出門去，沈雁卻叫住了他，說道：「我跟你們一道去。」

冉管事怔了怔，說道：「大娘……」

沈雁神色堅決，下令道：「快讓人準備馬車！我等立即出發。」

冉管事應道：「是！」立即去呼喚家丁，命車夫備車。

沈家遭遇劇變，沈夫人羅氏病重昏厥，沈雁身為沈家長女，別無選擇，只能肩負起重任，親自去探父兄出事之地。她自然無心無暇更衣，但感天候奇寒，只喚于洛取來一件黑羽大氅披上，便與冉管事等一同出發，在許叟的帶領下，三輛馬車來到潁水邊上的橫波渡口。

潁水乃是洛陽以南的一條河川，往南流向南潁川郡；橫波渡口位於潁水中游，並非主要渡口，左近長滿了半人高的雜草，一片荒涼。當時河水結冰，河邊一片淒淒，晨霧尚未完全散開，沈雁放眼望去，遠遠便見沈家車隊如許叟所述，在河畔的草叢中東倒西歪，拉車的馬匹不是倒地死去，便是逃走了，車旁草地上橫七豎八，躺的都是人。

沈雁遠遠便見兩人躺在主車之旁，看他們的衣衫體態，正是父親和大兄。即使她甚少見到死人，但只要望見二人蒼白的臉龐，僵硬的身子，立即便知道他們已死去多時。

沈雁的胸口有如被一隻手緊緊揪住了一般，心跳極快。這一路上，她一直默默祈禱父兄並未死去，只是受了傷，還趕得及搶救；她也設想過最壞的情況，那就是父兄雙雙斃命。如今最壞的情況發生了，她不知道自己是否有足夠的勇氣面對，然而事到臨頭，也不由得她逃避退縮，只能鼓起勇氣，跳下馬車，快步來到父親身旁，跪倒在地。但見父親滿面驚憤之色，雙眼圓睜，胸口和腹部有好幾個血淋淋的傷口，胸口猶自插著一柄短刀，右手中握著一柄匕首。沈雁望向父親手中的匕首，只見匕首上也滿是血跡，刃上還有幾個缺口。

沈雁心中又是悲愴，又是驚疑：「阿爺不懂得武術，身上從不攜帶兵器。但瞧這匕首上的血跡和缺口，他顯然曾以匕首與人對敵？就算遭到強盜圍攻，阿爺又怎會持匕首與人相殺？他胸口插著的這柄短刀……是誰刺死他的？」

她腦中一片混亂，伸出顫抖著手，替父親闔上眼瞼，低聲道：「阿爺！您安心去吧……」

她側頭望向一旁兄長沈維的屍身，見他的臉龐十分乾淨，神色平靜，彷彿沉睡一般，但咽喉插著一柄致命的彎刀，鮮血已凝結。沈雁不敢再多看，瞥見兄長手中握著一柄短戟，也是她從未見過的兵器。她強忍眼淚，輕聲說道：「大兄，你放心……家裡有我。」再也忍耐不住，站起身，轉過身去，掩面痛哭失聲。

冉管事率領沈家奴僕上前檢視死去的伙計和車上的財物，只見十餘輛大車中的財物被洗劫一空，沈家父子、十多個伙計和車夫們全數遭難，無人倖存。

沈雁怔怔地望著狼藉滿地的屍身，她心中曾無數次想像過盧五郎在河陰遭難時的情景，然而此時親眼見到滿地血腥，目睹至親遺體，竟遠比她想像中更加淒慘可怖，更加難以置信，彷如夢幻般毫不真實。

不多時，一個官差帶著一群衙役來到河邊。那官差走上前，向冉管事問起話來；沈雁回過神來，抹去眼淚，開口道：「冉管事，請領這位官人過來，我有話請問。」

那官差來到沈雁面前，神色凝重，行禮說道：「沈大娘，本官姓江，乃是司州令屬下縣尉。尊君和尊兄想是遭了強盜搶劫；這潁水邊上很不平靖，這個月來已有三回劫案，都是殺人劫財而去。府上遭此不幸，還請節哀！」

沈雁強忍著震驚和傷痛，說道：「請問江縣尉，您可知下手的，可能是何方盜匪？」

江縣尉搖頭道：「這左近總有五、六股不同的盜匪，本官也看不出是誰幹的。」他左右望望，壓低聲音，說道：「本官猜測，下手的很可能是爾朱氏麾下士兵。我聽聞那些北方士兵如狼似虎，爾朱氏往往放任他們出城劫殺平民。若是如此，那可……可不好說了。」

沈雁知道爾朱兆等人此刻掌握京師大權，他若放縱手下士兵在城外搶劫殺人，確實無人可管，心頭不禁升起一股怒火。她再次望向車隊和地上的屍體，心中一動：「不對。若是士兵，為何留下的兵刃不是長刀、羽箭和長矛，卻是彎刀和短刀？」

但聽江縣尉高聲下令：「諸人聽命！驗明屍身，清點財物，詳細報告上來！」

沈雁心想：「這等官差不敢惹事，絕不敢認真查案。我得自己留下證據才是。」於是說道：「江縣尉請稍候，待我與父兄……與父兄告別。」

江縣尉道：「沈大娘請便。」

沈雁再次來到父親身旁，跪倒在地，用身子遮住其餘人的視線，從懷中取出一塊白綢巾，伸手握住父親胸口短刀的刀柄，使勁拔出；又掰開父親僵硬的手指，取過那柄匕首，用白綢包起兩件兵器，收入大氅藏起。她哪裡見過這等血肉模糊的慘狀，又何曾親手碰觸過兵器和死屍，更何況是父親的屍身！她全身發顫，手指更是抖得不可自制，一陣頭昏眼花，幾乎嘔吐出來。她勉強忍住，對自己道：「這是阿爺啊！我需要知道是誰殺死了阿爺，才能替阿爺報仇！」

她深深吸了幾口氣，努力鎮定下來，又來到兄長身邊，和方才一般，拔出兄長咽喉上的彎刀，取過他手中短戟，以白綢包起，藏入寬大的黑羽大氅之中。她站起身，來到馬車旁，扶著馬車，掩面哭泣。江縣尉見她起身，這才命手下上前驗屍。

冉管事眼見主人父子慘死之狀，也不禁老淚縱橫。他哭了一陣，才上前對沈雁道：「大娘，我這便趕去奉終里，請仵作來此收殮。」

沈雁勉強收淚，搖頭道：「不，這會兒再去奉終里請仵作，不知還要等上多少工夫，阿爺、大兄和諸位伙計才能夠回家。我們這就將他們運回家去，再去慈孝里買棺材，請仵作來家中替他們收殮便是。」

冉管事有些不願，說道：「但是……但是咱們不懂得如何處理……處理遺體，只怕不方便？」

沈雁神色沉肅，說道：「不管懂不懂，都得先將他們接回家去！阿娘若在此，定也會如此吩咐。莫再拖延，快動手！」

冉管事只得答應了，於是命令奴僕將沈拓、沈維和十餘位伙計的屍身搬上車，在沈雁的陪送下，運回了沈家大宅。冉管事立即趕去慈孝里，打算購買棺木，並請仵作來沈宅收殮入棺。慈孝、奉終兩里之人以製造棺槨、租賃喪車、替喪家出殯為業；此時洛陽城中混亂，死於戰亂的人比平時多上幾百倍，兩個里的殯喪業者忙得沒日沒夜，更勻不出人手。冉管事不得不出重金，才買到了十餘具棺材，請到五位仵作，來沈宅替眾死者收殮入棺。

沈家發生此等慘事，原本羅氏協同父母和二女西赴澠池避難的計畫自然擱置了。羅氏本已抱病，得聞噩耗時昏迷過去，始終未曾醒轉，因此一切喪事全由沈雁一手操辦。她從母親口中得知，家中大量錢財滯留在胡三的糧莊中未能歸還，家中財用拮据，為此一切謹慎小心，所有金錢出入都親自批准，不讓冉管事全權作主。

冉管事不知內情，心下甚感不快，暗想：「我在沈家擔任管事時，沈雁這小女娃都還沒出世呢！如今她卻對我頤指氣使，直是好大的架子！」然而主人沈拓往年對他推心置腹，極為信任，如今主人家遭此劇變，他自不能捨棄沈家的孤兒寡婦，即使心中極不舒坦，仍盡力支持相助沈雁。

籌辦喪事之時，羅氏和其父母纏綿病榻，無法起身，雖吃了不少珍貴藥材，卻都不見好轉。沈雁獨撐大局，整個很快便人消瘦了一圈。她雖忙著家中數不清急待處理之事，卻沒忘記沈家還有一個兒子——沈綾。她想起父親兩年前在澠池別苑中對自己的交代，並未請示母親，便自作主張，喚了喬五和于叟來，命他們立即啟程去往建康沈家，盡快接沈綾北歸。

沈家主人和大郎遇難，沈家和「沈緞」都亂成了一團；直到喬五來到建康時，沈綾才得知父兄慘死的消息，驚駭無已，難以置信，痛哭流涕不止；喬五並告知主母羅氏病重，家中一切全由長姊沈雁主持，讓他立即趕回洛陽等情。

沈綾趕緊向二叔稟明家中之變，沈拾聽了，又是驚悲，又是擔憂，說道：「綾兒，北方兵馬混亂，你一個年幼孩童，此時北上實在太過危險。不如你暫時留在建康，等兵亂平定些了，再行北上不遲。」

沈綾早已打定主意，泣道：「父兄不幸遭難，主母病重，我身為沈家之子，自當盡快回家，相助治辦喪事，方合孝道。」

沈拾心知死者為大，沈綾身為晚輩子弟，自該盡快趕回家，替父兄送喪，自己不宜阻止，只能點了點頭，說道：「侄兒說得是。你這就去吧，一切保重！代為叔在長兄和大郎靈前致哀。」

沈綾拜別二叔之後，草草收拾了一箱衣物，便隨喬五和于叟離開了沈氏祖宅。他對喬五道：「出城之前，我得去一趟『沈緞』絲鋪，向洪掌櫃稟明並告別。」

三人來到建康「沈緞」鋪頭，洪掌櫃已在鋪門外等候，一見到沈綾，立即將他拉入帳房，關上房門，取出一本帳簿，一個木箱，交了給他，說道：「二郎，這是建康『沈緞』所有田產、桑園、絲坊、染坊、織坊及鋪頭的帳本，你帶上了，回到洛陽後，便請交給李大掌櫃和羊先生過目。」

沈綾接過了帳簿，又問道：「箱中卻是何物？」

洪掌櫃取出鑰匙，打開了鎖，打開盒蓋，但見裡面白花花的都是銀子。

沈綾奇道：「這些銀兩是？」

洪掌櫃蓋上盒蓋，重新鎖上了，語重心長地道：「二郎，如你所知，『沈緞』在南方生根未久，於一年多前才開始生產絲綢，主顧也尚未穩固。東家之前交給我的本金是沒虧了，利銀卻不算多，經營至今不到三年，不過淨賺了五萬兩，這兒是我能挪出的現銀三萬兩。洛陽近年情勢混亂，生意想必不佳，財務多半拮据。你帶回去了，看是交給東家娘子，或是大娘，或是李大掌櫃，盼能供沈宅或總舖應急之用。」

沈綾大為感激，恭敬地向洪掌櫃拜倒致謝，說道：「多謝洪掌櫃！」

洪掌櫃又將他拉到一旁，取出一個厚厚的牛皮包裹，塞在他懷中，低聲囑咐道：「二郎，這裡是五千兩銀子，是給你私用的，不必交給家裡帳房。」

沈綾更是驚訝，說道：「這……這又是為何？」

洪掌櫃微微一笑，笑容頗為憂心，說道：「二郎，你回家之後，家中由東家娘子主事，我竊想，她多半不會給你任何例銀或月銀；你身為沈家之子，手中不能一點兒銀兩都沒有，這些私房錢你留著，至少能出入使用，打賞奴僕，或在街上買點兒吃的喝的。」

沈綾感動至極，眼眶都紅了，說道：「多謝洪掌櫃體貼入微，我可……我可全沒想到。」

洪掌櫃神色轉為嚴肅，說道：「二郎此行北上，一切須小心謹慎。人盡皆知，東家娘子對你殊乏善意；如今東家去世，東家娘子定會想盡辦法驅逐你，不讓你繼承沈家及『沈緞』的財產。然而你必須據理力爭，東家和大郎遇害後，一切就只能靠你撐持了！你須得忍辱負重，謀定而後動，爭取你應得的名分和財產。知道麼？」

沈綾聽了，甚覺惶恐；此行回家，父兄死去，他委實難以預料，自己在沈家的地位將有所提升，還是更加低落？他咬著嘴唇，低聲道：「我自幼年起，便清楚知道自己在家中地位低下。至於爭產等事，我更是全無此想，全不知自己該做甚麼，或能做甚麼？」

洪掌櫃拍拍他的肩頭，說道：「別擔心，二郎只須盡力而為，一切以『沈緞』基業為重便是。」

沈綾點頭答應，拜別洪掌櫃，當日便隨喬五和于叟匆匆啟程北上。

第四部

異域獨行

山蕭條而無獸兮，
野寂漠其無人。
覽方外之荒忽兮，
沛罔瀁而自浮。

——〈遠遊〉，屈原

第二十五章　日月神山

北方柔然境內，魄磊村中。

自從兩位昆結離去之後，大長老便命羅欽回去與巫童們一同學習巫術。然而和往年一般，羅欽仍舊不具任何巫術，仍舊甚麼也學不會，繼續活在自卑自慚、苦惱孤獨之中，只能寄情於夢中的漢人家庭。

然而這一夜，他竟夢到沈家父子在一條河邊被人殺死，嚇得立即清醒過來，一顆心怦怦而跳，驚悲交集；之後他迷迷糊糊地回入夢中，見到沈家大娘親赴河邊替父兄收屍，之後又夢到沈二郎匆匆趕回洛陽奔喪等情。不知為何，羅欽為此悲哀至極，偶爾想起，便會忍不住掉淚。但他遠在魄磊村中，自是甚麼也不能做，只能繼續做夢。

這日大長老叫了羅欽過來，說道：「你的小獸死去已有三年了。是時候該為你自己找一頭新的小獸了。」

羅欽聽了，心頭一酸，脫口說道：「我不要別的小獸！」

大長老睜著第三隻眼，勸道：「任何一個巫者，身邊都必須有一頭神獸守護，不然便無法長久防備其他巫者的攻擊。你無法使動巫術，在魂磊村中時，有歷代巫者的保護，不致受人傷害；一旦離開此地，就必定需要一頭小獸跟隨了。」

羅欽卻下定決心，堅決地搖頭，說道：「我不要新的小獸。我不需要甚麼神獸保護，我反正不會離開魂磊村。」

大長老似乎有些不快，額頭上的第三隻眼直瞪著羅欽，斥責道：「我的話，你竟不肯聽麼？我要你立即便出發，去西邊大荒中的日月山，替自己捕捉一頭神獸回來！」

羅欽閉上嘴，神色堅決，表示他如何也不肯去。

大長老見到他的神情，靜默一陣，說道：「羅欽，多它跟我說，她數日前占卜之時，小獸的靈魂出現了，告訴她將有不可預料之事發生在你身上，因此你必須盡快去尋找一頭神獸護身，這已是刻不容緩了。」

羅欽仍舊堅持道：「我不信！我怎知道這真是小獸的意思？」

大長老說不過他，嘆息道：「你連多它都不信？」

羅欽知道多它擅長卜知未來，百靈百準，猶豫地道：「我相信多它。待我親自去問問她。」

大長老拿他沒辦法，只能嘆了口氣，說道：「你去吧。」

羅欽回到石屋，見多它正在煮酪，於是問她道：「大長老說妳在占卜的時候，小獸的靈魂出現了，還跟妳說了話，是麼？」

多它回過身來，老臉慈祥地望著羅欽，點了點頭，伸手比畫小獸的形狀，又指了指羅欽。羅欽從小隨她長大，明白她的意思，說道：「小獸真的要我去找另一頭神獸？」

多它點點頭，露出擔憂之色，在羅欽身周畫了一個大圈，抖動手指，表示她很擔心將發生在他身上的危險。羅欽只好點點頭，說道：「我明白了，讓我想想。」

當夜，他在睡夢中時，竟然不曾見到沈家二郎，卻見到了小獸。小獸和往年一般，一身皮毛黑亮光澤，三條尾巴恣意擺動，金黃色的眼睛閃閃發光。羅欽大喜，叫道：「小獸！」

小獸輕巧地走到他身前，湊上前舔舐他的臉頰，說道：「羅欽，我幾次來你夢中，你都忙著觀看洛陽城裡那家漢人，見不到我，我只好趁多它占卜時去找她說話。」

羅欽伸臂緊緊抱住了小獸，又是歡喜，又是悲哀，忍不住大哭道：「我不知道你來過我的夢中。你都好麼？我好想你！」

小獸咧嘴笑了，說道：「我很好，我死後升入天界，那裡一切都美好得很，仙果尤其好吃！」

羅欽知道牠一向貪食，破涕為笑，說道：「那就好了！」

小獸凝視著他，說道：「羅欽，大長老和多它所說都是真的。我確實想警告你，我預見你在不久之後，將永遠離開魂磊村，而在那之前，你必須找到一頭新的神獸來保護你。」

羅欽大奇，問道：「不久之後？那是多久？」

小獸搖頭道：「我不知道？短則三月，長則三年。總之時日不多，你該趕緊出發了。」

羅欽驚問道：「三個月？這麼快？但是……但是我為何會永遠離開魂磊村？」

小獸再次搖頭，說道：「這我也不知道，連多它也沒法占卜出來。她將繼續占卜，若是占得更多信息，她定會告訴你的。總之時候不多了，你立即收拾收拾，明日一早便上路吧！你不具巫術，很需要保護，身邊卻沒有一頭神獸，那是不成的。」

羅欽這才聽信了，說道：「好，小獸，我聽你的。」

小獸露出欣慰之色，上前舔舔羅欽的臉，然後便漸漸消失了。

次日清晨，羅欽醒來時，關於小獸的夢境仍十分清晰。他立即趕去大長老的石屋，跪倒說道：「大長老！昨夜我問過了多它，小獸也來到我夢中，要我盡快去找一頭新的神獸保護自己。」

大長老翻了翻第三隻眼，惱道：「我難道會騙你麼？」

羅欽只能趕緊低頭道歉，說道：「是羅欽錯了，不該不信大長老。」

大長老嘆了口氣，說道：「你願意去就好。在你找到神獸之前，既無巫術，又無神獸，實在太過危險。所幸岩瑪薩滿已經答應了，他將在你離開磈磊村的這段路上，出手保護你。」

羅欽甚是驚喜，說道：「岩瑪薩滿會跟我一起去？」想起岩瑪強大驚人的巫術，不禁大為振奮。不料大長老搖頭道：「不，他不能離開他的石屋，但他可以透過石鏡，從遠處保護你。」

羅欽略感失望，說道：「原來他不會跟我一起去。」問道：「請問大長老，岩瑪薩滿為何不能離開他的石屋？」

大長老道：「他曾發下毒誓，除非出手誅殺妖巫，否則絕不離開石屋。這個毒誓是他強大巫術的來源，不能為了保護你而毀誓。總之，他只須通過石鏡見到你的情況，便能出手幫助，保護你不受傷害。」頓了頓，又道：「上回岩瑪去可汗營帳殺死那妖女地萬時，曾將那面石鏡給了你，讓你見到他經歷的一切，你想必知道如何使用？岩瑪當時並未讓我知曉，但回村之後，便已向我全盤托出。」

羅欽點點頭，說道：「是的，我知道如何使用石鏡。」

大長老道：「甚好。這回你將石鏡帶在身上，岩瑪自能通過石鏡幫助保護你。」

羅欽心想自己能與岩瑪薩滿通過石鏡聯繫，不但能得到他的保護，還能向他請教許多問題，甚是高興。他想起一事，問道：「小獸曾經跟我說過，大長老是在西邊的日月山上找到了牠，逼牠立誓成為我的小獸的。這回，我又該去哪兒尋找新的神獸呢？」

大長老沉吟道：「日月山仍是最容易找到神獸之地。山上古老而偏僻，仍舊住著許多上古留存下來的神獸，你可以去那兒試試。若是找不到，更西之處的玄丹山、鑿鉅山，都可去探訪一番。神獸大都居於山中隱密無人之處，如山巔、山坳、山谷、山洞、深淵之中。近一百年來神獸愈漸稀少，你需得去往最偏僻艱險之地探尋，才有可能遇到一、兩頭。有時即使尋上一年半載，都未必能尋得適合的神獸。你需得有耐心。」

羅欽擔憂道：「要是過了三、五個月，我仍然找不到神獸，那怎麼辦？」

大長老一攤手，說道：「那也沒有辦法，一切全看騰格里的意思。我相信世間必有一頭與你有緣的神獸，將會被你找到。途中你若有任何疑問，都可透過石鏡向岩瑪請教。」

羅欽點點頭，說道：「我盡力去找便是。」又問道：「找到之後，我該做甚麼？將牠捉住麼？還是客客氣氣地問牠是否願意做我的小獸？」

大長老不禁笑了，說道：「世間所有的神獸都寧願自由自在，誰也不會自願成為守護巫者的神獸。你若見到一頭神獸，便得立即告知岩瑪，他將透過石鏡施展巫術將牠制住，再逼牠立下以巫術綁縛的毒誓，同意做你的小獸。」

羅欽懷疑道：「這麼逼迫牠立誓，牠心不甘情不願的，怎會盡心盡力保護我？」

大長老搖頭道：「除此之外，並無任何其他辦法能讓神獸成為你的保護獸。神獸絕不會自願保護你，你不必有此奢望。你必得逼牠立誓保護你，並且須以帶著巫術的誓言綁住牠，除非你主動解除，不然神獸一輩子都將受這個誓言所捆縛，不可違背。」

羅欽搖頭道：「我不想逼我的小獸發下甚麼以巫術綁縛的毒誓。這樣牠不是會恨我一輩子麼？我也不能完全信任牠呀！」

大長老嘆了口氣，說道：「羅欽，你不明白。巫者和神獸之間的關係，千萬年來都是如此。小獸被毒誓綁縛，與巫者性命相連，一輩子保護巫者；巫者也是一般，巫者也受誓言束縛，必須一輩子照顧小獸，讓小獸有足夠的飲食，並且必須讓小獸日夜跟隨在自己身邊。」

羅欽搖頭道：「但是……這不公平啊！小獸得拚上自己的性命保護我，我卻只需要餵牠吃食，讓牠跟在我身邊，這不是太不公平了麼？」

大長老再次搖頭，說道：「你年紀還輕，因此無法明白。神獸可以活上幾千年，但牠們的生命毫無意義，除了吃喝拉撒之外，就這麼一天一天地過去了。當牠們成為巫者的小獸後，牠的生命便有了意義。」

羅欽問道：「甚麼意義？」

大長老道：「牠將與你產生感情上的連結，保護你將是一件既困難又具挑戰的任務，神獸能藉此找到生命的意義，得到情感上的依托。」

羅欽聽大長老言之成理，只好暫時放下心頭的疑惑，但又想起一事，問道：「我該如何捉住一頭小獸？又該如何請岩瑪薩滿施展巫術，以毒誓綁住牠？」

大長老道：「你不能讓牠見到你，也不能讓牠嗅到你的氣味。你必須預先告知岩瑪，然後非常安靜地靠近牠，直到你來到牠的三丈之內，然後你便立即請岩瑪對牠施展緊縛咒語。」

羅欽好生擔憂，說道：「我不具巫術，怎麼做得到呢？」

大長老嘆了口氣，說道：「確實不容易，但不容易也得去做。你不具巫術，必須依靠岩瑪的力量方能收伏小獸，那也是沒辦法的事了。」從身後取過一卷牛皮，說道：「這是去日月山和其他幾座神山的地圖，你照著地圖的路線行去便是。」羅欽答應了，恭敬接過地圖。

大長老揮手道：「你去吧！早去早回。」

羅欽向大長老跪倒拜謝，告辭離去。

羅欽回到石屋後，發現起多它已替他收拾了一個小包袱，包袱中有一柄尺來長的短刀，他知道那是多它多年來隨身攜帶，十分珍愛之物，心中明白：「多它見我單獨出門，怕我遇上危險，因此讓我帶上她的刀。」連忙向多它道謝，多它慈祥地笑著，伸出滿是皺紋的手，拍拍他的臉頰，送他出屋。

羅欽來到岩瑪薩滿的石屋外，但見那面石鏡正掛在石門的門柄之上。他在門外躬身道：「岩瑪薩滿，我是羅欽。大長老讓我去尋找一頭新的小獸，他說您會通過石鏡保護我。我見到石鏡掛在門外，我來取走啦！」

屋內無人回答。

羅欽不知該說甚麼，在門外靜立了一陣，又說道：「岩瑪薩滿，多謝您願意保護我。我會盡力找到一頭小獸的。」

他說完後，走上一步，取下掛在石門上的石鏡，掛在自己頸中。門中仍舊沒有聲響，羅欽吸了一口氣後，感受到一股強大的巫術從屋中傳出，知道這就是岩瑪薩滿的回答：他表示自己將盡力保護羅欽。羅欽甚感安慰，跪倒在地，向著岩瑪薩滿的石屋拜下，才起身離去。

卻說羅欽獨自離開了魄磊村，往西方行去。這是他第一次離開魄磊村，又是獨自出行，無人帶路，連馬也沒有，不禁大感茫然，才走出村口數丈，心頭便感到一陣驚慌，擔心自己已經迷路了。

他定下神，從懷中取出牛皮地圖，翻來覆去地觀看，勉強辨明了方位，又抬頭看看初升的太陽，辨別方向，這才收好地圖，吸了一口氣，舉步往西方行去。

他孤身行路，甚是寂寞無聊，心頭更大感恐懼不安，只能對自己說道：「你已不是個孩童啦，即使不具巫術，但你瞧那些牧童們趕著牛羊走遍整個大草原，也不見他們害怕，怎地你獨自出行，便驚慌害怕得要命，如此無用？」

但他畢竟年輕，又毫無單獨行旅的經驗，心中實在不安，於是只好低下頭，開始對著石鏡說話：

「岩瑪薩滿，是我羅欽。我已離開磈磊村口，正往西邊走去，已經走出五千步了。」

「我已經走了半天了，現在停下休息一會兒，吃點乾糧。」

「我渴了，停下喝水。」

「前面那座山尖尖的，可能就是日月山了，也不知是不是？」

「地圖上說，日月山是天的樞紐，最高的主峰叫吳姖天門山。」

「咦，前面有條河，彎彎曲曲的，似乎和地圖上畫的一樣。我正好可以在牛皮袋裡加點兒飲水。」

「前面有一群牧人，放著幾十頭羊，有黑的，也有白的。嘿，那些牧人見到我，好像很害怕，避得遠遠地，還向我躬身行禮。是因為他們以為我是巫者麼？哈哈，其實我比他們更加害怕哩！」

岩瑪薩滿也不知能否聽見他的自言自語，即使能聽見，也並不回應，那石鏡就如一塊尋常的石頭一般安靜。

羅欽心想：「他想必能聽見我說話，否則當我遇上危險時，高聲呼救，他若聽不見，又怎能出手保護我呢？他並沒有嫌我囉嗦，要我閉嘴，那我就一直說下去也沒關係。」

他步行了一整日，天黑後，便用毛氈包著身子，在草原上睡倒；天亮後吃些乾糧，續往西行。

三日之後，羅欽來到了一座山的山腳。他抬頭望去，但見山巔隱沒在雲霧之中，中間一座山峰高高聳起，想來便是日月神山的最高峰吳矩天門山了。

他想起自己的小獸曾經住在這兒，心中不禁一酸，暗暗祝禱：「小獸啊小獸，十幾年前你被大長老捉住，來到碗磊村做我的守護獸，最後卻因保護我而死。能跟你一起長大，是我的幸運，卻是你的不幸啊！」

羅欽舉步往山上行去，一路只見到一些不知名的奇樹怪草，卻沒見到任何會動的蟲魚鳥獸。

約莫正午，來到山腰時，剛轉過一個山坳，一個巨物忽然出現在面前。羅欽嚇了一跳，趕緊往後退出幾步。定睛看去，但見那巨物說是人，卻又完全不像人；他有頭有身，卻沒有胳膊，兩條大腿直接從頭的兩旁伸出，腿下是兩隻生毛的大腳，穩穩地踏在地上，赤裸的身子垂掛在頭之下，有著圓滾滾的肚子，身下沒有腿，只有一叢亂毛；這人的臉上滿是皺紋，一頭亂髮披垂在胸前。

羅欽從未見過長相如此古怪之物，不禁呆了一呆，還未想到該如何反應，那「人」已跨著大步向他走來，因他雙腿長在頭邊，每走一步，大頭都跟著晃動。怪人大步來到羅欽身前，睜著一對細長的眼睛瞪著他，張口喝道：「來者何人？」

來到近前，羅欽才發現這怪人巨大無比，比自己高出兩倍有餘，心頭驚怕，連忙行禮說道：「這位神人，我是來自磈磊村的巫童，叫作羅欽。請問神人如何稱呼？」

那人仍舊冷冷地瞪著他，臉上露出不悅之色，質問道：「小子，你是巫者，竟不識得我？」

羅欽心頭發慌，只能老實答道：「我不識得神人……」

那人發出吼吼之聲，顯得又是憤怒，又是驕傲，昂首道：「我是黎之子！」

羅欽「嗯」了一聲，心想：「黎之子？那是甚麼人？黎又是誰？」

那人見他不言語，豎起眉毛，喝道：「你既知道我是黎之子，為何不跪倒膜拜？」

羅欽嚇了一跳，趕緊跪下膜拜，說道：「小巫拜見黎之子。」

那人哼道：「我是黎的兒子，卻不叫黎之子。我叫作噓。」

羅欽心想：「原來他叫『噓』，是黎的兒子。黎是甚麼人？我該認識他麼？」

噓晃了晃赤裸的身子，抬起右腳往地上一踩，整座山似乎都震動起來。他高喝道：「你自稱巫童，卻甚麼也不知道！村裡的薩滿都沒教過你麼？你給我聽好了！古帝顓頊生老童，老童生重黎二子；古帝顓頊命重托天，命黎撐地，以分開天地；又命重主天，黎主地。我是大地之主黎之子，掌管日月星辰運行的次序。」

羅欽從未聽說過這些遠古神話，只道：「原來如此。日月每天都得升起落下，你想必忙碌得很。」

噓「哼」了一聲，說道：「可不是？我日日夜夜、時時刻刻都不能歇息。你既然知道我如此忙碌，又為何來日月山上擾我清眠？」

羅欽甚感歉疚，說道：「我才剛剛來到這兒，打擾到神人，真正對不住。我來日月山，是想找一頭神獸做我的保護獸。」

噓搖起頭來，他的頭夾在兩條大腿之間，搖起來頗為不易。他一邊搖頭，一邊說道：「沒用的，沒用的。日月山早已沒有神獸啦！」

羅欽奇道：「我們村子的大長老說，他十多年前曾來過這兒，替我捉回了一頭小獸。現在這山上怎會沒有神獸了呢？」

噓低頭望向自己鼓起的肚子，說道：「我父命我在此管理日月星辰，已有數萬個年頭了。但他始終未曾給我送食物來，因此我便將這山上的神獸全吃光了。」

羅欽望著他凸起的肚子，心想：「不知他究竟吃了多少頭神獸？小獸當年若未曾被大長老捉走，或許也已被他吃了。」又想：「這山上既沒有神獸，那我得趕緊去下一座山尋找了。」於是說道：「既然如此，那我便不打擾神人，就此拜別。」

噓卻嘿嘿冷笑起來，說道：「你以為自己可以說來就來，說走就走，平安無事地下山去麼？」

羅欽惶恐地問道：「請問噓神人，我該做甚麼，才能下山？」

噓晃晃頭，說道：「至少也該替我梳個頭吧！你瞧，我沒有胳膊，只有兩條腿，因此從來沒法給自己梳頭。你有胳膊也有手，既然來到我日月山上，便該替我梳個頭，順便幫我洗個臉，才說得過去。」

羅欽心想：「那倒不難。」當即答應道：「好，我這就替神人梳頭洗臉。」跨步上前，來到噓的身前。噓的身子龐大，站直身時足有丈八高。

羅欽仰頭望向他，說道：「你的頭離地這麼遠，我該怎麼替你梳頭呢？」

噓低頭望向他，慢慢地彎下膝蓋，坐倒在山石上，又將自己夾在兩腿間的頭慢慢垂低，靠近羅欽。

羅欽感到一股難聞至極的臭味撲面而來，趕緊掩住了口鼻，心想：「這位神人可能有幾萬年未曾洗頭洗臉了，味道難聞得緊。」

他心想自己既已答應了，便該將事情做好，於是對噓道：「我先替你洗臉，請神人等一會兒，我去取水。」奔去一旁的山泉，取出包袱中的衣衫，在山泉中浸濕了，回來替噓洗臉。

噓的臉非常大，從下巴到額頭，總有羅欽的整個人那麼高。羅欽費了好大的力氣，才將他的整張臉都擦過一遍，那件用來擦臉的衣衫全都成了黑色。

噓點點頭，吁出一口氣，說道：「好！好！洗過臉之後，清爽多了。」側過頭，說道：「小巫者，那我的頭髮呢？」

羅欽還未想過該如何替這巨大的神人梳理頭髮，抬頭往他的頭上打量去，但見他的頭髮甚粗，一根根如繩索一般，心想：「一般的梳子，可沒法梳理這麼粗的頭髮。」問道：「請問神人可有一把大梳子麼？」

噓搖了搖頭，說道：「我沒有手，無法拿梳子梳頭，又怎會有梳子？」

羅欽點頭道：「那也有理。但沒有梳子，我卻該如何替你梳頭？」

噓發怒道：「我怎麼知道？我就是要你幫我想辦法啊！」

羅欽見他一發怒，整個天都黑暗了，日月山的土地也震動起來，心下恐懼，暗想：「大長老上回來日月山，不知是否見過這個神人噓？是否也曾替他洗臉梳頭？噓說自己是顓頊的孫子，掌管日月出入，神通廣大，那可是位大大了不起的神人。大長老即使身為大巫，想必也不敢不聽從噓的話，替他洗臉梳頭。」又想：「應當不曾，噓的臉總有幾千年沒洗過了。大長老十多年前若曾替他洗過臉，他的臉便不會這麼骯髒了。」

其實他卻不知，大長老當然知道噓住在日月山上，因此趁著噓忙著指揮日月升降，也就是黎明和黃昏之時，才上山尋找神獸，如此便可避開噓。此事大長老雖未曾向羅欽交代，但都寫在了地圖之上，只是字跡太小，又兼模糊，羅欽並未細讀，因此不知道自己應該在黎明或黃昏時上山，而選在正午之時來此，一上山就正正撞見了這個難纏的神人。

羅欽這時只能快速動念，籌思：「若是換成大長老或岩瑪薩滿撞見了神人噓，他們會怎麼做？他們定能使動甚麼奇特巫術來替噓梳頭，但我可不懂得甚麼梳頭的巫術啊！」靈機一動，說道：「神人請等一會兒，我試試用樹枝來做把梳子。」

噓瞇起眼睛，說道：「你說甚麼樹枝？你想逃走麼？」

羅欽忙道：「不、不，我不敢逃走。我是想出了個主意，看能不能用樹枝做出一把大梳子給你梳頭。我也不知道是否使得，不如讓我試試吧！」

噓冷冷地瞪著他，低喝道：「好，你便試試！你若敢欺騙我，我將你撕成四塊！」

羅欽心想：「他沒有手，只有兩條腿，如何將我撕成四塊？」但想歸想，畢竟不敢以身嘗試，於是趕緊來到一株大樹下，取出多它給他帶上的短刀，劈下十餘根粗樹枝，又剝下樹皮，搓成繩索，將樹枝綁在一起，固定於兩株大樹之間。

噓睜著一雙細細的眼睛，望著他的一舉一動，滿面好奇懷疑之色。

羅欽忙完之後，回頭對噓一笑，得意地道：「這是我專門替神人製作的巨大梳子，快來試試吧。」

噓懷疑道：「怎麼試？」

羅欽道：「你沒有手，不能拿梳子給自己梳頭，因此我將這把梳子固定在兩株大樹之間，你只需走近前，將頭湊在梳子上，讓頭髮甩上這些梳牙，慢慢拖過，便可以梳理頭髮了。快來試試吧！」

噓從未梳過頭，小心翼翼地走上前，將頭湊到樹枝上；他巨大的頭一甩，立即便將頭髒亂的頭髮甩在了梳牙之上。

羅欽用手扶著「梳子」，將噓的一頭粗髮壓在梳牙之間，說道：「好了，慢慢往前走，將頭移開。」

噓開始舉步往前走，但他的頭髮實在太過骯髒糾結，立即便卡住了，再也無法拖動。

羅欽見了，腦子急速動念，快速說道：「且莫著急，神人多年來第一次梳頭，當然沒有那麼容易就梳通。我知道啦，待我給神人洗洗頭髮，將汙垢沖去了，想來便能夠梳動頭髮了。請等一會兒，我去那邊的山泉取水來。」

噓的頭髮仍卡在樹枝之上，無法移動，頓時急了，怒吼道：「不准走！你騙我，讓我卡在這兒動彈不得，你使詐！我定要捉住你，將你撕成四塊，一塊一塊活活吃了！」說著奮力掙扎，想扯回自己的頭髮，但他的頭髮糾結得極為密實，一時扯之不開，兩株大樹被噓扯得左搖右晃，整座山似乎都震動了起來。

羅欽心想：「你若把我撕成四塊，我早就死了，你又怎能一塊塊活活吃了？」但他畢竟不想被撕成四塊吃掉，於是趕忙安撫道：「我沒有騙你，我是真心在想辦法替你梳頭啊！你瞧，我不是已經幫你洗好臉了麼？我現在正在想辦法給你梳頭啊！請相信我，耐心等一會兒，我去取水來清給你洗頭髮。神人請想想，你只要我梳頭，我卻還願意替你清洗頭髮哩！世間曾有人答應替你清洗頭髮麼？想必沒有吧。請耐心等候一會兒，我很快就回來。」

噓似乎聽信了他的言語，怒氣略息，說道：「好吧！你去，快去快回！」

於是羅欽快步奔去之前山泉，再次用自己的衣衫沾滿了泉水，回來澆在噓的頭髮上；但這一點兒山泉並不足夠，他來回跑了幾趟，才終於將噓的頭髮全都沾濕了。之後他便用力搓洗，費了九牛二虎之力，才勉強將糾結的亂髮稍稍理順了些。他對噓道：「好啦，頭髮洗過一遍了，神人再試試梳頭吧！」

這回噓慢慢往前跨步，將頭移開，頭髮滑過梳牙，果然能夠拖動了。但是走出幾步，便又卡住了。羅欽只好再次試圖幫他清洗頭髮，但噓的頭髮許多地方緊緊糾結成一團，甚難扯開。

羅欽忙了半天，仍舊徒勞無功，喘著氣道：「沒辦法了，不如讓我砍斷這團亂髮，你說成麼？」

噓的頭卡在樹枝之上，扯了幾回都無法移動，頭皮疼痛得緊，忙叫道：「砍吧，砍吧！我總不能永遠卡在這兒啊！就要天黑了，我得去叫太陽下山啊！不然太陽今日下不了山，天下可就亂了！」

羅欽心想：「我若將他留在這兒，讓太陽留在天上一整夜，豈不有趣？」但他畢竟不敢太過胡鬧，於是拔出多它給他帶上的短刀，向著噓的亂髮砍下。豈知才一砍下，噓便慘叫起來：「疼啊！」

羅欽一驚，立即停手，問道：「哪兒疼？」

噓眼淚都流了出來，慘叫道：「這還用問？你斬哪兒，就是哪兒疼啦！」

羅欽驚疑不定，說道：「但我斬的是你的頭髮，頭髮是沒有知覺的，怎麼會疼呢？」

噓勉強搖著頭，叫道：「人的頭髮可能沒有知覺，但我是神人，神人的頭髮可是有知覺的。」他疼得厲害，破口大罵起來，說的並非人語，不知是日月山的方言，還是神人的語言，總之聽來便是一串凶惡憤怒的咒罵之詞。

羅欽聽在耳中，感到自己正遭受神人的嚴厲詛咒，不禁毛骨悚然，又是憂懼，又感歉疚，忙道：「對不住，對不住！我不知道你的頭髮有知覺。我方才問你能不能砍斷你的頭髮，你又沒說不行，是你叫我砍的。」

噓疼得一把鼻涕一把眼淚，雙腿暴跳如雷，偏偏頭髮卡在樹枝上無法動彈，無法站起身來，只能伸腿去踢羅欽，但羅欽站得甚遠，噓踢之不到，怒罵道：「你這小賊巫童，看我將你踩成一團肉球，踢到昆侖山上去，讓那兒的神獸將你一口一口吃了！」

羅欽甚感害怕，不知所措，暗想：「他現在動彈不得，我不如就此逃走，諒他也追我不上。」又想：「他是神人，總有辦法逃脫的。他的父親是黎，若他高聲呼救，黎想必會來此解救他。到那時節，他對我滿懷怨恨，天涯海角地追殺我，那我可就完蛋了。」

權衡輕重後，羅欽只能鼓起勇氣，高聲說道：「神人噓，你要處罰我，還得等我替你解開亂髮後才行。你先別動，我不再斬你的頭髮了，但我可以慢慢替你解開糾結的頭髮。」

噓停止掙扎，側頭望向他，奇道：「你要幫我解開頭髮？你不怕我恢復自由後，狠狠踢你，將你踩成肉球？」

羅欽聳聳肩，說道：「我若能替你解開亂髮，梳好了頭，那時或許你就不再生氣了，也不想踢我踩我了。」

噓瞇起眼睛，問道：「我此刻不能動彈，無法追你，你為何不乘機逃跑？」

羅欽搖頭道：「我若將你留在這兒，良心不安，往後天天擔心你怎樣了，那日子可怎麼過？再說，你負責掌管日月星辰的運行，若被卡在這兒，日月星辰可不就亂了套麼？」

噓微微點頭，說道：「那也說得有理。好，我便不動，你替我解開頭髮的糾結。可別再斬我的頭髮了！」

羅欽連聲答應，當下耐心地觀察噓的頭髮，順著一根粗如繩索的頭髮，尋找它的去向，找到髮尾，一點一點地抽出那根頭髮，理完一根，又去理下一根。直到日落天黑，噓雖然停止掙扎，身子維持不動，口中可沒停著：「好了麼？還沒好？小巫童，太陽要下山啦，月亮和星辰也要升起了，它們都在等我指揮呢！」

羅欽只能不斷安撫他道：「就快好了，就快好了。我從未替神人梳理過頭髮，不免生疏，手腳慢了些，神人恕罪！」事實上，天下更無其他人或巫者曾替神人梳裡過頭髮，羅欽乃是世間第一人。

他好不容易理清了三根頭髮，便已累得全身大汗，手腳痠軟，眼睛都花了，但他不敢休息，繼續整理噓一頭黏稠糾結的亂髮。

噓雖被困在這兒，但平日的威嚴還是有的；但聽他對著天空暴吼一聲：「日落！」太陽正在西天邊上盤桓遊蕩，一聽到噓的暴吼，出於平日對噓的恐懼服從，即使沒見到噓本人，仍趕緊落入山谷，灑下一片燦爛的彩霞。

噓又對著山谷大吼一聲：「月亮，星辰！升空！」躲在山谷中的月亮和星辰聽見了，也趕緊從山谷跳出來，攀爬到天上。

羅欽大感驚奇，抬頭仰望，說道：「日月星辰都聽你的話，你當真了不得！」

噓甚是得意，側頭望向天空，佯作惱怒之色，喃喃抱怨道：「太陽還好些，他習慣每日東方升，西方落。月亮可就難搞了，她每夜出來的形狀都不一樣，從月牙兒到半月再到滿月，再從滿月轉回月牙，一點兒都錯不得；而且她不似太陽那般定時起落，起落的時辰每夜都不同。月亮這愛美的糊塗蛋，常常為了化妝而遲到，也常常將自己的形狀和升起落下的時辰弄錯。我得夜夜按時提醒她，並在她弄錯時，吹點兒烏雲遮住她的臉，可不知有多麻煩！」

羅欽問道：「那星星呢？那麼多星星，你怎麼管哪？」

噓得意洋洋地道：「星星麼？哼，星星沒用得緊。他們不像太陽那麼威武，也不像月亮那麼驕傲。他們就像一群小娃娃一般，我一叫，就都乖乖排隊出來，升上天去，又乖乖落下。」

羅欽道：「原來如此。」

噓催促他道：「喂，小巫童！天都黑了，你可還沒替我梳好頭髮！你拖拖拉拉，想要弄到天亮麼？」

羅欽連忙應道：「是、是！」趕緊加快梳裡噓那一頭又粗又髒又黏的頭髮，去泉水來回跑了十多趟，取水澆在噓的頭髮上，用手搓洗，再一根一根分開揪成一團的亂髮。

直忙到半夜，一輪明月升到天中，滿天星辰閃耀不絕，羅欽才終於理順了噓的最後一根頭髮，大大鬆了一口氣，心想：「此刻再試，應當便能梳順了。」但害怕噓的頭髮太粗，仍舊拖不過樹枝巨梳，靈機一動，從懷中取出一塊酪油，抹在噓的頭髮上，好讓頭髮滑順一些。抹勻之後，他道：「好啦！你再試試梳頭吧！」

噓這時已睡著了，朦朦朧朧地應了一聲，將頭一拖，頭髮竟然滑溜地穿過樹枝巨梳，一根根整整齊齊，再無糾結。

噓一下子清醒過來，感到清爽無比，站起身來，甩了甩頭，意猶未盡，又低下頭去，將頭髮架在巨梳上，再次拖過，又梳了一次頭，感到頭上從未如此舒爽過，不禁哈哈大笑，說道：「小巫童！多謝你替我做了這把巨梳，往後我就能自己梳頭啦！」

羅欽疲累不已，勉強笑了笑，說道：「那你還要踢我，將我踩成肉球，或撕成四塊活活吃掉麼？」

噓搖搖頭，說道：「我不踢你撕你了。你若被我踢死撕爛，日後這大梳子倘若壞了，誰來給我修呢？」

羅欽心想：「我可不敢再回來此地了，當然也不會來幫你修梳子。」當下也只能唯唯而應，說道：「我已替你洗好了臉，梳好了頭，你既然不處罰我，那我可以下山了吧？」

嘘連連點頭，又低頭去給自己梳了一遍頭髮，說道：「你去吧，你去吧！我若需要你，再去找你便是。」

羅欽不敢應承，口中說著：「是、是！」腳下趕緊往山下急奔。

嘘回過神來時，才忽然抬頭問道：「小巫童，你住在哪兒？我該去哪裡找你？」

但羅欽早已跑得不見影蹤了。

第二十六章　尋獸之旅

羅欽幫神人噓梳好頭後，便匆匆逃離了日月山。他一直奔到山腳，才敢停步喘氣，心想：「以後若見到神人，可不能輕易招惹啊！不然不但麻煩多多，而且一不小心便沒命！」他忙了一整夜，感到無比疲倦，在山腳胡亂睡了一覺。

天明醒來之後，他打開地圖觀看，心想：「既然日月山沒有神獸，那我還得繼續往西行去，尋找下一座山。」

他向西走了數日，來到一座大山之下，但見山上的石頭顏色半黑半赤，斑駁古舊，心想：「這大約便是大長老提起過的玄丹山吧？」

他往山上行去，在山間到處遊走；自從攀過日月山後，他對山區地勢較為熟悉，逕往深山荒野處行去。約莫午後，他來到一個山坳中，在一棵大樹下停步休息。忽聽頭上枝葉響動，羅欽抬頭望去，但見一頭五顏六色的巨鳥站在樹枝之上，展開的翅膀足有五尺寬，鳥羽色彩極為鮮豔，共有青赤黃黑白五色，長尾幾乎拖曳到地上。然而當牠低下頭來時，羅欽卻不禁嚇了一跳：這隻鳥的臉竟然是人面！不但是人面，還長著頭髮，雙眼是紅色的，沒有眼白；而這雙赤色人眼正直勾勾地盯著自己。

羅欽心中暗想：「這五色鳥大約是頭神獸吧？牠長得這麼恐怖，我可不想讓牠成為我的小獸，日夜跟在我身邊。」

那五色鳥似乎能窺知他的想法，張口「哈哈」一笑，露出一排尖銳的牙齒，說道：「年輕的巫童！你說我長得恐怖，我才覺得你長得恐怖呢！明明生著一張人臉，卻有著猿猴的身子！」

羅欽一呆，心想：「這話倒也說得不錯；牠是人面鳥身，我是人面猿身，彼此看著都覺古怪。」於是問道：「請問你是神獸麼？你叫甚麼名字？」

五色鳥點頭道：「不錯，我是神獸，我的名字簡單明瞭，就叫作『五色鳥』。你呢？可是叫作『人面猿』？」

羅欽回答道：「我不叫『人面猿』。我是人，是個巫童。我叫羅欽。」

五色鳥側過頭，問道：「人，巫童，羅欽，究竟哪一個是你的名字？」

羅欽道：「世上有很多人，也有很多巫童，但羅欽只有我一個。」

五色鳥皺起眉頭，說道：「是如此麼？世間只有我一頭五色鳥，任何人只要喚一聲：『五色鳥！』那便是在叫我了，因此我不需要另取一個名字。」

羅欽道：「原來如此。五色鳥，請問這座山叫作甚麼？」

五色鳥道：「這是玄丹山。」

羅欽心想：「我猜得果然沒錯。」又問道：「請問這玄丹山上有許多神獸麼？我是來找神獸的，我想尋找一頭神獸來做我的守護獸。」

五色鳥眨著紅色的眼睛，點點頭，說道：「神獸麼？玄丹山上當然有了。除了我之外，還有青鴍和黃鷔。五百多年前，我在玄丹山上見到一個巫者，他也說是來找神獸的。後來他找到了青鴍，便離去了。」壓低了聲音，擠眉弄眼地道：「我們這玄丹山上神獸雖多，但只有我是吉祥鳥。青鴍和黃鷔外表雖好看，卻都是凶禍之鳥，每回現身世間，便是不祥之兆；不管牠們在哪個王國棲息，那個王國便會遭遇內憂外患，最終亡國。五百年前，那個巫者帶走了一隻青鴍，結果他的國家果然滅亡了。哈哈！」

羅欽擔憂道：「原來如此。那我絕不能找那兩隻凶禍之鳥……牠們叫甚麼來著？」

五色鳥道：「青鴍和黃鷔。」

羅欽點頭道：「是了，青鴍和黃鷔。那麼請問這玄丹山上還有別的神獸麼？」

五色鳥搖頭道：「玄丹山上就沒有了。但是附近有座鏖𡻆山，那是太陽和月亮落下的地方。那裡有一頭神獸，叫作屏蓬，身子像一頭狼，但長著兩個頭。屏蓬很難捕捉，因為牠的兩個頭一個看左，一個看右，你一接近，牠立即便看見你了。」

羅欽問道：「如果施展巫術隱身，慢慢接近牠，不讓牠看見呢？」

五色鳥搖頭道：「就算你隱身接近牠，牠跑得很快，只要你一伸手捉牠，牠便狂奔而去，你一定追不上。」

羅欽只好放棄，又問道：「還有其他的神獸麼？」

五色鳥道：「那要到更遠一些的地方了。再往西去有三座山，分別叫作巫山、壑山和金門山。前兩座山裡甚麼都沒有，你不必去那兒白費工夫了。金門山上有三頭神獸，分別是比翼鳥、白鳥和天犬。」

羅欽問道：「這些神獸又如何？」

五色鳥說得高興，搖頭擺腦，滔滔不絕地說了下去：「比翼鳥其實是兩頭神獸，一隻有左翅，一隻有右翅，需得併在一起才能飛翔，因此叫作『比翼鳥』。這種神獸並不適合做巫者的守護獸，因為單獨一隻既不能飛翔，又不能行走，沒甚麼用處；而且牠們彼此相親相愛，一旦分開，很快就會因想念對方而死去。」

羅欽問道：「那我可以請兩隻比翼鳥一起做我的守護獸麼？」

五色鳥搖頭道：「那可不成。牠們聯手起來，連大巫都敵牠們不過，天下沒有人夠能同時抓住兩隻比翼鳥。」

羅欽問道：「那白鳥呢？」

五色鳥笑道：「說來好笑，白鳥其實並非白色，牠的翅膀是青色的，尾巴是黃色的，嘴則是黑色的。而牠全身上下的顏色不斷轉換，因此很難辨別。你找了半天，終於抓到一隻，結果很可能不是白鳥。」

羅欽猶抱一線希望，又問道：「那最後一頭神獸，天犬呢？」

五色鳥道：「天犬一身赤毛，閃閃發光，非常漂亮。只不過這種神獸很不吉利，牠出現在哪兒，哪兒便會有戰爭。況且你也捉不住牠的，牠跑得比屏蓬還快，聽說天上的流星就是天犬奔過留下的痕跡。」

羅欽甚感氣餒，坐倒在一棵大樹的樹根上，說道：「看來我在這附近是找不到合適的神獸了。沒想到好的神獸這麼難找！」

五色鳥嘎嘎而笑，說道：「你這麼說就不對了。神獸本身都是好的，只是大多不適合做巫者的守護獸。你該去個神獸眾多的地方慢慢挑選才是。是了，不如你去昆侖山吧！那兒神獸最多了。」

羅欽生起一線希望，忙問道：「昆侖山在哪裡？離這兒遠麼？」

五色鳥答道：「不很遠。昆侖山就在西海之南，流沙之緣，赤水之後。你到了赤水邊上，就會見到一座大山，那就是昆侖山了。」

羅欽點點頭，勉強振作起精神，說道：「好，我便聽你的，去昆侖山碰碰運氣。」

五色鳥卻搖頭道：「慢來、慢來，上昆侖山可沒有那麼容易。昆侖山的外圍有一座炎火山，終年烈火燃燒，日夜不熄，就算狂風暴雨也澆不熄這火。任何事物一接近這炎火山，就會被燒得精光。」

羅欽擔憂道：「能否施展甚麼巫術，保護自己不被燒死？」

五色鳥道：「你可以試試。但是更好的辦法，是找塊火澣布披在身上。」

羅欽問道：「甚麼是火澣布？」

五色鳥道：「火澣布是以炎火山上奇鼠的毛織成的。奇鼠身形巨大，重千斤，身上長著二尺餘長的毛。牠們生活在炎火山的不盡木中，而牠們的毛很神奇，能夠防火，因此不會被炎火山的大火燒死。這種奇鼠住在火中時是紅色，偶爾離開火焰，皮毛就會變成白色。牠們除了不怕火之外，別無長處，一扔到水裡就淹死了。你得捉住一隻奇鼠，將牠淹死，剪下牠身上的毛，織成火澣布，披在身上，如此就不怕炎火山的火了。」

羅欽只聽得暈頭轉向，嘆息道：「上崑崙山前，還得補鼠、淹鼠、剪毛、織布，我工夫不多，只怕沒法做上這許多事情。」

五色鳥道：「那也用不了多久。你巫術若足夠高明，只消半日工夫，便能補鼠、淹鼠、剪毛並織出布來了。況且這火澣布很有用，如果弄髒了，只要放入火中燒一燒，汙漬就會消失了。你去織上一塊，往後也有用處。」

羅欽無奈地聳聳肩，心想：「問題就是我不懂得巫術啊！為了上崑崙山，還得去捕捉這甚麼奇鼠，剪毛、織布、製衣，不知岩瑪薩滿會不會嫌麻煩而不願意幫我？」只能暫且答應道：「好吧，待我想想。」

五色鳥又道：「當你穿過炎火山後，昆侖山腳還有一個深淵，是由弱水匯聚而成的。這深淵的水十分古怪，一片羽毛掉到水上都會沉下去，因此人是沒法坐船過去的。」

羅欽只感到更加頭痛，問道：「那我該如何渡過這深淵？」

五色鳥笑道：「當然是飛過去啊！是了，你是個人，不會飛。我見過巫者乘龍渡過深淵。你有龍麼？」

羅欽頹然搖頭，說道：「我沒有龍，連見也沒見過龍。」

五色鳥紅色眼睛眨了幾下，說道：「也是、也是，龍早在幾千年前便飛去西方，自中土消失了。如你這般年輕的巫童，想必不但沒見過龍，恐怕連聽都沒聽說過呢！」

羅欽嘆道：「是啊！我是沒見過龍，只聽大長老說起過。你見過龍麼？」

五色鳥露出得意之色，說道：「當然見過。我的表兄就是一條龍。」

羅欽驚奇地道：「原來五色鳥和龍是親戚？」

五色鳥假作謙虛，說道：「可不是？說來令人難以相信，但我也可說是龍族的一份子。」

羅欽讚嘆道：「難怪你知道得這麼多，又樂於助人。」

五色鳥聽他一捧，心裡高興，又繼續說了下去：「崑崙山頂上住著一位人面虎身的神人，那就是眾神之長西王母了。你只要對她心存恭敬，別去煩擾她，她就不會來招惹你了。你可以在崑崙山上一圈一圈地繞行，那兒神獸非常之多，走幾步便會遇上一頭，半日便能遇上幾百頭。這許多神獸任你慢慢挑撿，總會選到一頭適合你的！」

羅欽聽了，頓時升起希望，但轉瞬又憂愁地道：「就算我找到一頭好的神獸，牠也不一定願意成為我的守護獸啊。」

五色鳥道：「這就要看你的誠心是否足夠了。你若一上來便對牠施展法術，用咒語逼牠發下毒誓，那牠即使跟了你，也不會對你忠心，更加不會真心保護你。因此你得想辦法贏得神獸的歡心，讓牠自願跟隨保護你。」

羅欽忙問：「怎樣才能贏得神獸的歡心？」

五色鳥道：「每頭神獸都不一樣，你得自己去摸索。比如說，我喜歡跟人聊天，你此刻在我的樹下陪我聊天，跟我一問一答，說了老半天，就讓我很開心啦。你知道麼？我已經三百多年沒有跟人說過話了。前幾年也曾有人經過此地，但有的一見到我便嚇昏了過去，沒嚇昏的則驚呼奔逃，從來沒有人肯留下來陪我聊天。我常常對著樹枝樹葉說話，但樹枝樹葉沒有耳朵嘴巴，既聽不見，又不會回答我，實在無趣得緊。」說著露出悲哀之色。

羅欽問道：「其他那些神獸呢？這左近不是有青鳶、黃鶩、白鳥和比翼鳥，還有屏蓬和天犬麼？你為何不跟牠們說話？」

五色鳥不斷搖頭，滿面不屑之色，說道：「那些鳥兒根本不會說話！至於屏蓬和天犬，牠們都是狗啊！你見過狗跟人說話麼？」

羅欽道：「我以為神獸都是會說話的。我以前的小獸長得像頭狐狸，但牠也會跟我說話。」

五色鳥側過頭，說道：「或許因為你是那頭小獸的主人，才能跟你那頭長得像狐狸的神獸說話。我跟屏蓬和天犬一起在這附近住了幾千年了，牠們可一句話也沒跟我說過。唉，人也不跟我說話，那些像狗的神獸也不跟我說話，那我該跟誰說話去？」說著用翅膀遮住臉，竟嗚嗚地哭了起來。

羅欽聽牠說得淒慘，甚感同情，說道：「五色鳥，你別難過，我在這裡多陪你說一會兒話好了。」

五色鳥仍舊哭個不停，抽抽噎噎地道：「真是多謝你了。但就算你再多陪我說一日的話，你離去後，下回有人經過這兒，還要願意跟我說話，不知要等上幾千年！可憐的五色鳥，不得不孤獨地活上幾千年啊！」

羅欽靈機一動，說道：「這樣吧，你對昆侖山那麼熟悉，不如你陪我一塊兒去，這一路上我可以繼續陪你說話，如何？」

五色鳥聽了，放下翅膀，臉上露出興奮期待之色，說道：「當真？你要我陪你一起去昆侖山？」

羅欽道：「是啊！你懂得這麼多事情，知道炎火山、奇鼠毛、弱水深淵等等，有你跟在身邊一路提點我，我才可能成功上山去啊！」

五色鳥越聽越高興，在樹枝上翅舞足蹈起來，彩色的羽毛如雪片般從樹上紛紛飄下，煞是美觀。牠哈哈大笑起來，說道：「你要我陪你去昆侖山，那太好了！太好了！我們這就上路吧！」說著展開翅膀，離樹飛去，回頭道：「快跟上來！」

羅欽趕緊跳起身，抓起包袱，跟著五色鳥奔去。

五色鳥的身形巨大，飛翔奇快；羅欽下山時穿過一片樹林，來到山腳時，抬頭往天上望去，已見不到五色鳥的蹤影了。他心中焦急，暗想：「我跑得太慢，追丟了五色鳥。」

他在山腳下來回走了許久，不斷抬頭望天，呼喊五色鳥的名字，但五色鳥始終沒有出現。他甚感失望，暗想：「或許牠沒耐性等我，已一路飛往昆侖山去了。」想到此處，只好取出牛皮地圖，尋找五色鳥提到的西海、流沙、赤水等地名，幸而地圖上果真有這幾個地方，但附近並沒有任何山，更沒有「昆侖山」的字樣。羅欽心想：「無論如何，我往赤水的方向行去，總不會錯。」於是辨別方向，逕往西方行去。

行出數日後，面前出現了三座大山，羅欽心想：「這幾座山，大約就是五色鳥提到的巫山、䰠山和金門山吧！」

忽然背後有人叫道：「年幼的巫者！」

羅欽回頭看去，但見不遠處有一頭全身赤毛的狗，身形龐大，約有兩個人那麼長，一條毛茸茸的尾巴舉在身後，鼻子尖長，雙耳尖直，金色的雙眼正凝望著自己。羅欽心想：「五色鳥說過，金門山上有三頭神獸，分別是比翼鳥、白鳥和天犬。這隻狗一身赤毛，大約就是五色鳥口中的天犬了。」又想：「牠的眼睛和我的小獸一樣，是金黃色的。」不禁對牠暗生親切，頗有好感，問道：「請問你是天犬麼？」

天犬道：「正是。你在追尋五色鳥，是麼？你不必追了，牠早已飛回玄丹山山頂的鳥巢裡歇息了。」

羅欽一呆，說道：「但是牠說要帶我去昆侖山……」

天犬搖頭道：「五色鳥最喜妄語。牠說的話，沒有一句可信。」

羅欽又是驚訝，又感受傷，說道：「但是牠對我說，幾百年都沒有人跟牠說話，牠很寂寞，因此打算陪我去昆侖山尋找神獸，一路上好讓我陪牠說話……」

天犬搖搖頭，說道：「玄丹山附近有青鴍、黃鷔、比翼鳥和白鳥等神禽，還有屏蓬和我兩頭神獸，怎會沒人跟牠說話？我說過了，五色鳥是個無可救藥的妄語狂，牠一日不說謊騙人，便全身不舒服。昆侖山非常危險，去者必死，你快快止步吧。」

羅欽更是驚詫，說道：「我可沒得罪過五色鳥，牠為何要騙我去昆侖山送命？」

天犬坐了下來，羅欽留意到牠坐下時，頭和自己的頭一般高。天犬道：「五色鳥寂寞非常，因為牠生性喜歡妄語，所以青鳶、黃鶩、比翼鳥、白鳥、屏蓬和我從幾百年前開始，便都拒絕跟牠說話了。屏蓬有兩個頭，有事彼此可以商量，沒事也可以聊天；比翼鳥有一雙，從不寂寞；青鳶被巫者帶走了，黃鶩和白鳥乃是好友，常常聚在一起；我不愛言語，幾百年不說話也不打緊。五色鳥卻喜愛熱鬧，見到人就上前攀談，任意捉弄戲耍。這回牠好不容易撞見你，你又嫌牠的樣貌醜陋恐怖，牠自然要好好戲弄你一番。我只是來警告你一聲，去不去昆侖山，自是由你決定，但是別期望五色鳥會替你領路，或助你渡過炎火山和深淵。」

羅欽甚感失望，也帶著幾分受人欺騙的惱怒和羞赧。他忽然想起一事，問道：「五色鳥既然這麼喜歡熱鬧，你說牠自己會願意做我的守護獸麼？」

天犬咧開嘴笑了，說道：「就算牠願意，你會想要個大騙子做你的守護獸麼？」

羅欽道：「牠若做了我的守護獸，受到巫術誓言的綁縛，就不能再欺騙我了。」

天犬舔舔前爪，聳了聳肩，淡淡地道：「那自是隨你的意了。我去了。」站起身，舉步離去。

羅欽感到茫然若失，忽然念頭一動，高聲叫道：「天犬！且慢。那你……你會願意做我的神獸麼？」

天犬停下腳步，回頭望向他，咧開嘴，露出一絲嘲弄之意，說道：「五色鳥雖喜歡說謊，但關於我的事，牠卻並未欺騙你。我乃是不祥之獸，所到之處，往往引起戰亂殺戮。」

羅欽道：「但是你若跟在我身邊，以保護我為務，就不會招引戰亂了，是麼？」

天犬側頭望向他，說道：「能夠阻止戰亂的，只有大巫。你會成為大巫麼？」

羅欽肩頭一垮，垂頭喪氣地道：「我生來不具巫術，這輩子是不可能成為大巫的。」

天犬凝視著他，說道：「年幼的巫者！你錯了。你族中的那位年老大巫，正打算培養你成為大巫，因此才讓你獨自出來尋找守護神獸，當成是給你的磨練和測試。」

羅欽一呆，隨即失笑道：「天犬，莫非你和五色鳥一樣喜歡騙人？我從小就不具巫術，村裡的人都說我是個偽巫童。大長老怎會有心讓我成為大巫？每個巫者都得出門尋覓自己的守護獸，這又怎算得上是磨練和測試？」

天犬靜靜地坐在當地，金黃的雙眼凝視著羅欽，慢慢說道：「你未來必將成為大巫，自己卻不知道。」

羅欽聽了，心底生起一股希望，但旋即被懷疑和自卑所取代，黯然道：「天犬，我很願意相信你的話。但是我知道自己有幾分能耐，大長老對我是很好，他一直很照顧我，但是……但是他對我總有點兒不耐煩，總嫌我學得慢，還說我老是問些笨問題。」

天犬搖頭道：「你還是個孩子，因此不懂得成人的心思。他對你不是不耐煩，而是恐懼和歉疚。」

羅欽一呆，脫口道：「恐懼？歉疚？為甚麼？」

天犬道：「其中原因，不能由我說出，須由那位年老大巫親自告知於你。然而他對你懷藏歉疚和恐懼，卻是千真萬確。」

羅欽一怔，回想起大長老對自己的神情態度，不禁生起幾分懷疑，暗想：「天犬說的，或許是真的。」問道：「天犬，你又不曾來過我們磈磊村，也從未見過我，怎會知道這許多事情？」

天犬笑了笑，說道：「我雖住在金門山上，但天下所有事，都逃不出我的法眼。」說著眨了眨金黃色的眼睛。

羅欽望著牠的金黃眼睛，不禁好生想念自己的小獸，暗想：「這天犬對我十分熟悉，又有洞悉天下諸事的神力，牠若願意做我的守護神獸就好了。」頓時想起五色鳥的話：「你得想辦法贏得神獸的歡心，讓牠自願跟著你。」心中籌思：「我該如何贏得天犬的歡心，讓牠自願跟隨我？」

天犬似乎能猜知他的心思，再次咧嘴而笑，說道：「年幼的巫者！我知道你有心要我做你的神獸。這並非不可行，但或將給你帶來許多的災難和不祥。然而，你若擁有大巫之能，能夠阻止爭戰，那麼我即使跟在你身邊，也不會替世間帶來戰禍。」

羅欽點頭道：「我定會努力成為大巫，不讓你造成災禍。但是，你願意跟在我身邊麼？」

天犬側過頭，眼中露出調皮之色，說道：「那要看你能否追得上我了。」說著長尾一甩，轉身便往金門山上奔去。

羅欽一怔，想起五色鳥曾說過，天犬奔馳如飛一般快，天上的流星就是天犬奔過的痕跡，心中動念：「我須得追上牠，牠才會願意做我的守護獸。」於是吸了口氣，舉步往金門山追去。

只是當他奔到山腳時，早已失去了天犬的蹤跡。羅欽低下頭，見到地下留著一道金色的腳印，想是天犬留下的。他循著腳印，提氣往山上奔去；奔了約莫兩個時程，終於來到了金門山頂。羅欽停下喘息，但見腳印又往山下而去。他不顧休息，繼續追了下去，直至山腰；但見腳印繞著山腰繞了一圈後，又來到山腳，從另一條路再次上山。

羅欽這時已奔了四個時辰，天色已然黑了，他也累得氣喘吁吁，雙腿痠軟，幾乎抬不動了。但他心想：「天犬看來有意做我的守護獸，只是在試探我的能耐和誠意罷了。我若追不上牠，可就無法討得牠的歡心了。」

於是他勉強撐著，繼續追逐天犬的腳印。天色全黑後，羅欽藉著月光尋找天犬的腳印，一步步追上。他感到氣力不濟時，便停下吃點乾糧，喝點水，接著又頂著滿天星斗，繼續追尋腳印。

過了半夜，羅欽再次沿著腳印來到金門山頂，但這回腳印便止於此地。羅欽大為著急，趴在土地岩石上細細尋找天犬的足印，卻如何也找不到。羅欽抬起頭，仰天長嘆，忽見一道流星從天邊劃過，心中一動：「流星是天犬奔過的痕跡！我真笨，只顧著尋找牠的足跡，卻沒想到牠可能飛到天上去了！」

羅欽想到此處，心頭大感振奮，暗想：「是了，我得去天上找牠。」連忙抓起石鏡，叫道：「岩瑪薩滿，請幫幫我！」

岩瑪低沉的聲音立即從鏡中傳出，說道：「羅欽！你要我如何幫你？」

羅欽道：「請您幫我飄浮到空中，我要去捉天上的流星！」

岩瑪竟然並未多問，也未拒絕，口中立即開始喃喃念咒。羅欽感到自己的身子如雲朵一般輕輕飄起，緩緩升入夜空。這是羅欽第一次通過石鏡感受到岩瑪的巫術，也是第一次飛上天，心中又驚又喜，也不免有幾分懼怕；他的身子越飛越高，慢慢地來到了雲層之間。羅欽竭力回想方才見到的流星從哪兒飛過，但夜空中除了明月、繁星和浮雲之外，甚麼也看不見。他飄得累了，便仰面躺在一片雲上，凝視著夜空，心想：「只要天犬開始奔跑，我便能見到牠的蹤影了。」於是不斷掃視天際，努力睜大眼睛，一瞬不瞬，盼能捕捉到天犬的身影。

但他已奔跑了大半夜，這時躺在軟綿綿的雲朵上，只感到全身痠軟，眼皮沉重，不多時便沉入了夢鄉。

睡夢之中，羅欽忽然感到自己的身子直往下跌，猛然驚醒過來，大叫道：「岩瑪薩滿，救我！」

石鏡中的岩瑪說道：「別怕，你先落到地面再說。」

羅欽哇哇大叫，這時他已從雲端跌下了十餘丈，所幸仗著岩瑪薩滿的巫術，跌落之勢減緩，穩穩地落到了金門山的山頂上。

羅欽一顆心怦怦亂跳，落地之後，趕忙從懷中掏出石鏡，只見岩瑪薩滿瘦削黑黝的臉龐出現在鏡中，對他道：「我見到你在金門山上，正打算收天犬做你的神獸。」

羅欽氣餒地道：「是啊！但是我追了牠一天一夜，天都快要亮了，卻仍追牠不上，連牠去了哪兒都不知道。」

岩瑪搖頭道：「天犬奔行奇速，牠若不想被你捉到，那你是決計追牠不到的。」

羅欽嘆了口氣，說道：「看來我是該放棄了。岩瑪薩滿，我是否該聽從五色鳥的建議，去昆侖山尋找別的神獸？」

岩瑪搖頭道：「不，你不能去昆侖山，那兒巫者眾多，巫術高強，心地邪惡且互不信任。你一個年幼巫者擅闖上去，很快便會死在他們手中。」

羅欽奇道：「我跟他們無冤無仇，他們為何要殺死我？」

岩瑪嘆息道：「你不明白。世間巫者雖凋零殆盡，但良莠不齊，彼此仇視互爭，殺戮不休。你生長在魄磊村的巫者之間，極少離開魄磊村，因此不知村外的凶險。你今生遇上的巫者，除了魄磊村的巫者不會傷害你之外，其他巫者十個中有十個會想取你性命，因此你一定得隨時保持警戒，謹慎防範。」

羅欽甚覺不可思議，但也無從質疑，於是問道：「我不能去昆侖山，那我現在該怎麼辦？」

岩瑪道：「這場尋獸之旅，正如天犬所說，原是大長老給你的測試和鍛鍊，但是我們的時候不多了。你這一去已有兩個多月，始終未曾遇上有緣的神獸。大長老和我都認為你須得抓緊時光，盡快找到一頭神獸，趁冬天到來、大雪封路之前回到魄磊村。」

羅欽心中甚感挫敗，說道：「我很努力地在尋找啊！我可沒有浪費時光，一直在努力尋找，但就是找不到啊！」

岩瑪搖頭道：「不，我們無意責備你。找到一頭好的神獸，原本便是可遇而不可求之事。我自己尋找我的神獸時，足足花了三年工夫。要你在兩個月內找到神獸，確實是強人所難。然而時機緊迫，你不能沒有神獸，我們又不能代為出手，替你捕捉一頭神獸。因此我只好試圖幫你一把了。」

羅欽聽了，重新拾回希望，忙問：「岩瑪薩滿！請問您要如何幫我？」

岩瑪道：「天犬雖為不祥之獸，會給人間帶來戰禍，但此時也由不得我們精挑細撿了。你須得在三日之內捕捉天犬，讓牠成為你的神獸。我可以指點你如何做，但必須由你自己去做。知道麼？」

羅欽甚是興奮，立即點頭道：「請岩瑪薩滿指點，我一定盡力！」

岩瑪道：「你該知道，天犬確實有意成為你的神獸，但是你必須追上牠，才能讓牠心服口服。牠奔行奇速，任何巫者都無法追上。你要追上牠，不外乎用腦子、施計策。」

羅欽拍拍自己的腦袋，說道：「用腦子、施計策？但我連牠在哪兒都不知道……嗯，是了，我不知道牠在哪兒，但我可以猜想牠會出現在哪裡，比如找到牠的窩穴，預先去那兒等牠。但我怎麼知道牠的窩穴在何處？」

岩瑪鼓勵道：「你想得不錯。牠住在金門山，而金門山上另有兩頭神獸。」

羅欽聽了岩瑪的提示，這才恍然大悟，拍掌說道：「是了！五色鳥說過，山上有比翼鳥，還有一種不是白色的白鳥。我得找到牠們，向牠們詢問天犬窩穴的所在，再去那兒等牠。」

岩瑪點頭道：「正是。然而你不能直接闖入天犬的窩穴找牠，得趁牠不在時進入巢穴、設下陷阱，讓牠一回窩穴，便再也無法逃脫。」

羅欽雙臂交抱著苦思，沉吟道：「天犬跑得飛快，我得設下甚麼樣的陷阱，才能困住牠？」

岩瑪露出少見的微笑，說道：「這就得靠你自己去想了。你在此稍等一會兒，我替你召喚比翼鳥來，你可向牠們詢問天犬巢穴的所在。」說完便從石鏡中消失了。

羅欽點點頭，心想：「我出門這麼長的時候，始終找不著一頭適合的神獸。如今岩瑪薩滿竟決定出手幫我，可見事情已十分緊急。我得趕緊想出個計策，說服天犬自願做我的神獸。」

他打定主意，當即盤膝坐在山頂，苦思冥想該如何困住天犬，並等候比翼鳥到來。不多久，天色已明，四周的樹叢中傳來陣陣婉轉的鳥鳴，羅欽整整一日未歇，一股疲累之感陡然席捲而來，忍不住閉上眼睛，沉沉睡去。

第二十七章 邂逅六子

就在他陷入夢鄉時，忽然全身一暗，感到有頭巨大禽鳥從天而降，直往自己撲來。羅欽連忙睜開眼睛，果然見到前方三丈處的地上立了兩頭巨鳥，竟有自己的兩倍高，兩隻鳥一黑一白，黑色的有左翅和左眼，白色的有右翅和右眼；這時黑白雙鳥的頭併在一起，左右眼一齊望向自己，兩條鮮紅的鳥喙尖銳異常，兩雙一尺長的鳥爪更是尖利無比，在初升的朝陽下閃閃發光。

羅欽趕緊定下心神，跳起身來，問道：「請問是比翼鳥麼？」

黑白雙鳥同時點頭。

羅欽喜道：「那太好了！我想請問你們一件事，希望你們能幫我一個忙。」

白色的比翼鳥凝望著他，滿面不信任之色，並不答話；黑鳥看來較為和善，開口問道：「你是何人？」

羅欽微感遲疑，心想：「比翼鳥對我滿懷警戒，不知會不會願意幫我的忙？」答道：「我叫羅欽，是個巫童。」

黑色的比翼鳥開口說道：「巫童羅欽！請問你來自何方？」語氣頗為溫和客氣；白色的比翼鳥卻厲聲喝道：「我們知道你心懷惡意，滿肚子邪念。不必隱藏假裝，在我們面前可是毫無用處！」語氣嚴厲無比。

羅欽一呆，只好望向那隻比較友善的黑色比翼鳥，問道：「請你們告訴我，天犬居住的窩穴在哪裡？」

黑色的比翼鳥做出沉思之色，說道：「天犬的窩穴麼？我們知道在哪兒。」

白色的比翼鳥則凶巴巴地道：「我們就算知道，也絕對不會告訴你！」

羅欽見白鳥極不友善，只好轉向黑鳥，問道：「那麼，可以請你告訴我麼？」

黑鳥說道：「那要看你為甚麼想知道天犬的窩穴所在？」

白鳥斥道：「天犬是我們的朋友，我們怎能輕易告訴你牠的窩穴所在？莫非你想傷害牠？」

羅欽繼續不理會白鳥，對黑鳥道：「我昨日見到天犬，牠來跟我說了一番話，我有意請牠做我的守護神獸，牠說我若追得上牠，牠便會考慮。我追了一整夜，甚至追到天上去了，但都追牠不到。因此我想知道牠的窩穴在哪裡，好去拜訪牠，請求牠同意。」

黑鳥沉吟道：「既然如此，那我們便告訴了你，也未嘗不可。這是你和天犬之間的事情，你們自己慢慢商量便是。」

白鳥則道：「哼！你定是要去那兒設下陷阱、捕捉天犬，是麼？我們才不會上你的當，更不會出賣朋友！」

羅欽嘆了口氣，覺得自己不能再躲避了，終於望向白鳥，說道：「你說得很對。我確實想過要在天犬的窩穴設下陷阱困住牠，而你們也確實不應該出賣朋友。你見到的，是我心思中最黑暗的一面。但是我可以告訴你，我雖想過設陷阱甚麼的，但並不打算這麼做。我向你們探詢天犬的窩穴，是因為我想再次找到牠，請求牠答應做我的守護獸。我不願以巫術綁縛我的神獸，我覺得那樣太不公平了。因此我去找天犬時，將誠心請求牠答應我，絕對不會設陷阱捕捉牠，更加不會對牠施展巫術或傷害牠，我可以向你們保證。」

黑鳥聽他說得嚴肅，連忙好言道：「我們不是這個意思。我們並不曾懷疑你的動機，我們相信你對天犬是一番好意，你千萬不可誤會。」

白鳥卻冷笑起來，說道：「我們能看透你的心思，得知你心底最黑暗、最險惡的打算。我怎知道你見到天犬時會做出甚麼好事？我們又不是你，怎能向天犬保證你對牠只存善心？倘若你決定使出最卑劣的手段，我們豈非大大地對不起天犬了？」

羅欽點頭道：「你們說的都對。那要怎樣才能讓你們相信我呢？」

白鳥冷然道：「除非你交出你的本命！」

羅欽一呆，問道：「本命？我如何能交出我的本命？」

白鳥側眼望著他，說道：「你身為巫者，竟不知道本命是甚麼，也不知道如何交出本命？」

羅欽甚感羞赧，說道：「我確實不知道，請指點。」

白鳥直盯著他，目光銳利，說道：「很簡單！你只要說：『我將本命交給比翼鳥。』就可以了。」

羅欽聽得一頭霧水，重複道：「『我將本命交給比翼鳥。』就這樣麼？」

白鳥嘎嘎大笑，尖聲道：「很好！你的本命在我們手中了！」

黑鳥語帶歉意，說道：「巫童羅欽，請不要誤會，我們對你絕無惡意。你若不傷害天犬，我們便也絕不會傷害你或你的本命。等你和天犬商討做出決定後，我們便會將你的本命完整無缺地歸還給你。」

白鳥一本常態，尖酸地道：「你為達目的，不擇手段，當真狠辣至極！連自己的本命都能賭上，可見你所求非小。你要去見天犬，想必不懷好意、暗藏毒計。好！我們便帶你走一遭，一旦你露出真面目，我們便將立即毀滅你的本命，讓你喪生金門山上！」

羅欽見白鳥也同意帶自己去找天犬，鬆了口氣，露出微笑，說道：「那就多謝你們了。見到天犬之後，你們自當明白我的用心。」

比翼鳥忽然一齊展開翅膀，同聲說道：「跟我們來！」沖天飛起，塵土飛揚，羅欽連忙追了上去。

但見比翼鳥的翅膀舒展開來，足有三丈長短，遮雲蔽日，龐大無比。羅欽快步跟上，直往後山奔去。如此奔出兩個時辰，二鳥一人來到一座峭壁之下。比翼鳥收翅落在一根從峭壁上橫長而出的樹幹上，用鳥喙指著峭壁上的一個洞穴，說道：「天犬就住在那個洞穴裡。」

羅欽仰頭望去，但見約莫五十丈高處，有個黑黝黝的洞穴，從地面看得不甚清楚。羅欽暗暗對岩瑪道：「岩瑪薩滿！請問您能幫我飛升到洞穴之旁麼？」

岩瑪回答道：「我試試。」過了一陣，岩瑪的聲音說道：「不成。天犬在這山崖附近施了防護咒，我無法在此施展飄浮巫術。你能自行攀爬上去麼？」

羅欽答道：「我試試。」只好手腳並用，往山崖上攀去。幸而他在磈磊村時常常爬磈磊山，磈磊山全是岩石，極難攀爬；這峭壁上至少還生長著一些灌木藤蔓之屬，相比之下並不困難。

羅欽花了不少工夫，才終於攀到了洞口。他翻身入洞，但見洞中黑暗，一、兩丈外便看不清楚了。他喚道：「天犬、天犬，你在裡面麼？是我羅欽。」

洞中無任何回應。羅欽暗想：「牠還沒回來，那我便在洞口等牠好了。」

他抬頭見到比翼鳥在洞外盤桓，黑鳥道：「小巫者，你確實對天犬並無惡意。這是你的本命，還給你吧！」

白鳥則斥道：「天犬還沒回來，你怎知他並無惡意？這本命不能還他！」黑白雙鳥爭執起來，彼此不但言語爭辯，還彼此以單翅互擊，以鳥喙互啄，十分凶狠。最終黑鳥佔了上風，白鳥認輸；比翼雙鳥達成協議，白鳥對羅欽叫道：「好吧，本命還給你了！」

羅欽也不知道自己究竟是否曾給出自己的本命，比翼鳥是否當真歸還了，只能叫道：「多謝你們啦！」只見比翼鳥緊緊相依，一左一右同時振翅，遠遠飛去，轉眼便不見影蹤。

羅欽吁了口氣，在洞中坐下。忽聽洞穴深處隱隱傳來簌簌之聲，他甚感好奇：「是誰躲在天犬的窩穴中？是天犬的朋友麼？還是另一頭神獸？」

他站起身細聽，洞中卻又沒了聲響。羅欽舉步往穴中走去，走出數丈，洞中已是一片漆黑，他留意到腳下出現了一些乾草，繼續走下去，但聽洞穴深處傳來明顯窸窸窣窣之聲，心想：「確實有甚麼獸物躲在裡面。」

他又走上幾步，忽然見到洞穴深處出現兩個金色圓點，在黑暗中閃閃發光。羅欽心想：「果然是另一頭獸物，眼睛也是金黃色的！」

正想時，洞中忽然又出現了十多個金色圓點，一共有十二個，羅欽不禁一驚：「這是甚麼怪物，竟有這麼多眼睛？」

接著那獸物忽然嗚嗚狂叫起來，並貼著地面向他衝來。羅欽大驚，立即止步，趕緊拔出多它給他的短刀；然而藉由洞外射入的光線，只見奔來的獸物身形甚小，而且不是一頭，一共竟有六頭，卻是六頭幼犬！個個全身赤色皮毛，雙眼金黃，六條尾巴搖個不停，直撲到羅欽身上，搶著舔舐他的臉面，在他懷中挨挨蹭蹭，親熱至極。

羅欽又驚又喜，伸手抱起了一頭幼犬，笑道：「乖狗兒，餓了麼？」其餘五頭見一頭被他抱起，都搶著要他抱，在他腳邊嗷嗷而叫。

羅欽從包袱中取出些乾肉，餵給六頭幼犬吃了。眾幼犬果然餓極，爭著搶著，三兩口便吃完了，一齊抬頭望著羅欽，滿面期待，顯然還要更多。羅欽將包袱中的肉乾全數取出，放在地上，六犬幾瞬間便搶著吃完了，舔舔嘴，又抬頭望向他。羅欽注意到其中有一隻比其他五隻瘦小得多，搶不過兄弟姊妹，吃得最少，趴在一旁，顯得十分可憐。

羅欽想起自己往年也是眾多巫童中最弱小無用的一個，不禁生起同病相憐之心，伸手抱起那頭最小的幼犬，說道：「我給你吃點別的。」從包袱中取出一些乾糧，餵牠吃了。其他狗兒見了，也都想吃，紛紛在羅欽腳下又跳又叫。

等瘦小幼犬吃完，羅欽才將牠放下，低頭望向六頭幼犬，問道：「你們是誰？為何在天犬的窩穴裡？」

六條幼犬有的坐著，有的趴著，有的走來走去，對他的話毫無反應，顯然只盼他多餵自己一些肉乾，若是沒有肉乾，對他便失去興趣了。

羅欽心想：「牠們不是神獸，不懂得人語，也不會說話。」

只有那頭最瘦小的幼犬似乎能聽得明白，乖乖地坐在當地，仰頭望著羅欽，吐出舌頭，搖著尾巴。羅欽伸手摸摸幼犬的頭，微笑道：「乖乖狗兒，我是來找天犬的。牠不在，卻找到了你們。」

幼犬側頭望著他，一個勁兒地搖尾，也看不出牠是否真能聽懂人語。

羅欽走回洞口，六頭幼犬一撲一跳地跟在他腳後；羅欽在洞口坐下，眾幼犬便圍繞在他身邊，彼此追咬玩耍，嗷嗷而叫。

羅欽等了一陣子，仍等不到天犬回來。他轉頭望見那頭瘦小幼犬小心翼翼地來到自己身邊，伸出一隻小犬爪，跨入自己懷中，接著便窩著身子睡下了，忍不住問牠道：「你們是天犬的孩子麼？天犬是你的父親，還是母親？」

幼犬抬頭望向他，搖尾不答。

就在這時，羅欽忽想：「倘若天犬無心做我的守護獸，我帶一頭幼犬回去也不錯。」又想：「但我要找的是一頭守護獸，不是一頭普通的狗啊。我要是帶走了其中一頭小狗，即使牠長得有點像天犬，但畢竟不是神獸，不但不能保護我，我還得照顧牠，餵養牠，平添許多麻煩。」腦中雖這樣想，但望向幼犬友善可喜的臉龐，心又軟了，暗想：「這條狗兒多麼溫順可親，若有牠跟在身邊，也是個伴兒。」

正想時，忽聽遠處傳來一陣破空之聲。羅欽趕忙跳起身，往空中望去，只見晴空中閃出一道紅光，正是天犬回來了。但瞧牠在空中匆促飛行的軌跡，似乎不大對勁；羅欽再仔細望去，果然見到牠身後有一物正在追趕牠：那是頭身形巨人、五彩斑斕的鳥，正是自己曾在玄丹山上遇到的五色鳥！

卻見五色鳥的人臉神色猙獰，雙眼血紅，口中尖聲吼叫，滿是殺氣，和羅欽之前見過時哭時笑、害怕寂寞、喋喋不休的五色鳥截然不同。牠拍動五彩的翅膀，直直追上天犬，不時伸出銳利的尖爪攻向天犬。

天犬一身赤毛在空中閃耀，一聲不響，只不斷閃躲。牠側頭瞥見羅欽站在崖壁洞口，六頭幼犬圍在他腳邊，露出驚詫焦急之色，立即轉身，往高處飛去，顯然想要遠離洞穴。

五色鳥卻已留意到天犬望向山壁的目光，轉頭望來，見到羅欽，微微一怔，隨即對著他一笑，露出友善的神情，叫道：「年輕的巫童！我不是說了要陪你上昆侖山麼？你怎地跑到這金門山來了？」說著飛近洞前。

羅欽見牠神色友善，略略降低戒心，答道：「我是來找天犬的。」

五色鳥皺起眉頭，說道：「我不是警告過你麼？天犬是不祥之獸，所到之處，必然帶來戰亂。牠不適合做你的守護獸。走，跟我去昆侖山，讓我陪你慢慢尋找一頭適合你的神獸。」

羅欽見牠神態溫和，言語清楚，與方才在空中攻擊天犬的狠戾模樣判若兩人，忍不住問道：「你為何要攻擊天犬？」

五色鳥收起翅膀，立在洞口，笑道：「我這哪是攻擊牠？我和天犬是好朋友，剛才不過是互相追逐玩兒罷了。這些是牠的幼犬麼？嘖嘖，我竟不知天犬生養了一窩幼犬哩！怎地我就不能生養幾隻五色鳥來玩玩？」說著低下頭去打量那六頭幼犬，咧牙而笑。眾犬見五色鳥身形巨大，人面鳥身，都不禁往後退去。那頭最小的幼犬顯得極為害怕，一閃身，忽然不見了，羅欽感到袖子一緊，想是那頭幼犬從衣袖鑽入了自己的袍子裡。

五色鳥微笑地低頭望向洞穴中的五頭幼犬，細聲細氣地哄道：「別怕、別怕！我是天犬的朋友。讓五色鳥瞧瞧，你們長得和天犬可真像啊！」

但聽天犬在洞穴外高聲叫道：「羅欽，小心！」

話聲未落，五色鳥已揮起一隻巨大的翅膀，猛然向羅欽掃去。羅欽站在洞口，不料牠竟會忽然攻擊自己，驚呼一聲，身子登時被掃出洞外，急跌而下。

天犬從空中撲下，張口咬住了羅欽的衣衫後領，硬生生地阻住了他往下跌落。羅欽定下神來，趕緊伸手攀上山岩，對天犬道：「多謝你救我性命！」

就在天犬忙著解救羅欽之時，但聽洞穴中五色鳥嘎嘎怪笑，幼犬紛紛狂吠慘叫。

天犬大驚色變，立即如流星般飛入洞穴，只見洞內一片血腥狼藉，五隻幼犬都已死在五色鳥的爪下。

天犬怒叫道：「你為何殺我幼犬？」

五色鳥笑道：「你生出這許多幼犬，好讓自己有伴兒；我住在玄丹山上，千年萬年都形單影隻，獨自一個，這可太不公平了！我怎能讓你佔了這等好處，有這許多伴兒？」

天犬怒吼一聲，張口舉爪向五色鳥撲去。五色鳥早已有備，側身避讓，伸出尖利的巨爪抓上天犬的頸子，霎時切出一道深深的傷口。天犬怒吼一聲，身子一扭，反口緊緊咬上了五色鳥的脖子。五色鳥頓時怪叫起來：「鬆口！鬆口！你這隻死狗爛狗，竟敢咬我！」奮力飛出洞穴，試圖將天犬甩開。

天犬悲痛幼犬之死，怎肯鬆口？咬得更加咬緊了。兩頭神獸在崖壁旁的天空中盤旋纏鬥，鮮血不斷飆出，如雨點般灑落地面。

羅欽攀在山壁上，離二獸不過三丈之遙，只看得目瞪口呆，無法動彈。神獸擁有的法力遠遠超過常人或巫者，此時二獸性命相搏，殺氣和霸氣如天羅地網般向羅欽撲來，直逼得他幾乎不能呼吸。

但見天犬的利齒深深地咬入五色鳥的脖子，鮮血不斷噴出；五色鳥的人面因痛苦而扭曲變形，紅眼圓睜，張口慘呼，慘呼聲中夾雜著威脅、謾罵、求饒，然而天犬早已聽不進耳了，只顧死死咬著五色鳥的脖子，不肯放鬆。不出幾刻，五色鳥的面色慘白，嘴唇轉為青色，紅色的雙眼上翻，再也叫不出聲來，長著五彩羽毛的鳥身軟軟垂下。

這時天犬終於鬆口，五色鳥從空中跌落，「砰」的一聲重重地落在地上，彷彿整座金門山都震動起來。然而天犬頸部的創傷也極重，牠再也支撐不住，也從空中跌落，正跌在五色鳥的身旁，又是「轟」的一聲，地面震動，塵土飛揚。

羅欽趕緊從山壁攀下，先去探視五色鳥，見牠紅眼上翻，口中流出鮮血，已然斷氣。他又趕緊去看望天犬，只見天犬巨大的身子橫臥在地，赤色皮毛上沾滿了赭色的鮮血。他又驚又急，撲上去叫道：「天犬！」但他只看了天犬頸部傷口一眼，便知道牠已無救了。

羅欽滿心悲痛失落，流淚叫道：「天犬，你別死啊！我要你做我的守護獸，你怎能就這麼死了？」他曾見過自己的小獸身受重傷，也親眼見到牠死去，知道神獸是會死的，此時他眼睜睜看著天犬赤色的皮毛漸漸失去光澤，連連喘息不斷，金黃色的眼睛也黯淡了下去，知道天犬轉瞬間便將斷氣。

天犬痛苦地喘著氣，勉強轉過頭，望向羅欽，說道：「五頭幼犬……死了……還有一頭……」

這時那頭瘦小幼犬忽然從羅欽的懷中鑽出，撲在天犬身上，嗚嗚而叫，情狀悲淒。羅欽這才想起，五色鳥來到洞口時，這頭最小的幼犬從袖子鑽入了自己的袍子中，之後便一直縮在自己懷中，跟著自己一起被五色鳥打出洞穴，往下急跌，幸而為天犬所救。

天犬露出喜慰之色，舔了舔牠，說道：「是你……你活下來了，很好！」對羅欽道：「這隻幼犬，是唯一的……唯一的半神獸。求你……照顧……牠……」

羅欽趕緊道：「我一定會好好照顧牠的，你放心吧！」又忍不住問道：「甚麼是半神獸？」

天犬喘息道：「半神獸……牠可以……守護你……」閉上眼，便側頭死去。

幼犬伏在天犬身上，嗚嗚哭了起來。羅欽這才留意到，這頭幼犬絕非尋常。一般的禽獸並不懂得死亡，更加不會哭泣；這頭幼犬卻顯然知道天犬已然死去，還會悲哀哭泣，心想：「天犬說牠是半神獸，難道牠竟身懷神獸的法力？」但天犬已然死去，他再也無法問個究竟了。

羅欽爬上山崖洞穴，找到了五頭幼犬的屍體，有的身首分離，有的開腸破肚，死狀甚慘。羅欽心中難受至極，暗想：「這五色鳥忒地狠毒殘忍，隨手就殺死了這五頭幼犬！」想起自己才剛剛餵牠們肉乾，轉眼便見牠們屍橫就地，不禁掉下眼淚。

他將幼犬的屍身裝入包袱，背負下崖，在山崖下挖了一個土坑，將天犬和五頭小犬都埋葬在了一起。他看了看五色鳥的屍體，心想：「五色鳥雖殘狠，畢竟也是神獸。我還是將牠也埋了吧。」於是找了個較遠之處，將五色鳥也埋葬了。

羅欽抱著那頭倖存的幼犬，在天犬和其他兄弟的墓前祭拜告別。他對幼犬道：「你是六犬中唯一倖存的，我便叫你六子吧。」六子嗚嗚而泣，將頭縮在他的懷中。

羅欽持起石鏡，低聲喚道：「岩瑪薩滿！」

岩瑪的臉龐出現在石鏡中。羅欽告知方才在金門山上發生的那場血戰廝殺，岩瑪皺起眉頭，說道：「我都見到了。你將那頭幼犬抱來，給我看看。」

羅欽抱起六子，讓牠面對著石鏡；牠見到石鏡中有人，露出好奇之色，側過頭打量岩瑪薩滿的臉龐。岩瑪凝望著牠，以巫術探測牠的心思，過了一陣，問羅欽道：「天犬說牠是唯一的半神獸，是麼？」

羅欽道：「是的。」

岩瑪沉吟道：「世間的神獸越來越少，正是因為神獸無法繁衍，一頭神獸死亡後，便再也沒有了。天犬不知如何生下了這六頭幼犬，牠的配偶不知是另一頭神獸，抑或是一般的犬類？你在金門山上，可曾見到另一頭神犬？」

羅欽搖頭道：「沒有。」

岩瑪道：「我無法探知這頭幼犬是不是神獸，但牠是天犬之子，擁有一半神獸的血統，天犬又說牠是『半神獸』，未來會長成如何，還難說得很。羅欽，根據多它的卜算，今年冬天的風雪將是三十年來最嚴寒的，你在草原上若遇到大風雪，不但容易迷失方向，更可能會凍死。瞧這天色，可能就快下雪，你要再去別處尋找神獸，也已來不及了，這就趕回村子吧！」

羅欽點點頭，問道：「我可以帶六子回去麼？」

岩瑪不置可否，只道：「你自己拿主意吧！只要盡快回來便是。」

羅欽答應了，於是帶著六子離開了金門山，匆匆往東行去，趕回魄磊村。

果如岩瑪薩滿所言，寒冬很快便降臨了，陰沉沉的天空開始飄下雪花，氣候頓然轉寒。幸而多它給羅欽帶上了厚重的羊毛冬衣，他取出穿上了，因怕六子受凍，將牠緊緊摟在懷中；奇怪的是，六子的身子有如一團火一般，反倒能助他禦寒。羅欽此番離村往西，一共行走了兩個多月，途中不時攀山尋獸；此時踏上歸途，他生怕大雪封路，只顧埋頭急行，天一明就啟程，直走到天色全黑，才停下休息。六子往往整日一聲不出，大多時候都窩在他懷中沉睡，只有肚子餓時會鑽出頭來，嗷嗷而叫，向羅欽討食。

幸而羅欽啟程得早，終究在大雪落下之前回到了村中。他一回到村中，便立即去見大長老，報告此行所見，並將天犬之子六子帶去給大長老觀看。

大長老望著這頭身形瘦小的狗兒，第三隻眼微微瞇起，沉吟良久後，仍不言語。

羅欽忍耐不住了，問道：「大長老，這頭犬兒真的是半神獸麼？牠具有神獸的法力麼？」

大長老微微搖頭，說道：「我活了將近六百年，這是生平第一次見到一頭半神獸。你該知道，神獸是不會繁衍的，我也從未聽說過任何神獸生下子息。但是這隻狗兒確實是天犬之子；你說牠的其他五個兄弟都被五色鳥殺死了，是麼？」

羅欽點頭道：「是的。我當時見到洞穴中有六隻幼犬，這是其中最小的一隻。天犬死前對我說，牠是唯一的半神獸，因此其他五隻想來都不是。」

大長老睜著額頭上的第三隻眼打量六子；六子乖乖地坐在當地，抬頭望向大長老，搖著尾巴。大長老和羅欽都見過許多神獸，但這六子一看就不像神獸：牠的外表和一頭普通的幼犬並無分別，既不會說話，也似乎並無任何法力。

大長老打量了牠一陣子，終於開口說道：「我不知道半神獸是甚麼，也不知道半神獸能做甚麼。總之，你既帶了牠回來，牠就算是你的保護獸了。若牠不能保護你，那也沒有辦法。」

羅欽並不在意，只點頭道：「我答應過我的小獸，這回該輪到我保護我的神獸了。」

大長老嘆了口氣，這雖非他所期望，卻也別無他法，說道：「你的小獸從你幼年時便跟在你身邊，教了你很多事情。如今這隻小獸年紀尚幼，甚麼都不知道，或許你可以教牠一些事物。」又道：「牠若聽不懂，學不會，那也不要緊。即便是尋常的狗兒，也是可以訓練的。你花點心思訓練牠，至少牠能跟在你身邊，敵人來時能警告你，夜晚也可替你守夜。」

羅欽點點頭，說道：「我知道了，我會好好照顧牠的。」

其他的巫童聽聞羅欽從金門山帶回一頭神獸，都甚是好奇，紛紛帶著他們的小獸前來偷看；待見到羅欽懷中抱著的只是一頭幼犬，都是又驚詫，又好笑，彼此偷偷說道：「偽巫童捕捉了一頭偽神獸回來！」「想來偽巫童不具巫術，根本捉不到神獸，只好捉了頭小狗回來充數。」「這頭小狗瘦小虛弱，也不知能不能活下去？」

羅欽將六子抱在懷中，不去理會其他巫童的議論，只低頭對六子道：「你別擔心，我一定會好好保護你！」

第二十八章 和親之行

天正下著傾盆大雨，烏黑的空中雷電交加，一道閃電猛地打在一座高塔之上，發出震耳巨響。

羅欽一驚，他認出那正是洛陽城的永寧寺塔，自己曾在夢中見過許多次。此時他透過雨幕，見到塔頂火光閃動，熊熊燃燒了起來，令他滿心驚恐，望著那高塔在烈火中燃燒，火勢凶猛，越燒越烈。過了許久，寶塔轟然傾倒，磚瓦散落，震耳欲聾。這塔極高，即使倒塌，也花了好長的工夫，頂層才跌落至地面，只剩滿地燒焦的木炭和瓦礫。

「羅欽！」

一聲大叫令羅欽驚醒，睜眼抬頭，眼前赫然出現一張大圓臉，滿面憤怒之色，正是碧環薩滿。

他發現自己坐在磈磊村的正中央，一塊巨石圍繞的空地之上，這才想起：自己睡著之前，正和巫童們一起隨著碧環薩滿學習咒術；但他和以往一般，雖坐在當地，口中念著咒語，卻甚麼感受都沒有，只感到眼皮越來越沉重，最後終於支撐不住睡著了，並在夢中見到雷殛高塔、火燒倒塌的情景。

自從他找到六子歸來之後，生活便又歸於平靜；巫童們都知道他曾出門尋找神獸，卻只找回了一頭狗兒，紛紛取笑他。羅欽卻毫不在意，悉心照顧六子，餵牠最好的牛羊肉，白日讓六子跟在自己身邊，晚上則讓六子跟自己同睡一榻。

魄磊村中日子一成不變，時光飛逝，不知不覺中，又兩年過去了。上回石生大典出生的八個巫嬰已有七歲，成人薩滿們忙著照顧教導他們，因此今日帶領年長巫童們學習咒術的只有碧環薩滿一人。

碧環薩滿和岩瑪薩滿乃是同年出生的石生巫童，她身形矮壯結實，一張燒餅般的大圓臉，和岩瑪薩滿的高瘦身形恰成對比。她脾氣暴躁，常常放大嗓門罵人，此時見到羅欽打瞌睡，頓時豎起兩道細細的眉毛，高聲喝道：「羅欽！你的魂飛去哪兒了？」

她的喝聲如雷鳴一般，羅欽嚇得幾乎彈起半尺，趕緊睜大了眼，甩開夢中燃燒倒塌的高塔，急忙回答道：「我在這兒！我在這兒！」

碧環薩滿低下頭，狠狠地盯著他，其餘八個巫童也在一旁瞅著他，勉強忍住笑。這些巫童此時都已有十八歲了，在一般人中已屬成人，但在巫者之中卻仍屬童子。一般巫童將在他們出生後的第二次石生大典，也就是二十歲時，接受成為薩滿的測試，通過者便將正式成為薩滿，能夠離開魄磊村，去各地擔任可汗、首領、族長等的薩滿。

羅欽只得趕緊拜倒道歉，說道：「碧環薩滿懇請恕罪！我……我睡著啦！」

碧環哼了一聲，說道：「睡著？你在我眼下學習咒術，竟然敢偷懶睡著！好大的膽子哪！」

羅欽滿面通紅，說道：「請碧環薩滿懲罰！」

八個巫童都樂了，紛紛在旁幫碧環薩滿出主意：「讓他去冰湖裡浸一浸。」「讓他去山頂罰跪。」「讓他推石頭上魂磊山頂。」

碧環瞪了他們一眼，眾巫童趕緊閉上嘴。碧環正要說出自己的懲罰，忽聽一旁傳來聲低吼，一頭全身雪白、身形巨大的神獸忽然出現在羅欽的身後。

碧環和一眾巫童都知道，這頭白色獸物乃是大長老的神獸白澤，皆肅然起敬。

碧環望向白澤，問道：「神獸，請問大長老有何指示？」

白澤漆黑的雙眼望向羅欽，聲音低沉，說道：「大長老命羅欽立即去見他。」

碧環顯得有些驚訝，但並未質疑，只道：「謹遵大長老之命。」轉頭瞪了羅欽一眼，低喝道：「還不快去？」

羅欽逃過懲罰，鬆了口氣，趕緊起身向碧環行禮告退離去，六子也立即爬起，跟在他的腳後。一人一犬跟著白澤來到大長老的石屋，羅欽跨入屋中，但見屋中除了大長老外另有一人，卻是羅欽幾年前見過的李具列將軍，他趕緊跪倒，向大長老和李具列行禮。

大長老讓羅欽坐下，神色嚴肅，說道：「李將軍奉阿那瓌可汗之命，特來魄磊村通報一事。阿郁公主即將下嫁西魏皇帝元寶炬，可汗讓我從魄磊村挑選一位巫者，隨行保護昆結。」

羅欽一呆，脫口道：「公主要嫁去西魏？」在他心中，阿郁還是個十歲左右的小女娃兒，但轉念想起：「她離開魄磊村也有五年了，已經到了可以出嫁的年齡了。」又問道：「西魏是甚麼？」

大長老轉向李具列將軍，李具列微微皺眉，但仍耐心地對羅欽解釋道：「西魏是南方鮮卑人建的一個國。他們本來只有一個魏，後來分裂成東一個魏，西一個魏。今年夏季，可汗出兵攻打西魏，西魏的皇帝元寶炬打不過，請求可汗准許迎娶公主。可汗答應了，決定讓大公主嫁給西魏皇帝，做西魏的皇后。」

羅欽這輩子只離開過魄磊村一次，就是去西方荒漠中的幾座神山中尋找神獸，對於南方的世界仍是一派陌生。他只知道魄磊村是位於柔然境內的巫村，村中巫者皆效忠於柔然可汗；至於在柔然之外還有些甚麼國，與柔然是敵是友，他自是一概不知。他雖在夢中見到過沈綾和他的兄長姊妹等一家人，知道他們住在有著一座極高的塔、名叫洛陽的大城中，但對大魏分裂的局勢自是一無所知。想到此處，他不禁又想起在夢中見到的，那座遭天雷所殛、燃燒倒塌的高塔，心中甚感不祥。

大長老望向他，咳嗽一聲，說道：「羅欽，聽見了麼？」

羅欽回過神來，連忙答道：「是，我聽見了。大長老說，阿郁昆結要出嫁，成為西魏的皇后，那是好事啊。」望向大長老，問道：「但是……但是這跟我有甚麼關係？」

大長老緩緩說道：「我叫你來，是因為阿郁昆結希望能有熟悉信任的隨行巫者，隨她嫁入西魏。」

羅欽睜大了眼，說道：「我麼？可是我又不具巫術……」

大長老趕緊打斷他的話頭，說道：「我知道，你年紀還輕，巫術並未學全，也尚未通過薩滿測試，並不適合擔任跟隨保護昆結的巫者。因此我會派一位成年的女薩滿，和你一同加入昆結的和親隊伍。」

羅欽仍舊不明白，搔頭問道：「昆結的侍從那麼多，為甚麼一定要我跟隨？我也不是特別擅長服侍她，當年還常常惹她生氣呢！」

大長老和李具列互相望望，似乎都不知該如何回答。

李具列道：「昆結原本不肯嫁去西魏，可汗和昆結的額赫多番相勸，她才終於答應了，但是她有個條件，那就是指定要你隨她同去。」

羅欽更是張大了口，說道：「指定我？」

大長老和李具列同時點頭。

羅欽又是驚訝，又是好奇，暗想：「阿郁明知我不具巫術卻指定要我去？但小獸曾經說過，那對兄妹居住的地方，就是大魏的國都洛陽；我若能跟隨昆結去往西魏，或許真能見到沈二郎也說不定？」但心中頗感忐忑，望向李具列，問道：「將軍，我們柔然為甚麼非得和西魏聯姻？阿郁昆結為甚麼非得嫁去做他們的皇后？」

李具列道：「我們柔然兵強勢大，原本不必與西魏聯姻。然而阿那瓌可汗擔心高車虎視眈眈，寧願暫且與西魏和親，以防備高車突襲。」

羅欽也沒聽過高車，問道：「高車是甚麼？是個巫者麼？」

李具列見他甚麼都不知道，望了大長老一眼，似乎在問：「你身為魄磊村的大長老，怎地未曾認真教導村中巫童，竟令他們對村外的事物一無所知？」

大長老聳聳肩，表示這一切都與他無關；教導巫童關於世間諸事，並非他大長老的責任。

李具列只好繼續耐著性子，對羅欽解釋道：「高車是個汗國，就在柔然之側，是柔然的宿敵，兩國之間多年來累積的仇恨甚深。」

羅欽從不知道兩個汗國之間能有仇恨，問道：「甚麼樣的仇恨？」

李具列道：「二十多年前，前可汗丑奴西征，大敗高車，殺死高車的候婁匐勒彌俄突。彌俄突之弟伊匐復國後，又被其弟越居殺死，自立為候婁匐勒（注）。兩年前，伊匐之子比適殺越居，自立為候婁匐勒。比適這傢伙，這幾年來努力擴充兵馬，對我柔然虎視眈眈，甚至派人要求可汗與他和親，指名迎娶可汗之女。可汗知道遲早將與高車一戰，嚴詞拒絕了。比適大怒，揚言要率軍入侵柔然。就在這時，西魏皇帝也來請求和親，相比之下，讓阿郁昆結去西魏做皇后，自然比做候婁匐勒的可賀敦好得多了，因此阿那瓌可汗便答應了西魏皇帝迎娶昆結的請求，同意將長女阿郁嫁給他。」

羅欽其實聽得一頭霧水，但也只能假裝明白，點頭道：「原來如此。」望向大長老，說道：「羅欽實在沒有主張，一切全聽大長老指令。」

大長老點點頭，說道：「既然可汗需要你，昆結也需要你，那你就去吧。」

羅欽雖仍搞不清楚狀況，依然俯首道：「羅欽接令。」

李具列甚感滿意，說道：「阿郁昆結出嫁的日期已定，西魏皇帝正派遣使者前來迎接，二十日內將到達可汗大營。大長老既已首肯，那麼我和羅欽薩滿應當盡快出發回營了。」

大長老道：「甚好。」

注 候婁匐勒即國主之意。

於是李具列便向大長老行禮告辭，退出大長老的石屋。

羅欽也準備退出，大長老卻叫住了他，說道：「羅欽，你且留下，我有話說。」

羅欽回入石屋中，大長老道：「關上石門，坐下。」

羅欽依言關上石門，在大長老面前坐下了。

大長老靜了半晌，才嘆息道：「你不具巫術，出門在外，不但不能保護昆結，連保護自己也不能，這樣可不行啊！」

羅欽不知該如何回答，忍不住問道：「既然我不行，大長老又為甚麼決定讓我跟昆結去南方呢？」

大長老連連嘆息，額頭上的第三隻眼都閉上了，顯得無奈又無助。他閉目沉思一陣，才道：「這樣吧，羅欽。我在你身上施展一層保護咒，如此便沒有人能傷害你了。」說著他從自己的臥榻旁取過一只一尺見方的石盒子，小心打開，從盒中取出一塊石頭。羅欽盯著那石頭看，但見石頭通體灰色，裡面卻彷彿隱隱透出五色光彩，不禁好奇問道：「這是甚麼？」

大長老道：「這五彩天石，乃是我們磈磊村的祖傳寶物。幾千年前，水神共工和顓頊爭奪帝位失敗，一氣之下撞倒了不周山，導致天塌地傾，海水倒灌。女媧為了解救人類，便煉製了許多五色石，藉以修補破裂的天空，這就是當時補天剩下的一塊。」

羅欽大感好奇，一瞬不瞬地望著那塊五彩天石，心中忽然動念：「岩瑪薩滿曾經說過，如今天下只有少數巫者靠著祖傳的法寶而保有巫力；之前那塊紅寶石便是火巫之寶，莫非這五彩天石便是我們石巫之寶？」

大長老讓羅欽坐在自己身前，拾起那塊五彩天石，拿在手中撫摸，口中念著咒語，念了一陣之後，便將那塊五彩天石放在羅欽的背心；羅欽感到背心一陣溫暖，大長老又將石頭輪流放在羅欽的頭頂、鼻尖、咽喉、胸口、肚臍等處，羅欽覺得熱氣在自己身上繞了一周，全身都暖洋洋的，十分舒暢。

如此施了一陣法後，大長老才放下五彩天石，說道：「好了，我以五彩天石施展在你身上的護身咒術，應能保你一年平安。一年過後，到時再想辦法吧。」

羅欽向大長老跪倒拜謝，但見大長老神色疲憊，似乎施動這咒術十分耗費心神。羅欽心中又是感激，又是過意不去，說道：「大長老，辛苦您了，為了保護我，花了這麼大的力氣！哪天我要能保護自己就好了。」

大長老聽了，只微微嘆息，揮手讓他離去。

當日晚間，羅欽帶著六子回到多它的石屋中，告訴多它自己明日將隨昆結遠去西魏。多它似乎一點也不驚訝，只點點頭，從身後取出一個小包袱，遞過去給他。

羅欽一怔，打開包袱一看，見裡面放了兩套自己的衣褲，一雙鞋子，加上一個自己幼年時用石頭雕刻的小獸，還有小獸死去後留下的金黃色石頭；那石頭的顏色和小獸的眼睛一模一樣，羅欽每回見到石頭，都會想起小獸待己的情義，平日帶在身上，睡覺時便放在床頭。

羅欽望著包袱裡的事物，有些遲疑，問道：「就帶這些衣物，夠麼？」多它笑著擺擺手，表示足夠了，又做手勢告訴他：「不必擔心，你此去不會太久的。」

羅欽微微一呆，心想：「阿郁昆結嫁入西魏皇室，指名要我相陪，她又怎會輕易讓我回來？多它為何認為我此去不會太久？」但他知道多它擅長卜算，往往能預知未來，便不再多問。

次日清晨，羅欽起身後，便來到大長老石的屋外告別；李具列已在石屋外等候，身旁站著碧環薩滿。她正當壯年，咒術和法術都十分純熟，又是女子，正適合隨侍阿郁昆結嫁入西魏皇室。這時碧環薩滿已收拾好一個小包袱，揹在背上，低頭瞪了羅欽一眼，眼神凌厲。羅欽從小就很害怕碧環薩滿，趕緊低頭向她行禮。

碧環指指石屋，說道：「還不快去向大長老拜別？」

羅欽趕緊進入石屋，向大長老跪倒拜別。

大長老見到他，老臉上露出擔憂猶疑之色，說道：「羅欽，我實在不願意讓你去。但可汗既然開口了，我也沒有辦法。你好好保護自己，好自為之，知道麼？」

羅欽聽大長老說得沉重，只能點頭答應道：「羅欽知道。」揹起小包袱，和碧環一道，帶著六子，跟隨李具列離開了魄磊村。

這是羅欽生平第二回離開魄磊村，此番有李具列和手下戰士隨行，又有馬騎，一路不怕迷路或挨餓，旅程平順舒適得緊。李具列和戰士們對出於對薩滿的尊敬，與他相距甚遠，碧環也不怎麼理會他，他便樂得自己一個人落在隊伍之後，抱著六子坐在自己的馬鞍上，悠然欣賞草原風光。

二十日多之後，一行人抵達了阿那瓌可汗的營地。羅欽曾藉由岩瑪之眼見過可汗大帳，但可汗的營帳年年遷徙，當時丑奴可汗的營帳與今日阿那瓌可汗的營帳自已在不同的地點；然而對羅欽來說，可汗營帳就是草原上最壯觀龐大的一群營帳，至於它位在何處，羅欽自也搞不清楚。他只看得出可汗的大營十分忙碌，數百名柔然戰士在帳幕之間來回穿梭，各自擦槍刷馬；幾十個僕婦忙著清洗裝飾可汗的大帳，顯然正準備迎接西魏皇帝派出的使者團。

李具列請碧環薩滿和羅欽進入大帳，拜見阿那瓌可汗和他的可賀敦，也就是阿郁和阿柔昆結的額赫。羅欽遠遠見到一男一女坐在大帳盡頭的寶座上，阿那瓌可汗約莫六十來歲，身形瘦長，光頭灰鬚，與他的兄長丑奴粗獷高大的體態頗為不同；他的可賀敦柔順美麗，看來十分年輕。羅欽曾聽太后侯呂氏說起過，當年丑奴可汗寵信巫女地萬，下手迫害自己的兄弟，不但殺死了年幼的親弟祖惠，對年長的弟弟阿那瓌也多般迫害，害死了阿那瓌的妻妾和十多個成年子女，倖存的只有當時阿那瓌最寵愛的妾和她的三個子女，因恰好回到母族而逃過一劫，那位妾自然就是眼前的這位可賀敦了。當時阿那瓌自知情勢岌岌可危，於是命寵妾帶著兒子庵羅辰留在母族避禍，兩個幼女則由太后侯呂氏安排送到磈磊村請大長老保護，這便是羅欽當年在磈磊村邂逅兩位昆結的緣由。

這時羅欽隨著碧環薩滿走上前，向阿那瓌可汗和可賀敦躬身行禮。

阿那瓌可汗和可賀敦都是忠誠的薩滿教信徒，見二位巫者到來，忙起身相迎，拜倒為禮。可賀敦神態和善，行禮過後，便請碧環薩滿近前，坐在自己身旁，與她寒暄一番；碧環成熟穩重，對答得體，令可賀敦甚感放心。

談了幾句後，可賀敦對阿那瓌可汗使個眼色，阿那瓌點點頭，可賀敦便拉起碧環的手，說道：「碧環薩滿，我還有幾件事想向妳請教，請來我的帳中一談可好？」碧環答應了，可賀敦便領著她進入後面的帳中，好與她密談愛女出嫁的細節和種種閨房中事。

這時只剩下羅欽在大帳中，他年紀雖輕，但阿那瓌和所有柔然族人一般，對騰格里和巫術深信不疑，因此對薩滿極為敬畏尊重，這時恭恭敬敬地向羅欽道：「羅欽薩滿！我女阿郁說，在魂磊村時，你曾冒險救過她們姊妹的性命，本汗為此感激不盡。此番她遠嫁南方，需請薩滿多多費心，保護我女安全。」

羅欽忙道：「這是羅欽職責所在，羅欽謹遵可汗之命，一定盡力保護昆結平安。」他平日在魂磊村中粗率慣了，哪裡懂得說這些禮貌之言；幸而他年幼時曾與兩位昆結相處過近三年，在與她們對話中學會了幾句較為得體的言語，這時才能如此順暢地與阿那瓌可汗對答。

阿那瓌可汗點頭表示滿意，說道：「我女對羅欽薩滿尊重感激，極盼能早日見到羅欽薩滿。薩滿若不介意，我這便讓手下領薩滿去見她如何？」

羅欽答應了，於是便跟著阿那瓌可汗的手下出帳，來到十餘丈外一座華麗的帳幕之前。但見帳前和帳內一片忙碌，許多僕婦正忙著整理衣物首飾、裝箱打包，看來打算將昆結所有的衣物鞋帽、首飾珠寶和種種日用品全數帶上了。一個侍女往年曾跟去魂磊村，認得羅欽，歡喜地上前招呼，立即請他來到最裡面的一間帳幕。

羅欽掀門而入，但見一個十六、七歲的妙齡少女坐在當中，盛裝打扮，面容端正，威儀具足，正是五年不見的阿郁昆結。

羅欽甚是歡喜，上前向她行禮，笑道：「阿郁昆結！妳長大啦！」

阿郁見到羅欽，臉上冷冷的沒有甚麼表情，只嘴角露出似有似無的微笑，淡淡地說道：「羅欽，你也長大了。」

一旁一個女孩兒插口道：「羅欽！你跟阿姊說話，還是這麼沒禮貌！」

羅欽側頭望去，這才發現阿柔也坐在一旁，她也長大了許多，這時已有十四歲了，出落得如一朵花兒一般，嬌豔可愛。他高興地讚嘆道：「阿柔！妳長得越來越漂亮了！」

阿柔臉上微微一紅，吐吐舌頭，說道：「傻子，胡說八道，我哪裡及得上阿姊？」往年阿柔害羞寡言，年長之後開朗了許多，尤其在羅欽面前，更是毫無避忌。

羅欽阿郁，又望向阿柔，仔細評判，最後說道：「妳說得對，阿郁昆結比妳更漂亮。但是妳們倆的漂亮是不一樣的，阿郁讓人害怕尊敬，阿柔讓人歡喜親近。」

姊妹倆聽了，都不自禁笑了起來，阿郁維持著矜持，掩嘴而笑，阿柔卻笑得翻倒在地上，拉著姊姊的衣袖，說道：「阿姊，妳聽，妳聽，羅欽還是老樣子！竟然說妳讓人害怕！妳還不快打他一頓出氣！」

羅欽見她們開心，自己也很高興，說道：「五年前妳們走了以後，我好傷心，還跑去瀑布下大哭一場呢！之後我一直很想念妳們。妳們在魂磊村那時對我真好，我受傷了，妳們來探望我，還讓我待在妳們的帳棚外，跟我說話聊天，還常常陪我去魂磊山上的烏藍楚嘉藍瀑布玩耍。我真的太感激啦！妳們走後，我日夜想念妳們，祈禱時總記著妳們，祈求騰格里保佑妳們事事平安順遂。上個月李具列將軍來到磈磊村，告訴大長老阿郁昆結要嫁去南方，我心裡真捨不得，又聽說妳想要我陪妳去，我心想，如果我能陪伴保護妳，那可就太好了。我跟大長老說，我雖然不具巫術，但我一定會盡力保護昆結，絕不讓昆結受到任何傷害！」

他興奮之下，說出連珠般的一串話，雖說得逗趣，但情意真摯，兩姊妹剛開始還想發笑，聽到最後，卻都不禁好生感動。

阿郁收斂笑容，靜默一陣，才道：「羅欽，你可知道，我為甚麼指名要你跟隨我去西魏？」

羅欽搖搖頭，說道：「我不知道。」

阿郁緩緩說道：「我孤身遠嫁西魏，西魏皇帝雖答應我做皇后，但誰也不知道他會不會遵守諾言。因此我很需要有我能信任的人跟在身旁，事事為我著想，並能不顧性命，保護我的安全。」

羅欽拍拍胸脯，說道：「羅欽一定不顧自己性命，盡力保護昆結安全！」

阿郁點點頭，露出滿意的微笑，又道：「父汗跟我說，倘若西魏皇帝對我有半分不尊重，父汗隨時會出兵征討，為我爭一口氣。」

羅欽道：「那就好了。妳去做西魏皇后，當然希望皇帝對妳好，不但尊重妳，還要非常疼愛妳才是。」

阿郁神情嚴肅，說道：「父汗讓我嫁去西魏，不只是為了和親，更是讓我去探清他們兵力的虛實，好讓柔然找到機會，將西魏給吞併了。」

羅欽聽了，微微一驚，想不到昆結嫁給西魏皇帝，不僅是為了和親，竟然還想吞併另一方！

阿柔插口道：「阿姊，可是額赫說過，當妳生下皇帝的兒子之後，皇帝定會立他為太子；當妳的兒子當上西魏皇帝，妳就成為皇太后啦！那不就等同我們柔然征服了西魏麼？」

阿郁輕哼一聲，顯得有些不以為然，說道：「妹子，妳懂得甚麼？待我生下兒子，讓他當上，當然是很好，但那也是許多年以後的事了。倘若我生不出兒子，或是生了兒子卻被魏人害死呢？他們絕不想讓柔然皇后之子當上皇帝。額赫想得太天真了，還是父汗盤算得實際；他希望我探清西魏的權力歸屬，兵力虛實，讓我們柔然找到最好的時機，出征西魏。」

羅欽對這些大國之間的爾虞我詐、和戰征伐完全不懂，也不怎麼感興趣，只點了點頭，說道：「希望西魏皇帝善待昆結，確保昆結的平安喜樂，我就心滿意足了。」

阿郁望了望他，說道：「我知道你對我一片忠心，因此我要你跟我一起去。但是你畢竟太過單純，到了西魏皇宮，想必不知道該如何應付宮中複雜的人事鬥爭。因此我請父汗派他最信任的策士李多隨我同去。」

羅欽不知道李多是誰，問道：「李多是甚麼人，他也是個巫者麼？」

阿郁搖頭道：「不是。李多是個女子，她是父汗幾年前俘虜的漢人，會說漢語和鮮卑語。父汗讓她留在身邊服侍，發現她非常聰明，能給父汗出各種計策。」

羅欽聽了，有些奇怪，說道：「既然這位李多這麼厲害，那妳為甚麼還要我陪伴妳去西魏？」

阿郁臉上露出少見的溫和微笑，說道：「羅欽，你不一樣。李多可以做我的策士，為我出主意，但你卻是我的朋友啊！」

阿柔在旁說道：「羅欽，比起那個李多，阿姊當然更加信任你啊！」

羅欽心中一暖，但仍有些遲疑，望著阿郁，問道：「如果那個李多和我的意見不同，那妳會聽誰的？」

阿郁搖搖頭，說道：「我自然得看當時的情況，才能做出決定。」又道：「西魏的使節明日便到，我們很快就要啟程了。你見見李多，和她認識一下吧。」

於是阿郁命侍女讓李多進入帳中，會見羅欽。羅欽見李多是個三十多歲的漢人婦女，穿著柔然服色，容色算不得出眾，但一雙鳳眼中透出精明之色。她見到羅欽，臉露微笑，友善地拉起他的手，說道：「羅欽巫者！昆結多次跟我提起你，說你救過她的性命，對你信任非常。我們這回陪伴昆結去南方，一定要盡心合作，保護昆結的安全，爭取昆結的福祉！」

羅欽點頭答應了，心中卻對這李多並無好感，也說不上是為甚麼。

第二十九章 昆結帳中

於是羅欽便留在阿那瓌可汗的營帳中，一邊陪伴阿郁昆結，一邊等候西魏迎娶使者的到來。

此時西魏的掌權者乃是權臣宇文泰；他與另一權臣高歡決裂，擁皇族元寶炬為帝，遷都長安，是為西魏；元寶炬雖身為西魏皇帝，但西魏政權卻牢牢掌握在宇文泰的手中。權臣高歡則立了年幼的元善見為皇帝，留在首都洛陽，人稱東魏，同樣由大丞相高歡把持朝政。由於東西魏爭鬥不休，柔然又多次進犯，宇文泰無心與柔然為敵，因此主張和親；受制於宇文泰的皇帝元寶炬無法拒絕，只能同意，於是派扶風王元孚為迎親使，前往柔然迎接阿那瓌可汗之女。

元孚乃是魏太武帝拓跋燾之曾孫，大魏王族之一；許多年前柔然進犯魏國時，元孚力主懷柔，曾遭阿那瓌俘虜；俘虜期間，阿那瓌對他頗為禮遇；之後元孚任冀州刺使，深得人民稱頌；其後隨魏孝武帝入關中，受封扶風郡王。東西魏分裂後，他追隨元寶炬赴長安，被封為司徒和太保。宇文泰想起元孚的地位和名聲都甚高，往年又曾與阿那瓌打過交道，這回去柔然迎娶阿那瓌的女兒，派元孚擔任迎親使自是再適當不過。元孚知道柔然兵力強盛，西魏若想取得暫時的和平，唯有與柔然和親，立即便答應擔起迎親使的重任。

當元孚率領迎親使團來到阿那瓌的營帳時，想起往年遭俘的經歷，仍有些戰戰兢兢，生怕這是個陷阱；幸而阿那瓌可汗似乎確實有心嫁女，並無他意，熱情設宴招待西魏迎親使團，席間說道：「貴國皇帝同意迎娶我女為皇后，但我知道貴國君主年逾三十，後宮想必已有許多后妃。我女嫁去之後，皇帝想必會將這些后妃們全數遣出皇宮，一個不留，是麼？」

元孚當然清楚，皇帝元寶炬有一位結髮多年的皇后乙弗氏，不但出身鮮卑貴族，並且已為皇帝生下了許多子女，其中長子元欽更被封為太子；其餘另有十餘名妃子，將她們遣出皇宮倒還好說，但皇后乙弗氏乃是太子之母，地位尊貴，若要將她遣出皇宮，委實不易。

元孚聽阿那瓌可汗如此相問，只能神色誠懇，但語帶模糊地回道：「敝國至尊既已同意尊奉昆結為皇后，之前的皇后及諸多妃子，敝國至尊自將妥善遷移處置，絕不敢虧待了貴國昆結。」

阿那瓌聽了，甚感滿意，次日便讓愛女阿郁昆結以及碧環薩滿、羅欽薩滿、策士李多和一眾戰士、侍女共百多人組成的柔然和親隊伍，共有七百乘車，萬匹駿馬，千頭駱駝，跟隨元孚率領的迎親使團上路南行。

途中阿郁昆結與十多位侍女共居一帳，羅欽則與碧環薩滿共居一帳。阿郁不時請兩位薩滿來自己帳中談話請益，請問碧環薩滿關於騰格里的傳說、柔然族人的起源、一般人又該如何向騰格里獻祭和祈禱等等。碧環薩滿熟知一切關於騰格里的傳說和習俗，侃侃而談；羅欽雖不具巫術，但他畢竟是在魄磊村長大的，從小聽得多了，也能述說一些關於騰格里和柔然起源的故事。

阿郁總聽得津津有味，不斷追問細節；李多則坐在一旁，靜靜聆聽，一聲不出。她是漢人，對薩滿和騰格里信仰甚感陌生，對碧環這位女薩滿敬而遠之，對羅欽這年輕巫者則頗感好奇；一來他長相平凡，就如一個普通的草原放羊少年，半點兒也沒有柔然薩滿的神祕詭異之氣；二來他性格傻憨樸實，舉止言語單純天真，毫無世故算計，心中想到了甚麼，往往直接說出口來，即使惹惱了昆結，也毫無忌憚，與她心目中的薩滿形象天差地遠。

有次夜深了，李多先去睡了，碧環講完了關於騰格里的傳說，也告辭去歇息了。阿郁獨獨留下了羅欽，對他說道：「我帳裡有個銀馬轡，銀子都變黑了，你替我擦一擦吧。」

羅欽幼年時便常常替阿郁擦拭鏡子、首飾、馬轡等，也不覺得有何不妥，當即答應了，便留在阿郁的帳篷中，坐在角落裡，替她擦拭銀馬轡。兩人有一搭沒一搭地閒聊著，就如往年在魄磊村中時一般，天南地北，無話不談，直至夜深人靜，羅欽呵欠連連，阿郁才讓他回自己的帳幕歇息。

在此之後，阿郁每夜都刻意留羅欽在自己的帳幕中，請他幹些雜活兒，兩人對坐聊天；有時阿郁讓侍女端上兩碗馬奶酒，一碗給羅欽，一碗自己慢慢啜著。

羅欽身為薩滿，自幼戒酒，因此一滴酒也不敢嚐，堅持辭謝了阿郁給他的酒，只顧埋頭做著手裡的雜活兒，陪伴阿郁說話解悶。

這晚阿郁興致甚高，忽然對帳中的侍女道：「夜深了，我就要歇息了，薩滿也要回帳了。妳們都回自己的帳幕去睡吧。我跟薩滿多談幾句後，也要就寢了。」帳中還有三名侍女，都已睡眼惺忪，聽昆結這麼說，都大為感激，起身向昆結和羅欽行禮，出帳而去。

阿郁等她們都出去後，上前繫起了帳門，轉過身來，對羅欽嫣然一笑，說道：「喂，我跳支舞給你看，好麼？」

阿郁不等羅欽回答，便舉起雙手，在帳中的營火旁跳起舞來。柔然族人擅長歌舞，阿郁身為可汗之女，不時在宴會上為眾王親貴族表演跳舞，這時跳起柔然族的騎馬舞、慶典舞、征戰舞，有模有樣，手臂揮舞，雙足快踏，裙襬和腰帶隨著她輕快的身形飄逸擺動，她的金銀耳環、項鍊和手環在火光下搖曳閃爍，光芒四射，即使沒有鼓樂助興，仍充滿了律動和歡樂之意。

跳了一陣，阿郁倏然停止，擺了個姿勢，笑嘻嘻地問道：「羅欽，你說，我跳舞的樣子，好看麼？」她不知是喝多了酒，還是跳舞跳得起勁，臉上紅撲撲的，綴著幾滴汗珠，更襯托她的臉容嬌豔無方，如花似玉。

羅欽早看得目瞪口呆，完全忘記手中正替昆結打磨一條純銀所製、鑲滿綠松石的項鍊，聽她問起，連忙放下項鍊，大力拍手讚道：「太美了！我竟然不知道妳這麼會跳舞！當年在魄磊村時，怎麼從沒見妳和阿柔跳舞呢？」

阿郁見他滿面驚豔之色，讚嘆之詞情真意切，甚是高興，笑道：「我們身為昆結，須得維持尊嚴，怎能隨便表演跳舞給你這個偽巫童看呢？」

羅欽哈哈大笑，說道：「是啊，妳們昆結矜持高貴，因此只能在我這個偽巫童面前跳瀑布、攀山岩，但跳舞麼，那可萬萬不行！」

阿郁想起三人當年在魄磊山和烏藍楚嘉藍瀑布下玩耍的情景，嘴角不禁露出微笑，伸手在他肩頭打了一下，佯怒啐道：「你就只記得我們當年瘋玩胡鬧的事兒！」

羅欽笑道：「妳們在魄磊村的那幾年，除了爬山玩水、四處瘋鬧胡玩，還做了甚麼別的，我可不知道了。」

阿郁也笑道：「你可記得，有回我提議，趁薩滿們上山祭祀時，我們偷偷闖入大長老的石屋，去剪下一綹白澤的毛，拿來做頭飾？」

羅欽想起這件頑皮事，不由得笑開了，說道：「我竟然還答應了，預先幫妳偷了一把剪刀哩！」

阿郁越想越好笑，說道：「後來，後來阿柔說，你們瘋啦？白澤不只是頭神獸，牠長得就如同一頭白毛獅子一般，你們敢去剪獅子的毛麼？我們才打消了主意。」

兩人談起童年時種種胡鬧趣事，都忍不住大笑起來，直笑得滾到在地，喘不過氣。兩人笑了好一陣子，才終於止住了，在厚厚的地氈上躺倒，兩人的頭相距數尺，身體各自朝著不同方向，四肢橫張，望向帳篷的頂部。

阿郁眼睛盯著帳頂，幽幽地道：「要是能看到星星就好了。」

羅欽則道：「要是阿柔也在就好了。」

阿郁「哼」了一聲，說道：「你怎地老掛念著阿柔，卻不掛念我？」

羅欽笑道：「妳就在我身旁，我怎會需要掛念妳？因為阿柔不在這兒，所以我才掛念她啊！」

阿郁「嗯」了一聲，低聲道：「我也想念她得緊。希望她不會跟我一般，被嫁到甚麼遙遠的國家去。」

羅欽道：「是啊！妳以前就說過，身為可汗之女，往往得被嫁給遠處的異族可汗，好保衛柔然的安全，可真被妳說中了！」

阿郁嘆了口長氣，不再出聲。

羅欽知道她心中不痛快，只能勉強安慰道：「西魏是南方大國，富庶繁榮得緊。幸好可汗沒有把妳嫁給高車的候婁匐勒，那個叫甚麼比適的傢伙。」

阿郁聽了，好生激動，說道：「可不是！我聽人說，那比適脾氣暴躁，最喜愛殺人。我父汗告訴我，高車野蠻落後，高車人平日是飲生血、吃生肉的！我還聽說，比適從不剪髮剃鬚，他的指甲足有一尺長！」

羅欽吐吐舌頭，舉起手在面前觀看，說道：「指甲一尺長？那該如何握住馬韁呢？連要夾起一塊羊肉放到嘴巴裡，都不容易！」

阿郁說笑道：「或許他能用長長的指甲刺穿生肉，撈起來，放入嘴裡，像這樣……這麼吃下去？」一邊說，一邊假裝用長指甲勾起一塊生肉，張大嘴，假裝將肉放入口中。

羅欽側頭見了，笑得蜷起腰，在地上打滾。阿郁也大笑起來，兩人的笑聲在帳幕中迴蕩著，笑了好一會兒，才終於止歇了。

阿郁側過身，手肘撐地，望向羅欽，說道：「喂，羅欽！你說我美麼？」

羅欽也望向她，露出微笑，說道：「妳當然美了。我早先不是說過麼？妳比阿柔美得多，妳是世間最美的姑娘。」

阿郁聽了，甚是歡喜，露出滿足的笑容，說道：「那麼……那麼你歡喜我麼？」

羅欽立即道：「我當然歡喜妳了！妳和阿柔，是我在世間僅有的朋友，而且是我最好的朋友。」

阿郁仍舊凝望著她，說道：「如果我說，我願意做你的妻子，你願意麼？」

羅欽一呆，脫口道：「昆結，妳正去往西魏嫁給皇帝，怎麼可能做我的妻子？而且我是個巫童，薩滿都是不能成婚的。妳為甚麼這麼說？我不明白。」

阿郁臉上笑容消失，秀眉豎起，慍道：「你真的不明白？」

羅欽茫然搖頭，說道：「我真的不明白，妳解釋給我聽吧？」

阿郁氣得轉過頭去，咬著嘴唇，不再言語。

羅欽見她惱怒了，大感惶恐，翻過身，爬到她身前，說道：「阿郁，妳別生氣！都是我不好，我向妳道歉。妳原諒羅欽，別惱我了，好麼？」

阿郁更是惱怒，閉上眼睛，更不望向他。

羅欽想起往年在磈磊村時，阿郁也不時因些小事小故大發脾氣，當時自己總和阿柔一起想辦法哄她開心；如今阿柔不在，羅欽感到有些手足無措，只能回想當時阿柔哄勸阿姊的方法，依樣而行，哄她道：「昆結，我們從小一塊兒長大，感情沒有更好的了。妳知道我，比世間任何人知道我都深。妳要我做甚麼，我都一定想盡辦法替妳做到。」

阿郁睜開眼，臉上仍帶怒意，說道：「好！你可得說話算話。我要你今夜留在帳裡陪我，直到天明。」

羅欽微微一怔，說道：「妳要我陪妳，我當然願意，直到天明，那也沒有問題。但是妳的侍女平日不是跟妳同睡一帳麼？妳把她們趕去別的帳幕睡，她們不會不高興麼？」

阿郁搖頭道：「我才不管她們高不高興。只要我高興就好了。」說著伸出手，握住羅欽的手，柔聲道：「你來，到我身邊來。伸出手，摟著我。」

羅欽是個未經世事的少年，聽她要自己摟著她，心中突然微感不安，暗想：「她要我做甚麼？我是個巫童，不能婚娶，她到底要我做甚麼？」

還在猶豫遲疑之間，阿郁已吹熄了油燈，帳幕中陷入一片漆黑。羅欽感到阿郁牽著自己的手，來到她的榻上，鑽入了溫暖的羊皮被窩中。他鼻中聞到阿郁身上淡淡的香味，腦中感到一陣暈眩，不自禁地伸出手臂，摟住了她柔軟而溫暖的身軀。

所有魂磊村的薩滿和巫童都是從石頭中生出來的，形體上並無男女之別；成年後升任薩滿，便各隨喜好呈現男巫或女巫之身，但只要是薩滿，便無法行男女之事，因此不能婚娶。然而羅欽是個偽巫童，從小雖與其他八個石生巫童一起長大，卻從來就不具巫術；此時這夜在阿郁的帳幕之中，他才徹底明白了「偽巫童」的真正意義：他不是巫童，不是薩滿，只是個普通的少年。

從此以後，羅欽每夜都在阿郁的帳中度過，兩個少年男女初嚐兩情滋味，不免情深纏綿，難分難捨。羅欽心知此事不能被人知道，因此每夜等阿郁睡熟之後，便靜靜離開，回到自己的帳幕中。六子平時總跟在羅欽身邊，當羅欽進入阿郁的帳幕時，六子便趴在帳外守候，一聲不響，為他們看守帳門；直到羅欽出來，牠才跟著羅欽，悄悄離去。

大魏王族乃是鮮卑人，入主中原後雖崇信佛教，但並未捨棄原本的薩滿信仰，對巫者仍極為崇敬；西魏迎親使團和柔然和親隊伍中人人都知道羅欽是個巫者，而巫者無男女之別，不能婚娶，因此雖見阿郁時時召羅欽入帳陪伴，也只道柔然公主信仰虔誠，夜夜請薩滿來帳中替她祈福祝禱，並未生起半點疑心。

這夜在阿郁帳幕之中，兩人纏綿過後，阿郁忽然伸臂抱住羅欽，嗚嗚哭了起來，說道：「羅欽，我要留在你身邊，我不要嫁給那個西魏皇帝！」她口中雖這麼說，心裡卻清楚得很，她的父汗絕不可能准許此事。柔然公主若敢毀婚，定將給柔然帶來莫大的災難，甚至挑起兩國間的爭戰。

羅欽知道她心中掙扎難受，但他不過是個年少的偽巫童，毫無身分地位，甚至連一點兒巫術也沒有，又怎能阻止這場婚事呢？只能好言勸慰她道：「阿郁，為了柔然，妳當然得嫁給西魏皇帝。嫁給皇帝，成為皇后，那是很多女子都很嚮往的吧！而且西魏皇帝害怕妳父汗，一定會對妳很好的。」

阿郁只是哭泣，說道：「我知道，我當然得嫁去西魏，但我不要你離開我啊！」

羅欽緊緊抱著她，說道：「我永遠都是妳最親近的好友。我不會離開妳身邊的，除非妳趕我走。」

阿郁將臉埋在他的懷中，心中忽然生起一股難言的憤怒和惱恨。她怒自己生而為昆結，無從選擇出嫁的對象；也恨羅欽軟弱無用，不能帶著自己遠走高飛。但自己就是歡喜他，願意親近他，卻又不可能與他長相廝守，空餘滿腔無奈怨恨。

阿郁哭了一陣子，才終於止淚，臉上現出堅決之色。

她咬緊牙關，說道：「我不得與心愛之人成婚，非得嫁給那個西魏皇帝。哼，既然要做皇后，我就要做天下最有權勢的皇后，定要讓那西魏皇帝付出代價！」

羅欽聽她這番話說得狠毒絕決，背脊一涼，說道：「妳就將成為西魏的皇后，還有甚麼不滿足的？」

阿郁眼睛直望著帳幕之頂，說道：「我要讓皇帝只有我一個皇后，不能有其他妃子。而且我要盡快生下兒子，讓我的兒子成為西魏皇帝！」

羅欽沒有搭話；他心思單純，從來沒有嫉妒和野心這些情緒，對於這些算計、奪權等心思更是完全不懂。這時他望著阿郁熾盛如火的眼神，心中只感到一股憐惜：「阿郁是個這麼好的姑娘，她要能不嫁去西魏就好了。我要能永遠陪在她身邊，守衛愛護她就好了！」

才這麼想著，阿郁忽然伸出手，輕撫他的臉頰，直視著他的雙眼，嚴肅地道：「羅欽，你以後不要再來我這裡了。我們不能再睡在一塊兒了，知道麼？」

羅欽一呆，點點頭，說道：「好，妳不要我來，我就不來了。」他雖喜歡和阿郁相處，但阿郁若不要他來，他往後不來便是。

阿郁凝望著他，說道：「你當真願意？你不會想我？」

羅欽道：「我聽妳的話。妳要我做甚麼，我就去做；妳不要我再來，不要跟我睡在一起，我就照妳的話去做，絕不違背。」

阿郁聽他這麼說，雙眉蹙起，嘴唇緊抿，神色顯得又是憤怒，又是傷心。

羅欽不明白她的心思，懷疑地望著她臉上又悲又怒的神色，一時不知所措，只能低聲道：「阿郁，怎麼啦？我說錯了甚麼？妳告訴我吧！」

阿郁轉過身去，冷冷地道：「我們的事情，絕對不能讓任何人知道。你出去吧！以後不要再來我帳中了。」

羅欽答應了，趕緊爬起身，匆匆穿好衣褲，臨到帳門口，回過頭去，見阿郁仍背對自己而睡，不知該說甚麼，只道：「早點歇息吧！願妳做個好夢，一覺睡到天明。」

阿郁更不回答，也不知聽見了沒有。

羅欽出帳而去，只見帳外一片繁星當空，彎月斜掛，草原上寒風凜冽。羅欽想起阿郁帳幕中的溫暖纏綿，心中頓感失落；他不明白阿郁的心思，只知道她在生自己的氣，不要自己陪伴她了。他心中猜想：「她就要嫁給那個西魏皇帝，因此不能再和我作伴。或許這樣也好，免得到時她更加傷心。」

不知為何，他忽然想起死去的小獸，於是從懷中取出小獸留下的金黃石頭，握在手中，感到一陣溫暖；小獸、阿郁和阿柔，他們是他此生僅有的朋友，僅有的伴侶。小獸死去已久，羅欽悲傷地想著，如今阿郁也將離他而去了。

六子安安靜靜地跟在他的腳旁，似乎明白他心思，輕輕地舔舐他的靴子。羅欽低頭見到牠，心中一暖，俯身抱起六子，低聲道：「幸好我還有你！」六子高興地猛搖尾巴，湊上舔舐羅欽的臉頰。

卻說柔然和親隊伍繼續往西魏行進。當時柔然之俗以東方為貴，是以一路之上，營帳席位都朝向東方。元孚見了，心想：「我們魏國在南，公主就將嫁入魏國，自當以南為尊。」於是請阿郁昆結改席位面向南方。

阿郁聽了，皺起眉頭，說道：「我還沒見到魏主，此刻仍是柔然之女。你們魏國的隊伍面向南方，我自己面向東方就行了。」一番話說得元孚無言以答。

阿郁接著問道：「貴國皇帝答應我父汗，將立我為皇后。我知道皇帝此刻有一位皇后，請問皇帝將如何處置她？」

元孚不料這柔然公主竟毫無顧忌，直言相問，只能答道：「敝國至尊將廢除她的皇后之位，好迎娶昆結，封昆結為新后。」

阿郁點點頭，向身旁的李多望了一眼，說道：「如此最好。」

元孚見阿那瓌可汗和柔然公主先後問起現任皇后，暗覺不妥，立即派人傳話回長安，向宇文泰報告此事，請求宮中盡快處置乙弗皇后。

當初與柔然可汗講和及迎娶柔然公主，自然全是宇文泰的主張；宇文泰接到了元孚的傳話，為了讓柔然阿那瓌可汗滿意，便讓皇帝元寶炬盡快廢掉原來的皇后乙弗氏。

元寶炬自然萬分抗拒，質疑道：「乙弗與朕結褵多年，她又是太子之母，怎能輕易廢棄？」

宇文泰擺手道：「我們自不能虧待了乙弗皇后。不如只在名義上廢了她的皇后之位，仍舊讓她居於宮中，待遇不改便是。」

元寶炬知道皇后乙弗氏性情溫和無爭，應可接受如此安排，於是便答應了。

一個多月後，元孚率領的迎親使團護衛著柔然公主阿郁，抵達西魏首都長安。這是羅欽第一次離開草原，來到南方的大城市，他聽人說這城市叫作「長安」。遠遠便見這城市非常巨大，一棟棟屋子綿延相連，屋瓦不是紅色，便是黑色，一眼看不到盡頭，壯觀無比，比他夢中見到的洛陽城還要更加古樸一些，空氣中瀰漫著黃沙，帶著幾分草原的氣息。

羅欽在魄磊山下的魄磊村長大，偶爾爬到山頂上時，放眼望去，四周都是一望無盡的草原，草原上點綴著帳幕還有成群的牛羊馬；他見過的屋子只有魄磊村中以石頭堆成的屋子，即使是最高大的大長老石屋，也不過一丈高，跟這長安城中的屋宇簡直不能相比。就算是阿那瓌可汗的大帳，那可是羅欽心目中最壯觀的建築了，也畢竟只是以木頭和牛皮搭起的帳幕，再高再大，也遠遠比不過長安城以巨石和磚塊建造起的城牆和皇宮。

羅欽騎馬跟在迎親使團的隊伍中，進入長安城，沿著六丈寬的石板大道，直往皇宮行去。他遠遠見到大道的盡頭是一座巨大拱門，門上的琉璃瓦片有金黃色的，也有紫色的，在陽光下閃閃發光，耀眼奪目。

羅欽只看得張大了嘴，心想：「魏國人怎能建造這麼高大的屋子？那些閃閃發光的又是甚麼？」六子坐在他的鞍前，也探頭四望，十分好奇。

羅欽見到的，正是長安城皇宮的北門；進入北門之後，眼前出現一座又一座更加華麗壯觀的宮殿，每座都覆蓋著閃閃發光的金色屋瓦，屋角高高地往天空翹起；屋前是寬廣整齊的石階，屋頂由二十多支數尺粗的紅色圓柱支撐著。

柔然昆結的和親隊伍被迎入皇宮東邊的一座宮殿，隨行的戰士、侍女、巫者等人各有安排住處。鮮卑人也信仰騰格里，因此對兩位薩滿十分尊重，讓碧環和羅欽住在北方地勢較高的一座薩滿廟中，離阿郁昆結的住處只有百步之遙，廟中布置得十分精緻華美。

碧環安頓下來之後，便著手在皇宮中的薩滿廟裡準備向騰格里祈禱的祭壇，當日晚間便進行了一場除祟安居的儀式，並在阿郁昆結的居處燃香繞行數圈，祛除任何不利於昆結的邪祟巫術。

兩日後，西魏皇帝元寶炬在長安皇宮中舉行了盛大的婚禮，在數千王族重臣的觀禮下，於大殿迎娶柔然公主阿郁，正式封為皇后。羅欽望著阿郁身穿貴重華麗的柔然禮服，在李多和其他侍女的攙扶圍繞下，來到皇宮大殿之中，在西魏皇帝身邊跪倒，兩人在贊禮官的引領下，向天跪拜，向地跪拜，又向大魏歷代先祖皇帝跪拜。最後皇帝與阿郁相對跪下拜倒，正式結為夫妻。由於柔然可汗阿那瓌的姓氏為郁久閭，阿郁昆結此後便被稱為「郁久閭皇后」。

此情此景，令羅欽不知心頭滋味是何。一來他見阿郁打扮得貴麗莊嚴，婚禮盛大隆重，自然十分為她高興；但他也知道阿郁並不想嫁給甚麼西魏皇帝，只想和自己在一起，但那當然是不可能的事。他盡量甩開心事，和碧環一起坐在柔然和親隊伍之中，專心觀禮。

羅欽出身草原上的魄磊村，自然從未見過這等壯觀的皇室婚禮，心中有無數問題想問，但見碧環神色嚴肅，便不敢問出口。直到羅欽留意到一個人，才忍不住低聲問道：「碧環薩滿，那個坐在皇帝身旁的人，他是誰啊？」

碧環往皇帝的座位看去，但見皇帝寶座後另有一張更大的寶座，上面坐著一個身材高大的中年人，衣衫華麗，方臉劍眉，三尺長鬚，氣度儼然。

碧環撇撇嘴，低聲答道：「那是西魏國的權臣宇文泰。皇帝是他擁立的，他才是西魏國實際的掌權者。」

羅欽點點頭，眼光落在宇文泰身邊的一個瘦小老頭身上，見他身著花花綠綠的五彩織錦寬袍，滿面皺紋，一雙老眼呈現濁黃之色。羅欽問道：「那個小老頭兒，是不是西魏的薩滿？」

碧環露出不屑之色，說道：「不錯，那個小老頭名叫赫連壘，號稱西魏國師，乃是皇帝的御用薩滿。但我聽說他是權臣宇文泰指派的，用以監視皇帝。」

羅欽問道：「他的巫術高明麼？」

碧環「呸」了一聲，說道：「我聽說他擅長毒咒和幻術，都是些沒用的陰毒伎倆，我們魄磊村的巫者才看不上眼呢！」

羅欽聽她口氣十分不屑，心中卻覺得這小老頭兒並不簡單，說道：「我們的任務是保護阿郁昆結，只要他對昆結並無心懷惡意，那就最好了。」

碧環只「嘿」了一聲，不置可否。

一場盛大的迎娶封后典禮結束後，郁久閭皇后移居前皇后曾居住的瑤華殿，皇帝派了兩百名宦者和侍女來瑤華殿服侍，奉上各種珍奇寶貝、華服美食，對新皇后尊崇無比。

當十七歲的柔然公主郁久閭氏被封為皇后後，長安王族重臣心中都想：「這個來自柔然的小女娃兒，靠著父親的武力逼迫我們國君廢棄皇后，封她為后。如今她坐上了皇后之位，總該滿意了吧！」

不料，西魏君臣全都低估了阿柔昆結的能耐和性情。郁久閭皇后對皇帝送給她的宮殿侍從、華服美食都毫無興趣，在瑤華殿安頓下來之後，第一件事情便是詢問身旁的侍從：「在我之前的那個皇后，她是何人？出身何家，有多少子女？此刻人在何處？」

她身邊的西魏侍從都唯唯諾諾，不敢回答。

郁久閭皇后又是疑忌，又是不滿，於是對李多道：「妳去替我打探清楚，之前那個皇后是甚麼樣的人，背景如何？她此刻人到哪兒去了？」

李多足智多謀，很快便買通了一個宮女，向她詢問前任皇后之事，得知前任皇后出身乙弗氏族，來頭不小：她的祖先是吐谷渾的首領，居於青海，號稱青海王；高祖乙瑰歸附大魏，任定州刺史，三代子孫皆迎娶大魏公主，女兒則大多嫁入皇室為王妃；乙弗氏的父親乙瑗任西兗州刺史，母親乃是淮陽長公主。乙弗氏自幼儀容端麗，性情嚴肅，不喜言笑，人所稱奇；十六歲時嫁給元寶炬為王妃，地位尊崇。乙弗氏生性節儉，只吃蔬菜，慣穿舊衣，性情仁恕且不嫉妒。她一共生了十二個子女，只有太子元欽和武都王元戊存活下來。

這麼一位大有來頭的貴族之女，不但深受皇帝元寶炬的寵愛，更是太子之母，竟然被一位十七歲的柔然公主逼得皇后之位遭廢，遜居別宮，宮廷之中當然人人深感不平。

李多將這些事情都報告給郁久閭皇后知道，羅欽在旁聽見了，忍不住插口道：「這位前皇后也沒做錯甚麼事情，如今皇帝都已廢除了她的皇后之位，就別去理會她了吧！」

李多卻皺起眉頭，說道：「昆結！這位廢皇后可不能輕易放過！那女人不但是太子之母，而且還住在宮殿之中！這可大大地不妥啊！」

郁久閭皇后聽了，也頗為焦慮，問道：「有何不妥？妳且說來。」

李多說道：「她只搬出了皇后居住的宮殿，人卻還在皇宮中，那麼皇帝豈不是隨時都

注　歷史上柔然公主郁久閭皇后嫁給西魏皇帝元寶炬時，只有十三歲。

能去見她？她對昆結一定滿心怨恨，遲早會出手加害昆結。」

郁久閭皇后聽了，認為有理，不禁憂心忡忡，轉向碧環薩滿問道：「請問薩滿有何看法？」

碧環薩滿道：「一山不容二虎，一宮不容二后，這位前皇后確實不應與昆結同處於皇宮之中。」

郁久閭皇后聽了，甚感同意，說道：「薩滿說得極是，將她留在宮中，確實大大不妥！李多，妳去質問扶風王，皇后為何還留在宮中？妳須清楚告訴他，我要那廢皇后立即搬出皇宮！」

羅欽想開口勸她不必欺人太甚，但聽李多和碧環持相同意見，心想他一個少年巫者，自是完全不懂其中緊要之處；又想這位前皇后確實有可能加害昆結，便閉上嘴，不再勸說。

於是李多去找元孚，說郁久閭皇后得知廢皇后仍住在皇宮中後，勃然大怒，揚言要向父汗阿那瓌告發此事，除非皇帝立即命廢后搬出皇宮。

元孚無奈，只能去向宇文泰轉述郁久閭皇后的威脅和要求。宇文泰聽了，大為驚怒，叫了皇帝元寶炬來，質問道：「你都已廢除皇后了，為何還將她留在宮中？」

元寶炬爭辯道：「她可是我的元配、太子之母啊！將她留在皇宮裡頭，亦是出於你的主意哪！」

宇文泰撫著鬍鬚，一時也不知該如何解決此事，說道：「我等須得維持與柔然的友善關係，千萬不能惹惱了阿那瓌，不如還是讓乙弗搬出宮去吧！她確實是太子之母，但等到郁久閭皇后生下兒子，不就有新的太子了麼？」

元寶炬心知不論是皇后或太子之位，甚至自己的皇帝之位，全都掌控在宇文泰手中，只能閉上口，不再爭辯。但他畢竟不願虧待皇后，於是提議道：「郁久閭嫁來未久，尚未有子。一國不可無太子，此時不應輕易廢除太子之位。不如這樣，我封幼子武都王元戊為秦州刺史，讓他和乙弗氏一起去秦州安住，如何？」

宇文泰心想只要讓乙弗氏遠離長安便好，於是便同意了。

商議妥定後，宇文泰便命元孚將此事告知李多，李多轉向郁久閭皇后報告。阿郁怒氣稍息，但仍不滿意，問李多和碧環薩滿道：「如此處置，妳們以為如何？」

李多建議道：「僅僅將她趕離長安，只怕還不足夠。一定要命她落髮出家，永遠不准回到京城長安才好；還有她那個當太子的兒子，也應該立即廢了。」

碧環薩滿對此並無意見，只道：「是否落髮出家並非最緊要之事，只要廢后遠離京城，昆結能夠安心便好。至於太子，那孩子已有十多歲了，受封太子亦有多年，廢立太子乃國之大事，只怕西魏皇帝不會答應。最重要的是，昆結必須早日受孕生子，才能鞏固白己的地位。此刻不妨先行提出廢太子之議，看他們如何回答。」

郁久閭皇后點頭表示贊同。李多便去向元孚傳達郁久閭皇后的意見，元孚甚感為難，認為郁久閭皇后要求前皇后出家、廢除太子，未免太過，只能暫且拖延，說道：「如今皇帝只有兩個嫡子，且都已長成。郁久閭皇后才剛成為皇后，不如等她生下兒子之後，再談太子的廢立，這樣不是更名正言順麼？」

李多回去和郁久閭皇后和碧環薩滿商議，二女對郁久閭皇后能夠生下太子甚有信心，郁久閭皇后說道：「這樣也好。當我生下太子，那廢皇后和她的兩個兒子就得立即賜死！至於此刻，那女人一定得落髮出家，妳去跟皇帝說！」

李多如此這般地對元孚說了皇后的要求，元孚也如此這般地稟報了皇帝。皇帝元寶炬甚是惱怒，但為了避免惹惱郁久閭皇后，只能答應了，在宮中辦了個簡單的剃度儀式，並對外宣稱廢后已落髮出家。

羅欽眼望著這一切發生，甚感不安，他找了機會單獨去見阿郁，勸道：「之前那個皇后並沒做錯甚麼，只不過因為落髮皇帝須得跟我們柔然和親，才不得不逼她讓出皇后之位，已經很可憐了，妳又何必逼她出家呢？」

郁久閭皇后聽了大怒，高聲喝斥道：「羅欽！你是站在我這邊，還是站在那個廢后那邊？她可憐，我就不可憐麼？我明明是來做皇后的，豈能任由那個女人躲在暗處，整日算計我？」

羅欽見她竟為此大發脾氣，甚感驚訝，心想：「我知道阿郁性格要強，卻不知她竟如此多疑！難道女孩兒出嫁之後，都會變成這樣麼？」不知該如何回答，只能低下頭，閉口不語。

郁久閭皇后又道：「李多和碧環薩滿都同意我的想法，為甚麼單單你不同意？你是男子，不明白女人的心思，就少在我面前囉嗦！我讓你來保護我、陪伴我，不是要你來對我說教！」

羅欽低下頭，心中好生難受，暗想：「阿郁是不是受到了李多的影響，才變得如此偏執？但是為甚麼碧環薩滿也贊成李多的作法呢？或許這些事情，真的只有女子懂得吧！」嘆了口氣，不再多說。

羅欽卻不知道，李多知道郁久閭皇后十分信任羅欽，因此暗中將羅欽當成了自己的威脅，一心想要將他驅離；她看準了羅欽的傻愣天真，直言無忌，常常在郁久閭皇后耳邊暗指羅欽對她缺乏忠心，別有所圖；於是，在郁久閭皇后耳中，羅欽口中說出的每一句話，都印證了李多對羅欽的謗譖，令她對羅欽愈發不滿，信任大減。

第三十章　雙后之爭

轉眼半年過去了，長安皇宮之中，郁久閭皇后仍未有孕。這當然是因為元寶炬對她心懷怨恨，不願親近，一個月最多只與她同寢兩回，自然難以成孕。

郁久閭皇后畢竟年輕，不清楚懷孕之事，憂心自己這麼久都未受孕，只能不斷請碧環替她作法祈禱，讓她早日懷孕，生下太子。

郁久閭皇后和李多私下談起此事，李多嘆息道：「昆結，妳已嫁給西魏皇帝將近半年，卻一直未有身孕，這都是因為皇帝不願意親近妳，一個月最多只來與妳同寢一、兩回。這樣如何才能成孕？我看他的心思還在那個廢后身上！」

郁久閭皇后聽了，又驚又怒，說道：「那女人不是已遠離長安、落髮出家了麼？」

李多悄聲道：「我聽聞消息，皇帝祕密命令廢后蓄髮，以便將來迎回皇宮！」

原來元寶炬是個十分重情的人，對髮妻的遭遇大感不忍，心中打算：「乙弗氏都已搬去秦州了，誰會知道呢？」於是等事情平靜了一陣子之後，次年春天便偷偷派人去秦州，祕密令乙弗氏蓄髮，好在未來迎回皇宮。

這件事情原本瞞得很緊，但李多買通了許多宮女，暗中打聽到了此事，立即加油添醋地報告給郁久閭皇后知道。

郁久閭皇后半年累積下來的怒氣一舉爆發，在宮殿中大發脾氣，砸爛了不知多少貴重的器皿珍寶，叫道：「我是來西魏做皇后的，那可恨的皇帝竟然還記掛著他的前妻！」惡狠狠地道：「這件事情，我一定要讓父汗知道！」當即叫了碧環薩滿和羅欽來，告訴他們此事，並說自己要稟告父汗，讓他替自己作主。

碧環薩滿道：「那廢后畢竟尚未回到長安，皇帝要她蓄髮，也只是傳聞罷了。昆結若稟告給可汗知道，可汗一怒之下，決定發兵攻打西魏，那事情可就鬧大了。」

郁久閭皇后哼了一聲，說道：「我就是要父汗出兵，將事情鬧大，讓西魏皇帝知道我的厲害！」

羅欽則勸道：「皇帝要前皇后蓄髮，這也是人之常情啊！我原本就勸妳不必逼前皇后落髮出家，他們夫妻情深，遠隔兩地，彼此通信關心，也是情有可憫。昆結何必特地去報告可汗呢？要是可汗真的出兵了，皇帝豈不會更加不歡喜妳，不肯親近妳麼？」

郁久閭皇后聽羅欽再次為那個廢后說話，大怒之下，喝道：「羅欽，我實在看不出你對我的忠心在哪裡！難道是被你的狗吃了麼？」

羅欽爭辯道：「我就是因為對妳忠心，才這麼勸妳啊！大長老說過，天地之間最可怕的就是仇恨和戾氣。那是連巫術也消解不了的惡氣，緊緊纏繞在人的心頭，讓人痛苦不堪，直至死亡。昆結為何要讓這種戾氣佔據自己的心呢？」

郁久閭皇后當然聽不進去，胸中怒氣再也無法壓抑，冷冷地道：「羅欽！你對我已無絲毫忠心可言，這就回去魄磊村去吧！我不要你跟在我身邊了！你明日就給我走！」

羅欽大驚失色，望向碧環，碧環只翻了翻白眼，顯然對羅欽多嘴多舌十分不以為然；但她身為薩滿，須得護衛同樣出身魄磊村的羅欽，於是只能勸郁久閭皇后道：「昆結，妳當初指名羅欽陪伴妳南來西魏，正是因為他對妳忠心耿耿。他的話雖然不中聽，但也是為了昆結著想！還請昆結三思。」

郁久閭皇后怒氣未消，說道：「碧環薩滿，妳若認為羅欽是對的，那就跟他一起回去罷了！我去跟父汗說，請大長老另派一位薩滿來這裡保護我！」

碧環抿起嘴，眼見她的話都說到這一地步了，只能說道：「昆結明鑑，碧環並不認為羅欽是對的。昆結要羅欽離去，那他便應當順從昆結之意，立即回返魄磊村。碧環願意留在昆結身邊，繼續保護昆結。」

郁久閭皇后擺手道：「罷了！妳留下吧。羅欽那小子，明日就給我滾回魄磊村！」

羅欽知道阿郁一心趕走自己，心中雖難受，卻也別無選擇，只能黯然向她道別；次日便帶了六子，啟程回往魄磊村。他心知碧環將留下保護昆結，她巫術高強，因此並不十分擔心。碧環曉得羅欽不認得路，便派了一名柔然戰士送他回去。二人騎馬離開皇宮，出了長安城，逕往北去。

羅欽心情低沉，一路都不言語，彷彿處於夢中一般，六子只默默陪伴在他身邊。一段時日後，那戰士送羅欽和六子回到了魄磊村，便自離去了。

大長老見到羅欽回來，並不驚訝，只道：「趁著下雪前回來，那是最好。下雪後，路就不好走了。」也不多問，只命他回多它的石屋住下。

多它見他回來，更是全無訝異之色，只微笑著遞給他一碗羊肉羹。

羅欽垂頭喪氣地坐下來，問道：「多它，妳早知道我很快就會回來，是麼？妳怎麼知道昆結會趕我走？昆結留在西魏皇宮，不會有事麼？」

多它擺擺手，要羅欽放心，並做手勢要他趁熱喝羹。她無法言語，但最擅長預料未來；羅欽心想她多半在自己出發前便做過占卜，猜知自己很快便會被阿郁昆結趕回來。但他仍不放棄，說道：「多它，阿郁昆結變了！她為甚麼會變呢？難道女孩兒出嫁了，或是做了皇后了，就會變得這麼善妒麼？」

多它輕嘆口氣，望著羅欽，伸手指指他，搖了搖頭。

羅欽驚訝地道：「妳說這是我的錯？我做錯了甚麼？妳知道麼，西魏皇帝為了迎娶阿郁昆結做皇后，把他之前的皇后廢了；那個皇后和皇帝成婚十多年了，生了十多個孩子，其中一個還是太子。昆結非常嫉妒這個皇后，逼皇帝將她趕出長安，還要求她落髮出家！我勸她不要這麼欺人太甚，應該放她一馬，阿郁就大發脾氣，說我對她不忠心，站在廢皇后那一邊，要我滾回磈磊村！」他越說越委屈，眼眶都紅了。

多它望著羅欽，露出悲哀同情之色，伸手輕拍他的肩膀，對他做手勢，表示：「就是因為你不幫她，她才生你的氣啊！她心中很在意你，對你有情意，你不知道麼？因為在意你，才要你隨她去西魏。但你總是勸她不要嫉妒，她的問題不是嫉妒，而是根本不想嫁去西魏，想留在柔然，想你一直陪伴著她啊！」

多它雖擅長以手勢表達意思，但這段話太過繁複，羅欽不很明白，反覆詢問，才稍稍弄懂了她的意思，卻感到難以相信，連連搖頭，說道：「妳說昆結對我有情意，想要我直陪伴她，那怎麼可能？她趕走了我啊！我既笨且蠢，又不會巫術，只能幫她刷刷馬、打打雜罷了。她是一個昆結，又嫁給了皇帝，怎會想跟我在一起？」

多它凝望著他，似乎看透了一切，包括和親隊伍在去往西魏的途中，羅欽夜夜在阿郁帳中度過的那段時光。

羅欽自然也想到了自己和阿郁共度的那些夜晚，臉上一陣發熱；他知道瞞不過多它，但又記起阿郁曾說那件事情不能讓任何人知道，於是低下頭，閉嘴不語。

多它移開目光，神情顯得十分悲傷，做手勢道：「不要緊，過去的事情都過去了。羅欽，你永遠也不會明白女孩兒家的心思。算了吧，不要多想了。」

羅欽仍舊十分擔憂阿郁，問道：「多它，阿郁昆結留在西魏皇宮，她會平安無事麼？碧環一定能保護她的，是麼？」

多它側頭想想，伸手從熄滅的火堆中取出一把灰末，灑在空中，仔細觀望灰末在半空中飛揚的軌跡。

羅欽看不懂這些軌跡有何意義，於是望向多它。多它滿是皺紋的臉面顯得十分驚憂，眉頭緊皺，嘴唇抿起，過了許久，才吁出一口長氣。

羅欽大為擔心，忙問：「如何？如何？」

多它卻不言語，倏然起身，跨出門外，快步往大長老的石屋奔去，卻不讓羅欽跟來。

當時羅欽和多它都不知道，郁久閭皇后在李多的進言下，並未去向皇帝或元孚抱怨皇帝私下讓廢后蓄髮之事，卻直接派人將元寶炬不寵愛自己、仍然掛念前皇后的種種情由，通過那個送羅欽回柔然的戰士，報告給了父親阿那瓌可汗知道。

阿那瓌聞訊大怒，當年春天便出師攻打西魏，直逼首都長安，聲稱要為愛女討個公道。

事情發展至此，不必宇文泰交代，元寶炬也知道自己別無選擇，只有賜乙弗氏自盡一途了。

當時乙弗和幼子元戊居於秦州刺使府第，接到皇帝賜死的詔書，又驚又悲；她淚流滿面，向著長安的方向跪倒，說道：「願至尊享千萬歲，天下康寧，妾身死而無恨！」她召來幼子元戊，流淚與他告別，又留話給太子元欽，命他孝順父皇，未來以魏國子民為念。乙弗篤信佛教，當日召了一百名僧人來刺史府第，供養飯食，並令侍婢數十人一起出家。她安穩地坐在堂上，眼望侍婢一一落髮，之後便回到自己的寢室，用被子悶死了自己，得年三十一歲。

乙弗自盡之後，元寶炬又親自派使者去向阿那瓌致歉，承諾自己一定會善待郁久閭皇后，更承諾將立郁久閭皇后所生之子為太子。

阿那瓌滿意了，這才退兵，解除了西魏的一場兵災。

是年太子元欽十五歲，弟弟元戊只有十歲；皇帝元寶炬派人將皇子元戊從秦州接回長安。兄弟倆哀痛母親之死，對那個柔然皇后自是怨恨至深，只盼她早早死去。但兄弟倆知道找父皇膽小無權，於是直接去求見大都督宇文泰。

年輕的太子元欽對宇文泰說道：「柔然公主欺人太甚，不但逼父皇廢了母后，如今更逼得母后自殺。我兄弟的性命不要緊，但我魏國的皇位將來若由柔然之子繼承，豈不大大墮了我鮮卑人的威風？再說，柔然動不動就兵臨城下、咄咄逼人，若讓郁久閭皇后之子登上帝位，柔然豈不更要變本加厲，只怕到時將公然逼迫我大魏割地，甚至率軍攻入長安！」

宇文泰雖不在乎乙弗廢后的死活，卻也同意元欽的說法，知道若讓郁久閭皇后之子成為太子，甚至登基成為下一任的皇帝，這個小皇帝和柔然太后仗著外祖父阿那瓌可汗的柔然兵力，想必不好掌控。相較之下，眼前這個現任太子元欽的父親軟弱無用，母親已死去，毫無靠山，自是容易操控得多了。

他想了想，說道：「太子言之有理。依殿下之意，卻該如何做才是？」

元欽咬牙道：「柔然有巫者，我們鮮卑也有。柔然公主不懷孕便罷，她若懷孕生產，我們便趁她生子時下手，讓她死於難產！」

宇文泰微微點頭，心想：「這孩子的主意倒是不錯。但一個未經世事的少年，怎知道要讓女人因難產而死？」問道：「這計策是誰教你的？」

元欣望了弟弟一眼，回答道：「是我自己想到的。」

宇文泰心想：「元戊年紀小，不懂得說謊。」於是對元戊微微一笑，問道：「你大兄當真聰明，想到這麼好的主意。你怎麼就想不到呢？」

元戊果然上當，當即說道：「這不是我大兄自己想到的，是我們死去的阿娘教我，要我轉告給大兄的！」

元欽瞪了弟弟一眼，卻並未反駁。

宇文泰聽了，恍然大悟：「原來是乙弗廢后死前教了兒子這一手，好為她自己報仇。那也是，一個十五歲的少年，怎會知道要讓柔然公主難產而死？」

他思慮片刻，便讓兩位皇子在此等候，命人召自己最信任的大巫赫連壘來到都督府。這位赫連壘正是碧環和羅欽在婚禮上曾見過的瘦小老頭，這時他向宇文泰躬身行禮，又向兩位皇子行禮。

宇文泰指著兩位皇子，說道：「薩滿！兩位皇子對於母后被新皇后逼死，心懷不忿，決意報仇。他們希望你使用咒術，咒死柔然公主。你說如何？」

赫連壘望向宇文泰，神色平靜，似乎完全不覺得宇文泰的要求有何不妥，只認真地考慮能否達成他交辦給自己的任務；他又望向兩位皇子，也似乎在衡量這兩個年幼皇子有幾分能耐。他沉思一陣後，回答道：「可行。公主暴斃，父汗，出兵？」

元欽搶著道：「我們都已想好了。只要趁她生產時施展咒術，讓她看來是難產而死，如此柔然可汗就無話可說了。」

赫連壘微微點頭，說道：「可行。公主手下，柔然薩滿，須除，可乎？」

宇文泰捋著鬍鬚，沒有接口。

元欽沒有想那麼多，只道：「國師儘管下手對付那個柔然女巫，不必顧忌。國師施法需要甚麼用物，請全數示下！」

赫連壘毫不猶疑，立即道：「宮中，密屋，牛羊雞狗，各二，餘自備。須三月，除女薩滿，可殺公主。」

元欽和元戊兄弟聽了，都是大喜，齊聲稱善。

宇文泰也點點頭，說道：「好，就這麼辦。」

就在乙弗廢皇后自盡那年，郁久閭皇后終於懷上了身孕。

郁久閭皇后和李多自都高興非常，連忙將這好消息傳回給父汗。阿那瓌甚感喜慰，立即派了多位有經驗的柔然陪產婦來到西魏皇宮，幫忙照顧昆結。

消息也傳到了碨磊村羅欽的耳中，他又是高興，又是擔心，問多它道：「昆結能平安生產麼？」

多它不再占卜，只是閉嘴不答。

羅欽見了她的臉色，焦急道：「多它，妳告訴我！她若有危險，我得立即趕去長安，陪伴在她身邊！」

多它連連搖手，指指大長老石屋的方向，示意先前已請示過。

羅欽嘆了口氣，說道：「妳是說大長老不會讓我去，是麼？可是我掛心昆結，不能讓她出事啊！」

多它仍舊搖手，做手勢表示：「即使你去了，也無濟於事。」羅欽焦急擔憂，幾回想自己溜出碗磊村，趕去西魏首都長安，陪伴在昆結身旁，但他一來不具巫術，二來不認得路，清楚明白自己絕對無法孤身奔波幾千里，定會在草原上迷路、在途中餓死，也到不了阿郁身邊。他只能每日來到碗磊山巔上的祭壇旁，用自己的方法替昆結祈禱，祝願她消災除障，平安吉祥。

卻說郁久閭皇后懷孕十月，一切順利，就將臨產。

這日她在瑤華殿臨產時，夜色已深，幾名陪產的柔然侍女守在殿中，彼此低聲交談：「應該就是今夜了。」

「希望是個男孩兒，那就是西魏太子了！」

「小聲些，別讓昆結聽見了。」

「就算是女兒也不打緊，昆結一定還能再生好幾個啊！」

將近午夜時，郁久閭皇后忽然聽見屋外傳來狗吠聲，睜開眼來，滿心不悅，對侍女道：「宮中哪來的野狗，吠聲如此擾人？」

侍女們面面相覷，一個說道：「昆結聽見狗吠聲麼？我們可沒聽見啊。」

郁久閭皇后對碧環薩滿道：「薩滿，我一直聽見狗吠，吵得很。妳幫我出去看看，將狗兒趕走了。」

碧環薩滿守在昆結身邊，已有三日三夜未曾安眠，剛剛才瞇眼睡了一會兒，又被郁久閭皇后叫醒，心情甚差，皺起眉頭，說道：「宮中怎會有狗？那些宮衛是做甚麼的？待我出去瞧瞧，將狗子趕走了！」

她怒氣沖沖地離開瑤華殿，在瑤華殿的內院走了一圈，卻未見任何異狀。回來之後，她向郁久閭皇后稟告道：「皇后，應當是宮牆外的狗，我已吩咐宮衛，要他們將狗趕遠了。待我在殿外施法，驅逐邪祟。」

郁久閭皇后點頭道：「甚好，請薩滿盡力護衛。我這個孩子，一定要平安生下！」

碧環薩滿即使又困倦又惱怒，但知道保護昆結乃是她最大的責任，於是自去殿外的庭院中念咒施法。

到了四更時分，郁久閭皇后開始陣痛，全身冷汗淋漓，幾乎昏迷過去，尖叫不斷。身邊的陪產侍女都大為焦急，盡力安撫鼓勵，有的替她擦汗，有的緊握她的手，有的檢查她是否已能生產，有的在一旁念咒祈禱。

郁久閭皇后在劇痛當中，忽然清醒過來，側過頭，見到一個盛裝打扮的婦人走入殿中，來到自己身邊，低下頭，冷冷地望著自己。

郁久閭皇后大為驚駭，一時忘了陣痛，坐起身，慌忙問一旁的李多道：「那……那女人是誰？」

李多和其他陪產侍女都不明所以，四下張望。李多回答道：「皇后說的女人在何處？我們沒見到甚麼女人啊！」

郁久閭皇后指著自己榻前，顫聲道：「她剛剛還在這兒，穿著盛裝，三十來歲年紀，一直盯著我瞧！」

李多心想：「莫不是有鬼？」嚇得臉色蒼白，忙讓人去找碧環薩滿，請她立即來皇后的產房。然而侍女們在瑤華殿內院四處尋找，卻如何也找不到碧環薩滿。

李多暗罵一聲：「那老婦想必是偷懶，回去睡覺了。」忙命侍女去薩滿的屋中喚醒她。沒想到碧環薩滿並不在自己屋中，李多這下更慌了，派了幾名侍女在瑤華殿周圍分頭尋找，直找了兩炷香的工夫，才終於在後院的草叢中找到了碧環薩滿。只見她雙眼發直、身體僵硬，直挺挺地躺在草叢之中，不知中了甚麼邪術，如何推叫也沒有反應。

李多又驚又急，卻不敢將此事告訴郁久閭皇后。

這時郁久閭皇后陣痛已有四個時辰，疼痛難忍，想起狗吠和那盛裝婦女，心中更是焦躁恐懼，不斷催問：「薩滿呢？薩滿呢？快叫她來，幫我止痛，幫我快快生產！」

李多被她催促不過，最後只能如實以告：「薩滿不知如何，昏倒在草叢中，怎麼都叫不醒。」

郁久閭皇后聽了，恐懼至極，知道事情不好了，急問：「羅欽呢？要他立刻來這兒保護我！」

李多聽她問起羅欽，大感驚憂，說道：「羅欽他……他已被昆結遣回魄磊村了啊！他離開長安已有大半年了！」

郁久閭皇后大怒，掙扎著坐起身，叫道：「我就是要羅欽來！只有他能保護我，妳去，妳立即派人去魄磊村，叫羅欽立刻來到我身邊！」

李多見她狀若瘋狂，無理取鬧，只能放柔了聲音，盡力安慰道：「昆結！魄磊村離長安有好幾個月的路程，即使立刻派人去找羅欽，也緩不濟急啊！妳就將臨盆，須得保重自己的身體，切莫起身，更加不可動怒啊！我們都在這兒保護妳，照顧妳，妳一定能平安生下嬰兒，絕對不會有事的。碧環薩滿可能只是生了急病，昏暈了過去。她年紀不小了，身體不適，也屬常見。昆結請安心，很快就要天明了，天明前孩子定會平安出生，一切都會沒事的！」

郁久閭皇后聽了李多的話，只能勉強壓下怒氣，安靜下來，重新躺下，忽然拉起被子，蒙著臉，哭泣起來，嗚咽道：「好吵，狗吠好吵！那個女人又回來了，我知道，我知道她是誰！她是來找我索命的！」

這幾話一出，李多和其他陪產婦都感到背脊發涼，左右環視，只覺殿中陰氣森森。這時天色將明，正是最晦暗的時刻，此時殿中眾人都聽見了，遠處有幾條狗發出了幾聲尖銳的哀鳴，聲音無比淒涼。

就在這時，郁久閭皇后忽然高聲尖叫起來：「好痛，我肚子好痛！」陪產婦聚集在她身邊，七手八腳地檢查她的產況；但見郁久閭皇后的下體濕了一片，血水還在不斷滲出。

一個陪產婦叫道：「羊水破了！」

另一個叫道：「昆結！是時候生產了，快，往下推！用力推！」

郁久閭皇后這時已不只是喘息，而是淒厲地慘叫了；她的叫聲遠遠傳出，連宮殿外都能聽見，與宮外的野狗吠聲連成一片。

李多雖曾見過婦女生產，但此時床榻上又是水，又是血，郁久閭皇后不斷掙扎扭動，神態癲狂，她可是從未見過這般的場面，只嚇得臉色蒼白，連聲問道：「昆結沒事麼？昆結沒事麼？」

眾多陪產婦都沒空回答她，李多抓了一個宮女，叫道：「快！去叫你們皇帝的御醫來！還有你們皇帝的薩滿呢？快請他來，替昆結驅逐邪祟！」

那個宮女急忙奔去了，但去了良久，卻未曾回來。

李多心中忽然想起一事，不由得一驚：「那些狗吠，還有昆結見到的鬼魂，搞不好都是皇帝的薩滿搞的鬼！可不能讓他接近此地！」於是趕緊吩咐柔然戰士守在皇后的瑤華殿周圍，不讓任何西魏巫者靠近。

所幸那個西魏宮女回來時，只帶了皇帝的御醫，那個年老薩滿赫連壘並未前來。這時天已開始亮了，郁久閭皇后的叫聲早已停止，下身的血如泉水般湧出，如何都止不住。

御醫趕緊上前視察郁久閭皇后的狀況，伸手搭上她的脈搏，眉頭深鎖，抿嘴不語。即使他不說，李多和陪產婦心中都很清楚，郁久閭皇后已經沒救了。

郁久閭皇后在臨終之前，猛然想起許多年前，小巫童羅欽帶著自己和妹妹去看魄磊山的烏藍楚嘉藍瀑布；自己的手第一次碰觸到瀑布的水時，眼前就出現了此時的景象：華麗而陰森的宮殿之中，一個面色蒼白的女子躺在其中，周圍侍女醫者環繞，卻都束手無策，只能眼睜睜地看著她走向死亡；宮中燭光黯淡，宮外狗吠不絕。年幼的阿柔曾在瀑布的巫術之下看到了這淒慘的一幕，也曾醒悟那個將死的女子便是自己！她以為自己應能避免這個命運，然而一切都已太遲了。

當第一絲曙光射入瑤華殿時，郁久閭皇后嚥下了最後一口氣，停止了呼吸。她原本美麗端莊的臉龐此時蒼白如紙，扭曲變形，刻畫著無盡的痛苦、恐懼和悔恨。

消息很快便傳了出去。柔然公主郁久閭皇后生產時失血過多，死於難產；胎兒也死在腹中，未能存活，連是男是女都不知道。

西魏皇宮中表面上一片沉默哀淒，暗地裡卻人人慶賀稱快。元寶炬對這位柔然皇后毫無感情，甚至滿懷仇恨，但在宇文泰的逼迫下，不得不親自來到瑤華殿，向郁久閭皇后的屍身致哀，勉強擠出幾滴眼淚。皇宮大舉替郁久閭皇后籌備喪事，暫定將她埋葬在西魏皇族的陵寢中。

阿那瓌得知愛女難產而死，悲怒交集，但由於她生產時身邊只有柔然的陪產婦和侍女，因此阿那瓌難以指責西魏皇室做了甚麼手腳，只能自認女兒命運乖蹇，未受騰格里護祐，才致難產而亡。他派人質問李多碧環薩滿為何未曾保護昆結，才得知碧環薩滿當夜昏倒於瑤華殿後院之中，之後便不知所蹤，很可能是畏罪潛逃了。阿那瓌心中十分懷疑，卻也無從追究起。

郁久閭皇后喪事完畢後，李多和其他柔然族人便全數北歸柔然。

西魏首都長安輿論皆認為，郁久閭皇后那夜見到的盛裝婦女，正是廢后乙弗氏的冤魂。乙弗氏因郁久閭皇后而被廢，遠居秦州，之後又被迫自殺，不得不與兩個年幼兒子生離死別，因此死後化作厲鬼，回到皇宮找郁久閭皇后報仇；乙弗氏的鬼魂蓄意出現在瑤華殿中，令郁久閭皇后心驚神懼，恐慌不安，最終難產而死。西魏和柔然這場和親聯姻持續了不足兩年，上演了十七歲的郁久閭皇后逼死廢后乙弗氏，而自己也遭廢后乙弗的冤魂尋仇而亡的慘劇。

西魏此後對柔然滿懷疑忌，認為一個年紀輕輕的柔然公主便已如此狠戾，其餘柔然族人的陰險毒辣，那就更不用說了。連宇文泰也不敢再提與柔然和親之事，只能加緊邊疆軍事防備。

皇帝元寶炬這次和親，不僅不得不命乙弗氏自盡，平白失去了一位深愛的結髮妻子、太子之母，也未能取得邊疆的和平，委實得不償失。此後他的身體每況愈下，對國事也愈加灰心；他原本便是個傀儡皇帝，如今連皇帝都無心做了。宇文泰原本不想他多管事，眼見他意志消沉，整日借酒消愁，便也由得他去。

注 柔然可汗阿那瓌之女郁久閭皇后下嫁西魏皇帝元寶炬、逼死皇后、難產而死、死前聽見狗吠及見到盛裝婦人等情，皆出自正史。《北史·卷十三》：「文帝悼皇后郁久閭氏，蠕蠕主阿那瑰之長女也。容貌端嚴，夙有成智。大統初，蠕蠕屢犯北邊，文帝乃與約，通好結婚，扶風王孚受使奉迎。蠕蠕俗以東為貴，後之來，營幕戶席，一皆東向。車七百乘，馬萬匹，駝千頭。到黑鹽池，魏朝鹵簿文物始至。孚奏請正南面，後曰：「我未見魏主，故蠕蠕女也。魏仗向南，我自東面。」孚無以辭。四年正月，至京師，立為皇后，時年十四。六年，後懷孕將產，居於瑤華殿，聞上有狗吠聲，心甚惡之。又見婦人盛飾來至后所，后謂左右：「此為何人？」醫巫傍侍，悉無見者，時以為文后之靈。產訖而崩，年十六，葬於少陵原。」

第三十一章 重獲巫術

當阿郁死去的消息傳到魄磊村時，羅欽傷心悲痛不已，攀到魄磊山上，在烏藍楚嘉藍瀑布下哭了三天三夜。六子忠誠地跟在他身邊，似乎明白他為何如此悲傷，不時上前舔舔他，意示安慰。

當羅欽下山回到石屋時，多它悲哀地望著他，嘆了口氣，伸手拍了拍他的肩膀。

羅欽紅腫著眼，抬頭問多它：「大長老為甚麼不讓我回到昆結身邊？」

多它搖搖頭，做手勢表示：「你去了也於事無補。」

羅欽仍舊無法接受阿郁已死的事實，在屋中徘徊一陣，終於快步出屋，來到大長老的屋外求見。

大長老讓他進來，羅欽劈頭便問道：「大長老，您明明知道阿郁昆結有生命危險，卻為何不讓我回去西魏皇宮保護她？」

大長老眨眨額頭上的第三隻眼，蒼老的臉上露出哀傷的神色，說道：「這些事情，在你出發之前，多它就都已預料到了。我原本不願讓你跟隨昆結去往魏國，但是多它勸我，她說這是你和阿郁昆結相處的最後時光了，要我還是讓你去吧。因此我才在你身上下了保護咒，讓你能夠平安去返。」

羅欽激動得流下眼淚，叫道：「那您為甚麼不曾在阿郁昆結身上下保護咒？為甚麼任由魏人害死了她？」

大長老微微搖頭，說道：「羅欽，並非我不想做，而是我也保護不了她啊！」

羅欽大聲道：「那怎麼可能？大長老是巫術最強大的薩滿，天下怎會有您保護不了的人？」

大長老又嘆了口氣，緩緩說道：「羅欽，你該知道，在我們磈磊村之外，世間還有很多其他的巫村，每個巫村都有很多高明的薩滿，而他們大多不是我們的朋友，卻是我們的敵人，有些甚至一心想消滅我們。我絕對不是天下巫術最強大的薩滿；你在魏國見到的那位大巫赫連壘，他的巫術便比我強大。赫連壘是土巫系中的大巫，能夠操控大地土石，甚至能夠引發地動，令大地裂開，吞噬整座城市。羅欽，你該知道，為了保護磈磊村，有時……我不得不做出一些犧牲。」

羅欽只聽得一頭霧水，抹去眼淚，想了想，問道：「犧牲？那麼您是因為要保護磈磊村，所以才犧牲了阿郁昆結？」

大長老微微搖頭，說道：「阿郁昆結原本不必被犧牲的。我讓你跟她去，就是希望你能夠改變她的命運。你心地善良，定會勸她不要欺人太甚，莫將事情做得太絕。如果她聽了你的話，命運或許就會改變。但是她並不聽信，甚至將你趕了回來，於是她的命運就依然如此。」

羅欽又掉下眼淚，搖頭道：「我不明白，昆結為何會變得那麼善妒？那個前皇后明明已經被皇帝廢了，又被趕到遠地，昆結卻硬要逼她落髮出家！她都已經那麼可憐了，昆結卻不聽我的話，一定要逼死她！我告訴她，世間最可怕之物，就是戾氣和仇恨。她滿懷戾氣仇恨，又怎能不受戾氣反噬所害？」

大長老嘆息道：「你說得是。昆結的性情原本如此，即便是你也改變不了。她懷著戾氣仇恨，最後終歸傷到了自己。我相信去找她索命的，正是那位廢皇后的鬼魂。」

羅欽甚感困惑，想了想，問道：「大長老，人死了後，真的會變成鬼魂麼？」

大長老道：「含冤而死者，往往會變成怨靈或厲鬼。我相信魏國的薩滿施了某種法術，召回了那位廢后的鬼魂，讓她回返皇宮，趁著昆結待產之時，找她報仇。」

羅欽可以想像乙弗廢皇后對阿郁的仇恨有多麼深，心中難受萬分，又問道：「那麼碧環薩滿呢？她也被犧牲了麼？」

大長老露出悲傷之色，說道：「碧環薩滿也喪命了。我並無意讓她犧牲，而是希望她能夠以巫術保護昆結和你。但她自視過高，小看了魏國薩滿，才因而失手，被魏國薩滿暗下毒咒害死。我當時對她說，倘若阿郁昆結不信任羅欽，那她便應當及早將你送回磈磊村，免得讓你捲入這場災難。這一點，至少她確實做到了。」

羅欽回想往事，不禁又掉下眼淚，說道：「我對不起阿郁昆結，也對不起碧環薩滿！」

大長老搖頭道：「不，這不是你的錯。你不必自責。」

羅欽仍舊止不住淚水，大哭道：「大長老，為甚麼我始終不具巫術？我甚麼時候才能保護自己，保護別人？我連自己都保護不了，更加保護不了身邊的人，只能眼睜睜地看著昆結和碧環薩滿被人害死。我這樣算甚麼巫者？」

大長老悲哀地望著他，過了良久，才道：「羅欽，這不是你的錯，而是……我的錯。也是時候了，我該告訴你真相了……羅欽，你可知道，為何你自出生以來便不具巫術？」

羅欽心中一酸，難過地道：「我知道，因為我是個偽巫童！」

大長老搖搖頭，說道：「不，你不是偽巫童。你只是個並非從石頭生出來的磈磊村巫者。這都是我的過錯，未曾早些告訴你真相。阿郁昆結出嫁之前，我便想告訴你了；但是那時太過倉促，我來不及讓你學會巫術，藉以自保，因此幾經考慮之後，還是決定不告訴你。」

羅欽搖頭道：「我已經學了十多年巫術了，但還是一點也學不會啊！」

大長老沉默一陣，才緩緩說道：「羅欽，你學不會巫術，不是因為因為你生不具巫術，而是因為……我將你的巫術封鎖住了。」

羅欽聽了，不禁一呆，心中驚疑不定，忙問道：「封鎖？您如何封鎖住我的巫術？」

大長老用第三隻眼望著他，說道：「我自有辦法。」

羅欽又問道：「您為甚麼要封鎖住我的巫術？」

大長老咳嗽一聲，說道：「我之所以要封鎖住你的巫術，那是因為你並非石生巫童。我們魄磊村的巫童，如你在石生大典所見，都是從石頭裡生出來的。而你卻不是。你是位女薩滿所生。」

羅欽睜大眼睛，他只從阿郁和阿柔兩位昆結的談話中稍稍明白母親與子女的意義，但在魄磊村中從來沒有母親的角色，因此他甚感陌生；此時聽大長老說自己是一位女薩滿所生，更是驚訝難已，結結巴巴地道：「我是一個……一位女薩滿生的？那麼她就是……就是我的額赫？」

大長老點頭道：「正是。你的額赫，是一位女薩滿。她出生於柔然的某個遊牧之族，因那群牧民不時駐紮在魄磊村附近，因此我們從她童年時起便識得她了。」

羅欽呆了好一陣子，才問道：「那麼我的額赫，她人在哪裡？」

大長老嘆了口氣，說道：「她已經升天了。當時她去了不知何地，後來獨自一人懷著身孕歸來，因羞於回到自己的族人之中，於是便來到磈磊村口。我們見她即將臨盆，便讓她入村生產，然而她在生下你之後，很快便死去了。就如阿郁昆結難產而死，女人生孩子是很危險的事，一個不好，便會喪命。你的額赫當時心情抑鬱，生產時流血過多，我們都救不回她的性命。」

羅欽皺眉道：「女人生孩子會流血，還會死去，多麼危險！難怪我們磈磊村的巫嬰都是從石頭生出來的，那我們村子的女薩滿就不會因生產而死了。」

大長老點點頭，說道：「正是。」

羅欽又問道：「我的額赫是女薩滿，那又如何？您為甚麼要封住我的巫術？我到底有沒有巫術？」

大長老沉默一陣，說道：「你是擁有巫術的。但是你的巫術和我們磈磊村的巫術並不相同。我們並不知道你的父親是誰，只知道在你出生之後，我們便都能感受到你的巫術，和我們村中薩滿熟悉的巫術相迴異。我和村中薩滿商量之後，大家意見分歧，有的認為你身具的並非巫術；有的認為你擁有敵系巫者的巫術；也有的如岩瑪，他認為你確實擁有巫術，但並非敵系，不贊成將之封鎖。最終討論之後，大多數薩滿認為應當暫時封鎖住你的巫術，待我們觀察一陣子後再說。」

羅欽點點頭，說道：「原來如此。」

大長老聽他很快便接受了，似乎鬆了口氣，說道：「你不責怪我們就好。」又道：「你出生時，比其他石生巫童晚了兩年。我們沒有辦法，為了不讓你自己知道此事，只好假裝你也是石生大典出生的巫童之一，和其餘八個巫童一起養大。」

羅欽點點頭，想起小獸曾經對自己說過，牠來到自己身邊時，其他巫童看來都有兩、三歲了，只有他還是個不會走路的嬰兒；這時聽了大長老的解釋，他才恍然大悟，說道：「原來我真的比其他巫童小了兩歲，巫術又被封住了，難怪我處處比不上他們。」

大長老顯出歉疚之色，說道：「那是我對不起你，讓你受苦了。但我們如果不這麼將你養大，而讓你從小就知道自己與眾不同，只怕對你更加不好。」

羅欽並未質疑大長老的言語，只道：「是這樣啊。」想了想，又問道：「大長老，那您為甚麼不讓我離開魄磊村？」

大長老抿起嘴，遲疑一陣，才道：「因為我們不知道你的父親是誰。你在村中時，有一眾薩滿保護，誰也找不到你；我們擔心你一離開魄磊村，就會被你的父親找到，讓你發現你的身世。」

羅欽問道：「發現我的身世，又會怎麼樣？」

大長老又遲疑了一陣，才道：「這我就不好說了。我們懷疑你的父親也是一個巫者，而且很有可能是魄磊村的敵人。我們不知道你母親為何會和他結識，又為何會懷了你來到魄磊村。我們問過她，但她拒絕告訴我們你的父親是誰。總之，為了保護你的安全，我才禁止你離開魄磊村。只有那回讓你去尋找一頭新的小獸，我才破例讓你離開，但仍命岩瑪透過石鏡，隨時觀察保護你。」

羅欽點點頭，又問道：「那您又為甚麼讓我跟隨阿郁昆結嫁去西魏？」

大長老一直當他是個單純質樸的孩童，沒想到他提出的問題卻越來越尖銳，顯然並非自己一向認為的傻孩子，想了想，才回答道：「羅欽，我說過了，我原本希望能靠著你的善良和純樸，令昆結保持善良之心，藉以保護她的安全，改變她的命運。然而我算錯了，我畢竟沒能救得昆結的性命。」

羅欽想了想，又問道：「那麼，您為甚麼決定在此時告訴我真相？」

大長老嘆了口氣，緩緩說道：「那是因為你已快滿十八歲了，我認為是時候讓你知道自己的身世，並讓你恢復巫術了。當你恢復巫術之後，就能夠保護自己，也可以自由離開魄磊村。」

羅欽聽了，心中頗為驚異，但也摻雜著幾分恐懼，問道：「大長老的意思，是要解除對我巫術的封鎖，讓我恢復巫術並學好巫術，未來就能用巫術保護自己了？」

大長老點頭道：「不錯，我正是這個意思。從今夜開始，你不必再回去多它的石屋，就住在我這裡。我替你解開巫術的封鎖之後，便將盡力教你巫術，讓你能夠以巫術保護自己。」

羅欽靜了一陣，皺起眉頭，忽然說道：「大長老，如果我不想解除封鎖呢？」

大長老一怔，問道：「為甚麼？你不是一直很想擁有巫術麼？」

羅欽低頭沉思，說道：「不錯，我是很希望擁有巫術。小時候，我幾乎每夜都哭著向騰格里祈禱，請祂讓我擁有巫術。但那是因為我一直以為自己是個石生巫童，不喜歡大家叫我偽巫童。如果我原本就不是石生巫童，那我也並不一定要擁有巫術啊！我這十幾年來沒有巫術，也過得滿好的！」

大長老懷疑地道：「你過得好？」

羅欽皺眉思索，說道：「當然不是非常好，但也沒有很不好。我也不知道。如果我具有巫術，或許就能保護昆結了。只是我的巫術多半及不上碧環薩滿，就算陪伴在昆結身旁，也敵不過那個西魏薩滿，最後只能跟她們死在一起。」

大長老道：「但你至少不會束手待斃，而能盡力一搏。」

羅欽心中一痛，點了點頭，說道：「大長老說得是。我若能在她們身邊，以巫術盡力改變局勢，救回昆結的性命，那自是最好。但這都已經太遲了。好吧，您說得對，擁有巫術，應當好過不具巫術。就請大長老替我解除巫術的封鎖吧！」

大長老吁了一口氣，說道：「好。你總有一日必須獨立，也必須離開磈磊村。我不能讓你毫無巫術地離開，那實在太危險了。」

羅欽點點頭，說道：「多謝大長老。」

大長老讓他坐在一塊大石頭上，又取出了那只羅欽曾見過的石盒，取出盒中女媧補天時煉製的五彩天石。大長老手握五彩天石，時而將天石放在羅欽的頭頂，時而放在他的小腹，口中喃喃念咒。

羅欽感到頭頂和小腹一片冰涼，冰得他全身發顫，牙齒打戰，直到他快要受不了時，大長老忽然大吼一聲，高聲念出三句咒語，羅欽感到一股寒氣從頭頂貫注而下，另一股寒氣則從小腹上衝，在他的胸口交會，只撞得他眼前發黑，仰天暈倒，就此不知人事。

過了不知多久，羅欽慢慢甦醒，睜開眼睛時，感到眼前的景象異常地清晰明亮，體內精力充沛，心頭一片清明平和。他發現自己躺在大長老的石屋中，而大長老正坐在自己身旁，閉上了額頭上的第三隻眼，神色顯得又安穩又疲憊。

羅欽坐起身，只覺全身輕鬆舒暢，每個骨節、每塊肌肉似乎都充滿精力，彷彿可以奔上魄磊山頂再奔下，來回個三次也不會感到疲累，甚至不會喘息。他望向大長老，低聲喚道：「大長老！」

大長老睜開額頭上的第三隻眼，緩緩吁出一口氣，問道：「你感覺如何？」

羅欽答道：「我全身都是力氣，真想出去大跑大跳一番。」

大長老點點頭，說道：「你試試將全身的力氣都集中在小腹，讓它安穩地留在那兒。」

羅欽依言而行，全身四肢的力氣果然都乖乖地集中在小腹，小腹頓時感到暖洋洋的，十分舒服。

大長老說道：「你感受到的力氣，就是你的巫術。在你出生後三日，我們埋葬了你的額赫後，我就封鎖了你的巫術，讓你無法使用巫術。」

羅欽心頭充滿驚喜，說道：「那麼現在我可以使動我的巫術了？」

大長老說道：「不錯。但這是你第一次使動巫術，需得小心謹慎。這樣吧，你記得向騰格里祈禱的第一個咒語麼？」

羅欽過去十多年來認真學習咒語，雖始終使不動任何咒術，卻牢牢記得，當下點了點頭。

大長老問道：「你懂得意思麼？」

羅欽道：「碧環薩滿教過我們，說這句話是恭請騰格里傾聽我們的祈禱，讓雲朵飄過天空，讓山風吹拂原野。」

大長老點頭道：「很好，你念念看。記得念的時候，須將心神專注於小腹，讓你體內的巫術跟著你的聲音一起流出。」

羅欽點點頭，專注於小腹的氣力，念出了那句咒語。咒語才一離口，他便感到腹中的力氣從口中隨著聲音流洩，散布至身周，甚至散布至天地之間；他可以清楚地感覺到，石屋外的山風吹起，吹動天空中的浮雲，整個天地都嗡嗡然回應著他的咒語——天上的雲，地上的草，都專注於他的咒語之上，等著傾聽他接下來對騰格里的祈禱。

羅欽大感驚異，滿心欣喜，不禁大笑起來，說道：「它們都聽到了！它們都聽到我的咒語了！原來咒語是能被聽見的！」忍不住跳起身，在石屋中手舞足蹈起來。

大長老見他如此歡喜，也不禁莞爾，任他跳了一陣子，才說道：「好了，這才是剛開始呢。你安靜坐下，聽我說話。」

羅欽坐了下來，大長老又道：「如今你知道了，每一句咒語，都蘊含著巨大的力量。一位薩滿的巫術越強，念出來的咒語力量就越強。因此你每回念咒，每回施法，都必須非常謹慎，絕不能輕易施用。」

羅欽點頭道：「我明白了。」

大長老於是讓羅欽一句一句地念出祈禱的咒語，羅欽每說一句，大長老便仔細糾正，指點他如何貫注巫術，使咒語更有力量。

此後羅欽無比認真學習種種咒術，累了就睡，餓了就吃，其餘時候便專注於習練咒語。三日之後，羅欽便將往年學過的咒語全數重學了一遍，對於每個咒語的功用和力道都能夠掌控自如。他嘗試念出往年曾練習無數遍卻毫無效果的祈雨咒語，不多時，身邊果然逐漸起了風，直奔天際，將遠處的烏雲集結在頭頂；當烏雲集結足夠之後，天色轉為昏暗，果真淅瀝瀝地下起雨來。羅欽站在雨中，張開雙臂，抬頭望天，讓雨水滴在自己的臉上，滿面欣慰狂喜，彷彿每一滴雨水都在讚美鼓勵他受封已久、終獲重啟的巫術。

大長老對他十分讚許，說道：「你學咒語進展甚速，往後用於祈禱、求雨、驅邪、治病之上，當能得心應手。」

羅欽聽了，只覺不可置信。從小到大，所有的薩滿對他的學習進度都失望至極；若只是學得慢，那還說得過去，但他卻是完全學不會，教過他的薩滿都只有搖頭嘆息的份兒。這可是他生平第一次在巫術學習上受人稱讚，而且還是受到大長老的稱讚，不禁驚喜交集。

大長老又道：「使動這些祈請的咒語時，即使略有差錯，都不致引起何等災害。然而當你使動防身和攻敵的咒語時，便須極為謹慎，不能有絲毫差錯，還得時刻留心防範對手的敵意和偷襲；你若稍稍放鬆戒備，對手便有機會出手，致你於死地。因此你出手也須迅疾，不能猶豫。」

羅欽聽不明白，搔搔頭，問道：「誰會對我滿懷敵意，想要偷襲我，甚至殺死我？我不得罪人，不傷害人，不就行了麼？」

大長老知道羅欽自小生長在魄磊村，天性純樸善良，從無害人之心，因此無法理解自己所言。他想了想，解釋道：「世間也有壞的巫者，好似那個欺騙丑奴可汗的巫女地萬，我就不得不派岩瑪薩滿出手除去她。」

羅欽回想起自己經由銅鏡見到岩瑪和地萬的激烈廝殺，這才恍然大悟，說道：「我明白了！即使地萬沒有得罪過岩瑪薩滿，岩瑪薩滿還是得去殺死她。往後或許有別的巫者，雖然跟我沒有仇恨，但他的長老或可汗卻派他來殺我，那我就得小心防範，出手既狠且快了。」

大長老點頭道：「不錯，正是如此。」又道：「接下來我將傳授你如何使動巫術。巫術是咒語以外，巫者最需要學成之術。」

羅欽大感興奮，立即道：「我一定認真學習！」

於是從那一日起，大長老便開始傳授羅欽巫術。他對羅欽道：「巫術和咒語不同。咒語是前代巫者發明或發現的特殊音節，重複誦念，貫注以巫力，便能讓天地萬物聽見並服從。巫術卻是發自巫者本身；一位法術精熟的巫者，能夠隨心所欲，讓身周萬物，不論是活物或是死物，皆聽其號令，遵其指示，這就是巫術。我們魄磊村的巫者尤其擅長操控岩石，而岩石乃是諸多死物之中最難控制者。並非只因岩石堅硬沉重，更是因為岩石大多年年紀極老，反應遲緩，巫者往往得用盡全身的巫術，才能讓岩石聽見自己的指令；即使聽見了，岩石也不一定願意依從指令；即使願意依從指令，也可能要等上十天半月，岩石才會開始行動。」

羅欽對此甚感好奇，問道：「大長老，魄磊村的巫者為何特別擅長操控岩石？操控岩石又有甚麼用處？難道就只能用於造一座山，或是挖個山洞麼？」

大長老道：「我們魄磊村的巫者都是石巫的後代，人人皆從石頭中生出，因此對岩石特別親近，岩石也比較願意聽從我們的指令。控制岩石的用處可多了：你瞧我們村後的魄磊山，就是歷代巫者合力以巫術指使石塊，經年累月堆積而成的。它在千年之前是沒有的，全靠一代代巫者以法術命令岩石聚集於此，才堆積起了這座魄磊山。魄磊山中充斥著歷代巫者的巫術，因此能夠保護魄磊村，讓我們不受外敵侵襲。」

羅欽好奇道：「魄磊山如何能保護我們？」

大長老道：「魄磊山能從高處察覺敵人到來，及早向村人示警；魄磊山的周圍充斥著巫術，能阻止敵人接近；倘若敵人巫術強大，恃強闖入村子，魄磊山便能從天空中落下飛石，砸死敵人。」

羅欽忍不住從大長老石屋的窗戶望向那座怪石嶙峋、無林無木的魄磊山，心想：「原來魄磊山是歷代魄磊村的巫者施展巫術堆築而成，擁有防衛村子的力量，當真不可思議！」

大長老顫巍巍地站起身，持起拐杖，說道：「走吧！你要學習巫術，就必須上魄磊山學習。跟我來！」

羅欽趕緊站起身，跟在大長老身後，向著魄磊山行去。六子見他出來，搖著尾巴跟上。羅欽問道：「大長老，六子可以跟來麼？」

大長老回頭望了六子一眼，說道：「牠並非真正的神獸，我怕牠會干擾你的修業。山上安全無虞，你也不需保護，讓牠暫時留在多它的屋中吧。」

羅欽便摸摸六子的頭，說道：「乖乖六子，我上山去修習巫術，你乖乖待在多它薩滿家等我下山，好麼？」六子露出失望之色，發出嗚嗚幾聲，一屁股坐倒，望著羅欽跟隨大長老往魄磊山走去。

接下來的一個月中，羅欽便跟隨大長老住在魄磊山頂上，日夜學習巫術。他學會如何運用自身的巫術與四周的山石草木、土壤泉水、飛禽走獸溝通，並讓它們聽命於己。他發現聆聽並懂得自然萬物的言語，才是最重要的一步；一旦能夠聽懂，就能溝通；能夠溝通，就能說服。漸漸地，他的巫術能令石頭滾動，令草木生長，令天上的飛鳥替自己從空中俯視鳥瞰，令草原上的走獸奔馳集結在自己身邊；他甚至能控制風的方向和力道，指揮落葉飛舞的軌跡，以及驅使天空白雲的聚散和飄動。

大長老年紀老邁，不能長時候住在山頂，待羅欽學會了要訣，便讓他單獨留在魄磊山上練習各種巫術咒語。

於是羅欽整日在魄磊山上遊蕩，傾聽萬物的心聲，了解萬物的喜怒哀愁，悲歡憂樂；他明白了一旦自己能夠體會萬物，便能夠與萬物合為體，藉以令萬物聽從自己的指令。

他自幼巫術受到壓制，完全無法使動，學習巫術對他來說可是世間最痛苦之事，就像一個耳朵聽不見的人，非得讓他學會音律，演奏箜篌琵琶；或是一個眼睛看不見的人，非得讓他學會分辨顏色，在紙上繪畫出各種花鳥蟲魚，不但學徒一頭霧水，學得一踏糊塗，教者也深感無能為力，毫無進展。這時羅欽彷彿聾了忽然能夠聽聲，瞎子忽然能夠視物，並且發現自己天賦極高，學習音律、繪畫便成了一件不但輕鬆容易，更且極有趣味之事。他整日在魄磊山上練習種種巫術，半點不以為苦，反而樂在其中，深感享受。

尤其令他感到得心應手的，是對於風的掌握。大長老和魄磊村巫者屬於石巫，擅長指使古老而頑固的石頭；羅欽感到自己甚難與石頭溝通，卻能輕鬆地與風中的落葉、空中的飛鳥相連，清楚明白它們的心思；他甚至能指使東西南北四方的風，讓它們聚集在自己身周，盤繞迴旋，也能命令風將瀑布的水吹得滿天飛舞。

他將自己的體會告訴大長老，大長老只微微點頭，說道：「不同屬系的巫者各有所長，也是自然之事。你顯然不是石系巫者，依你對風的掌握，極有可能出身風系；然而我並不知你的生母為何系巫者，至於你的父親是否為巫者、又是何系巫者，我更加不得而知，因此難以判斷你究竟屬於何系之巫。你須自行探索你擅長的巫術，精益求精。」

羅欽點頭答應。此後他便致力於嘗試控制風，不論是清涼柔弱的微風，或是拔樹毀屋的狂風，他都能徹底理解，甚至掌握控制。他能夠清楚聽見風中所有白雲、飛鳥和落葉的情緒和心思，彷彿他也和它們一般，在風中自由自在地飛舞徜徉。

三個月後，磈磊山上，寒冬降臨，雪花紛飛。

羅欽獨自在磈磊山上修習巫術，至今已有三個多月了。他感覺自己的巫術一日日進步，心中十分欣喜，全不在意越來越冷的天候，只想永遠留在磈磊山頂，再也不要下山。

這日清晨，他伸展自己的心思，直到籠罩整座磈磊山，忽然覺察到一團強烈的心思來到了山上，細細審視下，發現那是大長老的神獸白澤。他等候一陣，果見一頭全身雪白、身形巨大的神獸白澤緩步走上山頂，對他說道：「羅欽！大長老說你修習有成，可以下山了。你快去石屋見他，他有話要對你說。」

羅欽答應了，吸了口氣，心想：「好日子總有結束的時候。不知大長老為何要我去見他？」便跟著白澤下山。才來到平地，便見一團赤影狂奔上來，衝入他懷中，又跳又舔，正是六子。羅欽見到六子，也好生歡喜，笑道：「六子！幾個月不見，你又長大啦！」伸臂抱起牠，著實親熱了一番。

羅欽抱著六子，跟隨白澤來到了大長老的石屋。大長老讓他坐下，沉默一陣，感受著他身上散發出來的巫術，微微點頭，說道：「很好、很好，你感覺如何？」

羅欽笑道：「好，很好！」

大長老吁出一口氣，說道：「不錯，我能感覺得出。羅欽，我知道你想長久待在山頂，繼續修煉。而我叫你下山來，是因為有件很重要的事，須告知於你。」

羅欽道：「大長老請說。」

大長老遲疑一陣，才道：「一個月後，便是十年一度的石生大典了。上一回的石生大典中出了點事，我想你應當未曾忘記。此刻你雖已擁有巫術，能夠參加大典，但是，嗯，但是，你恢復巫術的事情，最好別讓人知道。又因你並非出身硊磊村的巫者，今年的石生大典，你最好也別參加。」

羅欽微微一呆；十年之前，他一心想成為巫者，極欲參與石生大典，好緩解自己飽受孤立排擠的情狀；那年他擅闖石生大典，不但陷兩位昆結於危難，更令自己的小獸重傷而死。如今十年過去，他長大成熟了許多，對石生大典早已不抱任何興趣，聽大長老這麼說，只聳了聳肩，說道：「不參加也不打緊。羅欽遵從大長老的指令。」

大長老似乎鬆了口氣，擺手道：「你去吧。」

第三十二章 離鄉背井

羅欽離開大長老的石屋，帶著六子回往多它的石屋。經過巫童們時，他們顯然早已知道羅欽這回仍舊不能參加石生大典，側眼覷著他，悄悄議論，臉上露出揶揄輕視之色。

眾巫童並不知道，羅欽這時的巫術已十分強大；他們在遠處所說的這些悄言細語，羅欽全都聽得清清楚楚。他只當作沒有聽見，心想：「小時候這些巫童老是欺負我，那是因為我不但和他們不一樣，還比他們弱小。而今他們依舊欺負我，想來還是因為我和他們不一樣；但是現在我比他們強大了，不怕他們聯手攻擊我。他們繼續嘲笑我也罷，我可不在乎。十年前我會為了不能去石生大典傷心難受，如今我可是全不介意了。」

他想起小獸就是在十年前的石生大典上受傷而死，心生悲淒，於是懷抱著六子，往磈磊山上行去。來到山頂後，羅欽帶著六子祭拜了小獸喪命之地，喃喃說道：「小獸，你從我是嬰兒時就照顧我、保護我，直到你為我受傷送命。如今我在金門山找到了一頭新的小獸，牠是天犬之子，是頭半神獸。牠叫作六子，天犬和牠的其他五個兄弟都已經死了，因此牠是個孤兒。以後就由我來保護六子了，請你保佑牠，也保佑我。」

小獸的神靈並未回答，六子也只顧東張西望，忽然見到石縫中冒出一隻蜥蜴，便撲了上去。蜥蜴立即鑽入石縫中。六子對著石縫低吼，伸爪子扒抓，蜥蜴早已鑽到深處，六子自然搆不著。羅欽過去將牠抱了起來，說道：「你要蜥蜴出來，抓石頭是沒用的，得施展巫術才行。」

他將六子放在一旁，凝神念咒，呼喚蜥蜴；蜥蜴受到他巫術的召引，不由自主從石縫中鑽了出來。六子見了，大為歡喜，撲上去一口咬住了蜥蜴。

羅欽斥道：「我召喚蜥蜴出來，不是要讓你吃掉牠。吐出來！」

六子卻咬得更緊，不肯吐出，還往後退了幾步。羅欽不高興了，上前舉起手，作勢要拍打牠的頭，斥道：「你不聽我的話？」

六子吃痛，哀叫一聲，這才終於吐出了蜥蜴。蜥蜴竟然未被咬死，忙不迭地鑽入石縫深處了。六子夾著尾巴，縮到一旁，顯得頗為哀怨。

羅欽皺起眉頭，說道：「你當真聽不懂我的說話？還是你聽得懂，卻不肯聽話？」

六子伏下耳朵，低下頭並不作聲。

羅欽這時已擁有巫術，便試圖以巫術探索牠的心思，卻一無所獲。他知道一般禽獸的心思極為單純，除了飢渴覓食和警覺危險之外，平日並不想著甚麼；但六子的心思卻並非只是單純，而是連一絲念頭也沒有；即便此時，牠挨了打罵，看來一副可憐兮兮、後悔不已的模樣，但心中仍舊一片空白。

羅欽暗生懷疑：「就算是一般的禽獸，不管念頭多麼模糊淺薄，也總是有心思的。六子卻完全沒有心思，這怎麼可能？」

他放緩了語氣，對六子道：「你過來，坐下。」

六子低著頭，磨磨蹭蹭地來到他身前，仍舊伏耳低頭，一屁股坐下了。

羅欽望著他，說道：「你確實擁有神獸之力，是麼？只不過你從小就學會了隱藏，以免讓其他兄弟們知道。你隱藏得極好，一點兒心思也不透露，連大長老都探測不到你的心思，當真不容易！」

六子抬頭望著他，面無表情，尾巴也不搖了，只靜靜地坐在那兒，有如一座石像。

羅欽再次探索牠的內心，仍舊空無一物。六子金黃色的雙眼清澈明亮，羅欽盯了良久，忽然感到身子一震，內心不知被甚麼物事觸動了，暖熱暖熱的，好似有一團毛茸茸、軟綿綿的事物貼在了自己的心口。羅欽猛然醒悟：「是六子的心！」他試圖觸摸那團暖熱的事物，那事物卻閃開了，消失無蹤。

羅欽點頭道：「藏心術！法力稍差一些，是使不出這法門的。我也是在跟大長老修習三個月後，才懂得如何使動藏心術。你小小年紀就會使藏心術，可見你的力量深不可測。」

六子微微側頭，仍舊望著他，對他說了一句話，語音雖細微，卻異常清楚：「莫令人知。」

羅欽點點頭，說道：「我一定會保守你的祕密，但是……為甚麼不能讓人知道？」

六子的心思對他道：「世間有數千種神獸，但只有我一個半神獸，因此不能讓人知道我的存在。」

羅欽微微皺眉，問道：「你擔心有人……或神獸會傷害你？」

六子凝望著他，以心思對他道：「我不知道。在你出現之前，我從未離開過金門山的洞穴。是天犬囑咐我這麼做的。牠認為天機不可洩漏，神獸能夠繁衍半神獸的事情，絕對不能讓人知道。」

羅欽感受到事情的嚴重性，說道：「我明白了。我就當你是頭尋常幼犬，不讓任何人知道你是一頭半神獸。」

六子吐出舌頭，露出頑皮之色，說道：「我本來就是頭尋常幼犬。」

羅欽不禁好奇，問道：「你既然身負神力，那你懂得些甚麼法術？」

六子答道：「我懂得藏心術。」

羅欽道：「這我知道。還有其他的麼？」

六子眨眨眼，忽然憑空消失了。羅欽一驚，左右望望，確定六子不曾快速奔離，這才笑著拍手道：「是了，你會隱身術！」

六子的身形再次出現在原地，臉上露出得意之色，說道：「你剛才完全見不到我，是吧？天犬教了我隱身術，我花了好多工夫練習才學會的。」

羅欽笑道：「這隱身術當真不錯！我可不會。」想起一事，問道：「在天犬的洞穴中時，五色鳥來攻擊你們兄弟，你便曾使隱身術躲藏起來，又鑽入我袖子裡，是麼？」

六子低下頭，說道：「是的。那時情況緊急，我沒法相救我的兄弟，只能求自己脫險了。」

羅欽嘆道：「那也是沒辦法的事，你不必自責。我完全想不到五色鳥竟會如此殘狠，轉眼就殺死了你的五個兄弟！」

六子神情悲哀，說道：「牠們都是我的好兄弟。我體型最小，又是半神獸，跟牠們都不同，但牠們從來不曾欺負我。」抬頭望向羅欽，說道：「不像你的那些巫童兄弟，他們從以前就對你不好，現今還是對你不好。」

羅欽嘆了口氣，說道：「那也不要緊，我早就習慣啦。」

六子抬起頭，說道：「你不要難過，他們不喜歡你，看不起我，但是我們比他們強大得多。你的巫術比那些巫童高強，我的力量也強過他們的小獸。若要打架，我們定能將他們全數打倒在地，爬不起身！」

羅欽聽他說得霸道，不禁想起小獸當年百般迴護保衛自己的情景，心頭一酸，說道：「我不想跟他們打架。只要他們不來惹我就好了。」

六子望向山頂的神壇，問道：「你來這兒，是為了跟你以前的小獸說話。牠是一頭甚麼樣的神獸？」

羅欽抬頭回憶，說道：「牠是大長老特地從日月山捉回來給我的。我的小獸不大，只有半尺長短，身上的皮毛黑黑亮亮的，身形瘦長，屁股上長著三條蓬蓬鬆鬆的尾巴。是了，牠的眼睛跟你一樣，也是金黃色的。」

六子低頭望望自己的身子，說道：「我長得跟牠很不一樣呢。牠對你好麼？法力高強麼？」

羅欽一想起小獸，胸口就不禁湧起一股哀傷，於是將自己和小獸一起長大的種種情形說了，也說了小獸如何因保護自己而死。

六子聽完，嘆息道：「你的小獸對你真好！牠甚至願意為你而死。」忽然問道：「羅欽，我現在算是你的守護神獸麼？」

羅欽一怔，當年大長老捉到小獸後，便以巫術逼迫小獸效忠於己，因此小獸別無選擇，只能一輩子竭盡心力地守護自己；六子雖然是自己找回來的，但牠是頭半神獸，究竟有多少法力也不清楚，而且羅欽從未對牠施展巫術，逼迫牠立誓成為自己的守護神獸。

他想了想，說道：「你應當不能算是我的守護神獸。天犬死前託付我照顧你，因此我才帶了你離開金門山，回到魄磊村。你願意跟在我身邊也好，不願意也罷；你身負法力，等你年紀大一些了，應該就能夠保護自己了。到時你若想離開我，回去金門山，或想去別的地方，自然都隨你的意，我不會阻止。」

六子微微皺起鼻子，說道：「我不知道自己能去哪兒。你會趕我走麼？」

羅欽搖頭道：「當然不會，我得保護你，直到你長大啊！」

六子點點頭，問道：「那當你遇到危險時，我需要跟你的小獸一樣，捨命救你麼？」

羅欽心中一痛，立即搖頭道：「當然不必。小獸的遭遇，我絕不能讓它再次發生。六子，我若遇上了危險，你一定要先保護好自己，絕對不能只顧著救我。我有責任保護你，你卻沒有責任保護我。知道麼？」

六子似懂非懂地點了點頭。

羅欽想起一事，問道：「六子，天犬是你的額祈葛，還是額赫？」

六子微微一呆，問道：「甚麼是額祈葛，甚麼是額赫？」

羅欽對父母的概念也頗為模糊，勉強解釋道：「額祈葛是父親，額赫是母親。一般的人和禽獸，都是父母生的。人的話，就是一男一女；禽獸的話，就是一公一母，一雌一雄，結合而生子。」

六子搖頭道：「神獸並不是這麼出生的，我也不是。神獸沒有分男女、公母、雌雄，因此天犬不是我的額祈葛，也不是我的額赫，我不知道自己該稱呼牠甚麼；總之我是牠創造出來的，牠將我養大，餵我飲食，給我地方安睡，並教我法術。我想牠就像我的父母，也像是我的恩師吧？」說著不禁眼眶一紅，掉下眼淚。

羅欽從未見過狗兒哭泣，安慰道：「六子，我知道你一定很想念天犬。牠為了保護你而死去，你一定要好好活下去，才能報答牠的恩情。」

六子點了點頭，伸舌頭舔去自己的眼淚。

羅欽又道：「其實我們磈磊村的巫者，也並非如尋常人和禽獸那般出生；他們都是從石頭裡生出來的，也都沒有額祈葛和額赫。整個村子裡只有我是額祈葛和額赫生的，我的額赫是一位村外的巫女。」

六子道：「我明白了，你和他們不同，因為你並不是從石頭裡生出來的。」

羅欽道：「確實如此。」

六子問道：「那你的額祈葛和額赫呢？他們在哪裡？」

羅欽道：「我的額赫在我出生時死去了。大長老說，我額赫獨自來到磈磊村生下了我，沒有人見過我的額祈葛，也沒有人知道他是誰。」

六子問道：「那你想去尋找你的額祈葛麼？」

羅欽一呆，他從未動過這個念頭，也從未對自己的額祈葛是誰生起好奇心；對他來說，他從小在魄磊村中長大，大長老就是所有村人的額祈葛，多它就是他的額赫，岩瑪就是他的恩師，因此他從來不覺得自己需要其他的額祈葛或額赫。經六子這麼一說，羅欽才忽然感到一股奇異的衝動，暗想：「我的額赫究竟是甚麼樣的人？她遇到了誰，為何會跟我額祈葛成婚，生下我來？」

他從阿郁和阿柔口中學得了一些平凡人的習俗和規矩，知道男女「成婚」乃由雙方父母決定，男女「成婚」後便會生下孩子，如他親眼見到發生在阿郁身上和西魏皇帝的那場婚姻一般。阿郁遵從父汗阿那瓌的旨意，和西魏皇帝元寶炬成婚，成婚後她一心生下孩子，後來終於懷孕，卻不幸和羅欽的額赫一樣，在生產時因難產而死，而且連腹中的嬰兒也死了。

羅欽越想越好奇：「我的額赫是個女薩滿，她有沒有額祈葛和額赫？為何她會與我的額祈葛成婚呢？我的額祈葛又是誰？他知道我出生了，知道我額赫死去了麼？為甚麼不曾來找我們？」

六子能夠清楚讀到他的心思，說道：「你的額赫來到魄磊村時，你已經在她肚子裡了，所以你的額祈葛大約知道你會出生吧？但是你的額祈葛可能不知道你的額赫來到了魄磊村，就算知道，也可能不知道魄磊村在哪兒。」

羅欽沉吟道：「我的額祈葛應該知道婦人生產時很危險，母親和嬰兒都可能會死去。他沒來找我們，是因為他猜想我們都已死了麼？」

六子道：「人類婦女生產時容易死，但當然不是一定會死，不然老早就沒有人了？至少有些婦女和孩子會活下來，因此他絕對無法確知你們都已死了。他沒來找你們，如我所說，可能因為他找不到你們，也可能他不想找你們。」

羅欽一呆，說道：「那怎麼可能？你是天犬後裔，天犬那麼愛護你，甚至願意用性命保護你。我的額祈葛如果還活著，如果知道我可能活著，又怎會不來找我？」

六子道：「那說得也是。」想了想，又道：「還有一個可能，就是他也死了。」

羅欽心一沉，說道：「那也有此可能。或許我的額祈葛跟我的額赫一樣，已經死了。」

六子安慰他道：「先別傷心，他也可能還活著，很想找你卻找不到；或是很想找你，卻不能來找你，比如說他被人捉住了，或是被關在甚麼地方，不得自由。」

羅欽心頭一驚，說道：「他要是被人捉住或關起來了，那我得去救他啊！」

六子笑了起來，說道：「你先別著急！我也只是胡亂猜想而已。我相信他多半活著，人可以活到一百歲，你才十幾歲，他應該還沒老死。他多半想來找你和你的額赫，卻不知道該去哪兒找。天下很大，也沒有甚麼人知道磈磊村在哪兒。就像你如果想去找他，天地茫茫，你也不知該從哪兒找起。」

羅欽點點頭，說道：「你說得是。」眼見天色漸暗，伸手抱起六子，說道：「我們下山去吧！」

未來幾日，魄磊村中一片繁忙，薩滿們和大小巫童都忙著準備十日後的石生大典。羅欽雖屬於村中年長的巫童之一，也已恢復了巫術，但大長老既然命令他不必參與大典，他也樂得清閒，並未參與任何準備工作。

這日羅欽帶著六子來到烏藍楚嘉藍瀑布旁，躺在大石頭上午睡。睡得正沉時，天空中一頭鷂鷹的影子掠過他的臉龐，羅欽睜開眼，感到鷂鷹對自己說道：「大長老呼喚你，快回村子！」

羅欽知道大長老若派白澤來找自己，那麼事情並不十分緊急；若是派鷂鷹來，那麼必有急事，於是趕緊抱起六子，匆匆趕下山去。他忽然想起將近十年之前，自己因不能參與石生大典，受到其他巫童排擠取笑，羞愧地獨自跑來這瀑布旁的大石頭上大哭，直哭到昏睡過去；那時他同樣被大長老派出的鷂鷹呼喚，匆忙帶著小獸趕回村子；也就是在那不久之後，他見到了來到魄磊村避難的阿郁和阿柔兩位昆結。羅欽想著這些往事，感到恍若隔世；自己當時是個不具巫術、飽受其他巫童譏嘲輕視的偽巫童，如今自己已恢復並擁有巫術，不再是個偽巫童了；然而時過境遷，小獸已死，阿郁也已死去了。他想起自己陪伴在阿郁身邊之時並無巫術，無力保護她，也無法說服她不要被嫉妒、仇恨和戾氣吞噬，卻惹得她大怒、被她趕回魄磊村；此時自己雖身負巫術，一切卻已太遲了，再也無法救回阿郁的性命了。想到此處，他不禁黯然神傷起來。

羅欽來到大長老的石屋，見大長老坐在屋中麻布墊子之上，平日總坐在他身後的神獸白澤卻不在當地。羅欽忍不住問道：「大長老，白澤到哪裡去了？」

大長老並不回答，神情十分複雜，有幾分不安，幾分焦慮，以及幾分少見的恐懼。他擺手不答，只道：「羅欽，見過貴客。」

羅欽這才留意到，大長老屋中還有一位全身戎裝的將軍，正是太后侯呂氏的親信李具列，忙躬身行禮道：「李將軍。」

大長老望向李具列，說道：「李將軍，我認為羅欽最適合。」

李具列望了望羅欽，神色顯得有些猶疑，說道：「羅欽，可汗派我來，是想請大長老指派一位巫者替可汗辦事，而大長老推薦了你。」

羅欽感到一陣不祥，問道：「甚麼事？」

李具列道：「可汗決定將阿柔昆結嫁入東魏和親，需要一位巫者隨行。」

羅欽皺起眉頭，說道：「阿柔昆結？又是和親？上回阿郁昆結和親的是西魏皇帝，這次是東魏？」

李具列道：「正是。可汗數年前曾大舉南侵，逼近東魏境內，因此東魏也非常希望能與柔然和親。」

羅欽點了點頭，心想：「可汗不斷南侵，之後又逼敵國迎娶自己的女兒為皇后，一次不成功，現在又來一次。」

李具列又道：「就在阿郁昆結不幸喪命那年，東魏的大丞相高歡派人來求見可汗，請求將魏國的樂安公主嫁給可汗之子庵羅辰，可汗同意了；如今這樂安公主已嫁入柔然數年，賢靜規矩，並已生了數子，可汗甚是滿意。為了與東魏進一步加強關係，可汗便對大丞相說，想將小女兒阿柔嫁入東魏。」

羅欽問道：「又是嫁給皇帝麼？」

李具列搖頭道：「不。上回阿郁昆結嫁給西魏皇帝，實際上西魏大權掌握在大都督宇文泰手中，皇帝毫無用處。這個東魏皇帝如今二十出頭，但十一歲就被大丞相高歡擁立為皇帝，甚麼事都聽從大丞相的，更加無用。因此可汗認為阿柔昆結應當嫁給大丞相，而不是嫁給皇帝。」

羅欽皺眉問道：「這個大丞相，他有多少歲數了？」

李具列道：「也有接近五十歲了吧！」

羅欽大驚：「都能做昆結的歐沃了！」

李具列聳聳肩頭，說道：「大丞相年紀是大了些。他原本想替他的世子高澄求娶昆結，但可汗認為這位世子日後未必能像大丞相一般掌控皇帝，嫁給他可不行，堅持要阿柔昆結嫁給大丞相。大丞相考慮過後，終於答應了。」

羅欽生怕阿柔這一嫁去，又要逼死一位元配，戰戰兢兢地問道：「那大丞相自己的妻子呢？」

李具列道：「大丞相年紀不小了，他的王妃也已經五十多歲了，幾個兒子都已成年。這位王妃賢明能幹，主動相勸高歡迎娶昆結，還自願讓出王妃之位。」

羅欽心想：「阿柔性情沒有她姊姊那麼剛強，或許這回不致於鬧出那麼大的事情。」望向大長老，問道：「請問大長老，為何指派我擔任昆結的隨行巫者？」

李具列也望向大長老，顯然對此也頗存疑問。羅欽見到李具列的臉色，心中明白，便說道：「李將軍，這回並非阿柔昆結指名要我同去，而是大長老的決定，是麼？」

大長老咳嗽一聲，說道：「正是。本座認為你巫術有成，應當出去歷練一下。因此當李具列將軍來到村中，提出可汗的要求時，我便感到你是最適合的巫者，決定派你前去。」

羅欽低頭不語，良久才道：「我不適合擔任阿柔昆結的隨行巫者。數年前我陪伴阿郁昆結下嫁西魏皇帝，結果卻糟糕至極。我不但惹阿郁昆結生氣，被她趕走，最後也無法救得昆結的性命。我可不想同樣的事情發生在阿柔昆結身上。」

李具列嘆了口氣，說道：「阿郁昆結的事，可汗和可賀敦都傷心不已，但這是她自己招惹的禍事。可汗知道你曾勸過她，她不但不聽，還將你趕走；因此阿郁昆結的悲劇，並不能怪在你身上。」

羅欽甚感難過，問道：「請問將軍，可汗能同意讓阿柔昆結留在柔然，不要遠嫁和親麼？」

李具列連連搖頭，說道：「那當然是不成的。可汗已經答應大丞相了，阿柔昆結明年初春就將出嫁。」

羅欽擔憂地道：「當年阿郁昆結遠離家鄉，嫁入異族，一切人事物都極為陌生，處境凶險，因此她才會變得那麼多疑而暴躁。如今阿柔昆結也將遠嫁異鄉，難保她的性子不會轉變。」

李具列道：「可汗也知道讓女兒孤身遠嫁他國，不免受人欺凌，因此這回可汗將派自己的親兄弟禿突佳護送阿柔昆結出嫁，並令其留在東魏常住，以守護昆結。」

羅欽點點頭，說道：「這樣很好。昆結有叔叔禿突佳在身邊，想必能減少許多孤單恐懼。」望向大長老，說道：「倘若大長老認為我適合擔任昆結的隨行巫者，我當然願意陪伴阿柔昆結遠嫁東魏，盡力保護昆結。」

大長老點點頭，說道：「甚好。那麼你便快些跟李將軍回去可汗大營吧！最好今日就出發。」羅欽答應了。

大長老又對李具列道：「天色還早，李將軍趁著日光充足，早早出發吧！」

李具列望望天色，說道：「大長老說得是。我這就去吩咐手下，立即出發。羅欽薩滿，你吃過了麼？」

羅欽道：「尚未。」

大長老道：「別忙著吃食了，途中吃些乾糧充飢便是。羅欽，你快快收拾好了，早些上路吧！」

羅欽對大長老如此催促甚感古怪，瞥見他神色間似乎暗藏憂慮，忍不住問道：「大長老，事情當真這麼急麼？我當真得立即出發？我想和多它和岩瑪薩滿道別啊！」

大長老搖頭道：「他們都在魂磊山頂的神壇，忙著準備數日後的石生大典。你不必去跟他們道別了，快快收拾好衣物，趕緊跟李將軍出發吧！」

羅欽只能答應，向大長老拜別，出了石屋。

六子默默觀望一切，見羅欽神色憂鬱不快，便問道：「你為甚麼不高興？因為不想離開魂磊村麼？」

羅欽苦著臉道：「我確實不想離開磈磊村，也不想陪阿柔昆結去南方，嫁給甚麼大丞相。你不記得麼？上回我們送她的姊姊去嫁給西魏皇帝，一切都糟糕至極，最後她還死去了。」

六子道：「你別想那麼多了。這回可汗答應多派人手去保護昆結，情況應當不會那麼糟吧？況且你離開磈磊村，正好可以試著尋找你的額祈葛。」

羅欽嘆了口氣，說道：「那也是。但我必須陪在阿柔昆結身邊保護她，也不能四處去尋找我的額祈葛。」

六子道：「不要緊。等昆結在南方安頓下來後，我可以到處走走，幫你探問尋找。」

羅欽心想：「六子外表是隻狗兒，不致引人注意，到處走走應是不妨。」於是點點頭，說道：「那就先多謝你了。但我們的第一要務是保護好阿柔昆結，絕不能讓她和她姊姊一般受人傷害。尋找我的額祈葛，還是其次。」

六子道：「我理會得。」

羅欽看了看牠，說道：「你一身赤色的毛皮，金色的雙眼，太過顯眼。外頭的狗兒不是這樣的，我怕人見到你，心中起疑。」

六子問道：「一般的狗兒是甚麼樣子的？」

羅欽上回去長安時，曾在皇宮中見過幾頭狗子，說道：「你記得我們在長安見過的狗麼？有的黃色，有的黑色，耳朵是垂下的，眼睛是棕色的。」

六子抖抖身子，忽然變成一頭黑色狗兒，四隻腳是棕色的，雙耳下垂，眼瞳是深棕色，眼睛上方還有兩粒棕色的圓點，看來便如一頭尋常的狗兒一般。

羅欽笑了，讚道：「沒想到你還會變身！你不但懂得藏心術、隱身法，還會變身術！我看你比甚麼神獸都厲害呀。」

六子甚是得意，在原地繞了一圈，說道：「怎麼樣，我的外表跟南方那些狗兒一模一樣，是不是？」

羅欽笑道：「是啊！一模一樣。」伸手摸摸牠的頭，讚道：「好狗兒！」六子高興地猛搖尾巴。

隨後羅欽回到石屋，見多它不在屋中，想起大長老說所有薩滿和巫童都在磈磊山上為石生大典做準備，不禁甚感空虛。上回他離開時，是多它替他收拾的包袱；那回她只替他帶上幾件夏秋的袍褲，並未帶上冬天的厚衣，顯然預言他很快就會回來。這回他自己收拾包袱，也不知道自己會在東魏待上多久，於是將冬天的衣物全都帶上了。他從自己的床榻旁找到一塊鵝卵大的紅色寶石，想起這是岩瑪薩滿殺死火巫地萬後從她頸中取下的，回村後便交給了自己。他不知這紅寶石有何用處，隨手便收入了包袱中。

羅欽收拾完畢，去大長老的石屋拜別時，發現大長老並不在屋中，多半也已去磈磊山頂了。放眼望去，但見村中一片空虛，所有薩滿和巫童都不見影蹤，顯得好生空曠淒涼。

羅欽霎時感到一陣詭異的孤獨，在村中信步閒逛了一圈。六子跟在他的腳邊，說道：「你的村子裡有點兒不對勁。但是有甚麼不對勁，我也說不上來。」

羅欽勉強壓下心頭的不安，說道：「魄磊村有歷代巫者的法力護祐，還有大長老、岩瑪薩滿等巫術高強的薩滿守衛，應當不會有事的。」

他聽見李具列將軍呼喚手下備馬，便趕緊來到村口，騎上李具列給他準備的馬，讓六子坐在自己鞍前，跟隨李具列一行人離開了魄磊村。

他當然不知道，這是他此生最後一次見到自幼生長的魄磊村了。

一路無話。羅欽和六子隨著李具列來到了阿那瓌可汗大帳，拜見過可汗和可賀敦後，便去見阿柔昆結。這一切都和兩年前去見阿郁昆結時差相彷彿，羅欽只覺如在夢中。阿柔昆結這時也長大了，出落得亭亭玉立，比姊姊當年似乎更加端莊持重；但她較年幼時嚴肅得多，臉上幾乎沒有笑容，和羅欽短短敘舊幾句之後，便請他出去了，似乎童年時的情誼已灰飛湮滅，不復存在。羅欽甚感失落，但想兩人年紀都大了，原本也不能像兒時那般親密笑鬧；又想當年送阿郁南下和親時，自己與她太過親近，或許因而令她對己生起怪責怨恨。阿柔此時待己不假辭色，或許原該如此，才不致犯下同樣的錯誤。

不一日，東魏大丞相高歡派遣的使者來到了阿那瓌可汗的大帳，致送厚禮，迎娶阿柔昆結，禮數周到鄭重，令阿那瓌可汗十分滿意。

羅欽跟著柔然使節團離開大帳，往南行去。這回有可汗的胞弟禿突佳隨行，柔然派出的使團陣仗又自不同；除了隨行的護衛比阿郁那時多出兩倍之外，侍女、僕婦和廚子也多達一千五百人，甚至將禿突佳夫婦和阿柔昆結平日居住的牛皮營帳都帶上了。

一行人穿過大草原，進入東魏境內，前往大丞相府所在的晉陽城。魏國的國都原在洛陽，但在大丞相高歡掌權之後，便挾持十一歲的皇帝元善見遷都於鄴，建立和西魏相對的東魏，自己的大丞相府則位於離鄴不遠的晉陽城。

晉陽城牆雖高厚，但遠遠不如西魏都城長安壯觀。上回羅欽帶著六子去長安時，羅欽不具巫術，六子也從未展露半神獸的法力；這回一巫一獸來到晉陽這中土大城，都比上回多了幾分經驗，不似往年那般只懂得好奇地東張西望，而是專注觀察城中的人物。他們發現城中有鮮卑人、匈奴人、漢人等，也有柔然、高車、吐谷渾族人，各自容貌穿著都不相同，市容熙攘，不同種族之人同居一城，看來相處頗為融洽。

六子嘖嘖稱奇，對羅欽道：「我在金門山時，從不知道天下竟有這麼多人，而且每個人都長得不一樣！」

羅欽也甚感好奇，說道：「這些人長相不同、語言不通，不知如何同住一城，和平相處？要換成是我，連問個路都不行，想必無法在這兒生活。」

六子奇道：「你不懂得他們的言語？」

羅欽搖頭道：「我說的是柔然語，他們說的可能是鮮卑語，也可能是漢語，我們彼此聽不懂對方的言語。」

六子笑道：「人當真奇怪，為何要有這麼多不同的言語？我們神獸就只有一種言語，不管是住在哪座山上、哪條江裡、哪片海裡的神獸，相隔多遠，彼此都能溝通。」

羅欽笑道：「人不如神獸，那是無可置疑的。但神獸數目越來越少，人的數目卻越來越多。」

六子聳聳肩道：「多又有甚麼用？人懂得繁衍，我們神獸若懂得繁衍，一定比人還要多。」

羅欽不禁好奇，說道：「天犬說過，神獸不能繁衍，因此世間只有你一個半神獸。如此說來，天犬終於發現了神獸繁衍的祕密，是不是？」

六子點頭道：「是啊！天犬發現了這個祕密，才創造出了我們六兄弟。但牠並沒有把這個祕密告訴任何其他神獸，也沒有告訴我。」

羅欽嘆息道：「多麼可惜！要是神獸也能夠繁衍，世間就會有很多神獸啦！」

六子卻搖頭道：「神獸多，難道就一定是好事麼？要是世間有幾千隻五色鳥，對巫者、神獸或人來說，都沒有好處。」

羅欽無言以對，只好改變話題，說道：「我打定主意了，這回我既然來到了東魏，就該學會這兒的語言，好跟這兒的人溝通。」

六子舔舔爪子，說道：「你學吧，我跟你一塊兒學。」

卻說大丞相高歡派遣世子高澄迎接柔然使團入城，在自己所居宮殿迎娶柔然公主。高歡自封為渤海王，因此為公主上尊號為渤海王妃，魏國人都稱她「蠕蠕公主」。許多年前，北魏太武帝拓跋燾曾與柔然為敵，他取笑柔然的戰士如同蟲子一般蠕蠕而動，因此蓄意以「蠕蠕」蔑稱柔然。柔然諸人不知道其中分別，聽他們稱阿柔為「蠕蠕公主」，只道鮮卑人不懂得如何說「柔然」，說成了「蠕蠕」，因此並未反對「蠕蠕公主」這個稱號。

蠕蠕公主的侍女、僕婦、廚子等跟隨公主居於王宮之中，高歡另在城中安排了禿突佳的住處，羅欽身為柔然巫者，因是男子不宜入宮，是以被安排與禿突佳住在一處。

安頓下來後，禿突佳和羅欽來到蠕蠕公主的居處拜見，但見公主的居處寬敞開闊，裝飾精緻華麗，可見大丞相十分用心，對新婚妻子蠕蠕公主頗為尊重。

禿突佳甚是滿意，告誡阿柔道：「阿柔昆結，妳當尊奉妳父汗的旨意，用心侍奉渤海王大丞相。等可汗的外孫出生了，才可返國。知道麼？」

蠕蠕公主神色毅然，咬著嘴唇，點了點頭。羅欽見阿柔被迫嫁給一個五十歲的老年人，心中甚感不忍，但這是可汗的決定，誰也無法改變。

東魏之人都已聽聞郁久閭皇后嫁入西魏皇室後發生諸般慘事；乙弗皇后不但后位遭廢，還被迫落髮出家，放逐離京，最後更慘遭賜死，可以想見那位來自柔然的郁久閭皇后有多麼強橫毒辣。此時眾人眼見郁久閭皇后的親妹妹嫁給了大丞相，都不免心存戒備，等著看她如何興風作浪。

然而眾人也知道，高歡的元配婁昭君年高德卲，深受人民愛戴；即使蠕蠕公主想跟她鬥，也絕對鬥不過她。婁昭君乃是鮮卑貴族之女，年輕時聰明貌美，很多豪族都想聘娶她為妻，她卻親自挑選了貧窮落拓的高歡，堅持要嫁給他。果然，她慧眼識英雄，高歡在她的輔助之下，很快便成為一方霸主，最終更升為大丞相、渤海王，挾天子以令天下。婁昭君寬宏大度，容忍高歡擁有多位妾婦，毫不嫉妒，並對高歡所有的兒子都疼愛非常，視如己出，絕不排擠；她為人高潔爽快，處事果斷，愛惜將士，因此王府士卒和東魏臣民都對她衷心敬佩，深感恩德。這位王妃在東魏的崇高地位，顯然不是一個十幾歲的蠕蠕公主所能取代的。

只不過蠕蠕公主性情溫和內斂，並不似郁久閭皇后那般暴躁善妒。不出數月，東魏諸人都知道這位年方十六歲的公主嚴毅安靜，即使嫁給了高歡，定居晉陽，卻始終不肯說華言，只說柔然語。她不但不多言，也不多事；獨居於王宮之中，除了時時去宮中的射宮練習射箭之外，連宮門都不出，完全不問世事，東魏諸人見這位柔然公主不似郁久閭皇后那般凶悍霸道，這才放下了心。

在蠕蠕公主嫁入東魏的那個冬天，大丞高歡生了場病，有一個月未能去蠕蠕公主的住所。禿突佳得知之後，大為惱怒，親自來到丞相府，直接向高歡抱怨，質問他為何冷落了公主。

高歡聽了，皺起眉頭，心想：「我都這把年紀了，在東魏何等地位，還要花工夫去討好一個柔然來的小女娃兒！」但他想起阿那瓌可汗因聽聞長女郁久閭皇后失寵，竟舉兵出征西魏，弄得宇文泰焦頭爛額，不得不賜死廢皇后乙弗氏的前事，也只能盡力安撫禿突佳，說道：「本王實是病得太重，才無法造訪公主。不如這樣吧，請問公主人在何處？我這就去見她。」

禿突佳回答道：「蠕蠕公主現在射堂。」

於是高歡讓隨從以軟轎抬著他去射堂，陪伴了公主一整日，對她說了不少好話，禿突佳才滿意了。

即使有叔叔禿突佳的主動介入，然而可能因高歡年齡太大，國事太忙，蠕蠕公主始終未能成孕。她自己並不著急，禿突佳卻感到自己有負兄長阿那瓌可汗的託付，對此焦慮著急不已。

和蠕蠕公主的閉關自守相反，羅欽在晉陽住下來後，第一件事便是換下薩滿服飾，穿上城中一般人的服裝，在城中各處探索。他上回跟隨阿郁昆結嫁入長安時，年紀尚輕，又不具巫術，雖在長安城中住了一段時日，卻連皇宮也沒出過，只熟悉自己居住的薩滿廟和阿郁昆結住的瑤華殿等地，如同從未去過長安城一般；這回他來到晉陽，人已成熟得多，懂得觀察學習，也懂得以巫術窺探晉陽這個陌生的異國城市。

晉陽處於由鮮卑人建立的東魏境內，有許多北方胡族雜居於此，然而這兒原是漢人之地，漢人仍居多數，城中之人大多以漢語彼此溝通。四十多年之前，北魏孝文帝推行全面漢化，勒令身處南方的所有鮮卑人都須改說漢語，改著漢服，因此大部分的鮮卑人都已通曉漢語。

此外，羅欽留意到，相較於地力貧乏的西魏，東魏顯然富裕得多；但東魏仍保留鮮卑人粗獷的傳統，雖已全面漢化，卻十分看不起真正的漢人，尤其血統上是漢人者，如高歡家族，更是努力模仿維持鮮卑人的習俗，視漢人傳統禮數如敝屣。

羅欽靠著傳譯替自己在城中打聽過後，聘請了一位先生來教自己漢語，閒暇時便帶著六子在晉陽城的大街上閒逛，聆聽人們如何交談，觀看人們買賣講價、談天說地，大感興味。他往往坐在酒館茶肆之中，傾聽其他客人談話，暗暗記憶，偶爾也試著跟店伙計、小二攀談，漢語漸漸流利起來。

六子提起過要幫他尋找他的生父，然而一人一犬都不知該從何尋起，只好作罷。羅欽自然也想起了自己多年來在夢中不斷見到的沈家子女，有心去尋找他們，看看他們是不是真實存在的人物。但他知道沈宅位於洛陽城，打聽後離晉陽甚遠，於是便打消了這個念頭，只繼續做著關於沈家子女的夢。

第五部 逆境求存

洛陽城東西，長作經時別。
昔去雪如花，今來花如雪

——〈別詩〉，南梁・范雲

第三十三章　奔喪

卻說北魏建明二年，爾朱兆方於晉陽三級寺殺死孝莊帝元子攸，另立元曄為帝；此時離東西魏分裂尚有四年。

卻說沈綾在建康得聞父兄遇難的噩耗，拜別了二叔和洪掌櫃後，便跟隨喬五和于叟匆匆啟程北上。途中沈綾向喬五和于叟詢問父兄遭難之情，兩人當時都跟著大娘沈雁去了橫波渡口，親眼見到主人和大郎的屍身。喬五一想起當時情景，便痛哭不止；倒是于叟是個粗人，看多了生老病死，反而頗為鎮定，有條不紊地敘說了那日之事：趕驢車的許叟於清晨來家中報信，主母聞訊昏厥，大娘沉穩鎮定，率領冉管事和僕役、車夫等去往橫波渡口；渡口旁荒涼的草灘上車貨狼藉，屍橫遍地；官差敷衍了事，大娘堅持立即將所有屍身運回沈宅，冉管事趕去慈孝里，不得不出重金聘請仵作、搶購棺木等情。

沈綾聽得又是驚懼，又是疑惑；他暗中得知父兄都懂得武術，但聽他們竟遭盜匪所殺，大感無法置信，難以想像他們竟能輕易被盜賊殺死。他也驚詫於大姊的鎮定和膽量，他所知的大姊美貌過人，高傲矜持，卻怎麼也想不到大姊竟有勇氣親自去替父兄收屍，並且堅持命冉管事將父兄和伙計們的遺體運回沈宅。

由於兩年前，梁帝蕭衍曾出兵相助元顥攻破洛陽，奪取皇位，此後南梁北魏兵戎相見，公開對峙；沈綾當年與父兄南下的徐州、武州通道已然關閉，喬五和于叟南下時走的是一條少為人知的捷徑，沿蔡水南下，接至穎水，經由北揚州狹窄的山路進入南梁境內。這條小道因狹窄崎嶇，因此並無官兵看守，一行人北歸時走的也是這條捷徑。

沈綾和喬五、于叟三人在旅途中草草過了年；正月十四午後，沈綾終於回到了洛陽城阜財里的沈家大宅。這時大年剛過，昔日每逢過年過節，家中總是掛滿金燈銀飾、大紅春聯，耀目生輝，此時映入眼簾的，卻淨是白幔輓聯，招魂幡在凜冽的寒風中飄揚，一片肅穆淒慘。

沈綾跨入大門，便見一人站在廳口等候，竟是長姊沈雁！她一身雪白孝服，身形削瘦，面容憔悴。沈綾見了大姊形銷骨立的模樣，甚感震驚，快奔上前，跪倒在地，泣喚道：「大姊！」

沈雁神色疲憊中帶著深沉的哀傷，她扶弟弟起身，說道：「綾弟，你回來了就好。來，我們先去看阿爺和大兄。」領沈綾來到大廳上，只見兩具棺木並列廳中，棺蓋尚未闔上。沈綾快步上前，低頭望向棺中父親和大兄蒼白僵硬的臉面，想起三年前父兄送自己去建康，兩人還好端端、活生生地談笑風生；這時卻靜躺棺中，生死永隔，忍不住扶棺跪倒在地，痛哭失聲。

此時冉管事領著家中數十名役從僕婦，包括喬五夫婦、車夫于叟、禿頭李叟、賀嫂母女等，都已來到大廳外，垂手而立，望著沈綾在主人和大郎的棺木前慟哭哀悼，許多在家裡服侍多年的奴僕都再次掉下淚來。

沈雁等沈綾收淚之後，才輕聲道：「綾弟，我們去裡邊說話。」領著他來到自己飛雁居的外廳，關上房門，讓沈綾在几旁坐下，自己在他對面坐了，凝望著他，緩緩說道：「綾弟，你可知我為何派人接你回來？」

沈綾哽咽道：「阿爺、大兄不幸遭難，大姊想必希望我回來，幫助主母和姊妹共度難關。」

沈雁哀然一笑，說道：「你能想到家中難關，我十分欣慰。我讓你回來，其實有兩個原因。」她神色轉為嚴肅，續道：「第一，如今你是沈家唯一的男子，雖是庶出，卻是沈家財產的繼承人之一。」

沈綾一怔，說道：「大姊，我是庶子，怎能繼承沈家家業？」

沈雁搖手道：「我已親自查問清楚了，根據大魏律法，在無嫡子的情況下，庶子和女兒便擁有同等地位，皆有資格繼承家業。」

沈綾更是一驚，說道：「當真？我……我可半點不知。」

沈雁嘆了口氣，說道：「然而不瞞你說，所謂沈家家業，如今也並非何等值得爭取之物了。我老實跟你說吧，沈家的家產和『沈緞』的產業，如今百分已不剩下一分了。兵亂之後，『沈緞』生意一落千丈；此外，阿爺和大兄蒐集了家中珍寶，又帶了大批絲綢存貨南下，這些財物也在橫波渡口全數遭劫，一掃而空。如今我們沈家除了桑園、絲坊之外，可是一無所有了。」

沈綾更是驚詫，脫口道：「怎會如此？」

沈雁難掩憂愁氣憤，咬牙道：「皇室傾軋，洛陽兵難，這都是原因。然而最大的原因，則是阿爺信錯了人，打錯了主意。當此時候，他不該身懷巨款、珍寶和貨物匆匆南下，如今世道混亂，途中遭匪打劫，防不勝防。」

沈綾不知該說甚麼，想了想，說道：「阿爺帶大兄和我去南方時，在建康左近購置了不少產業。」

沈雁點頭道：「不錯，這就是我讓你回來的第二個原因。我需要知道，阿爺在建康購置了多少產業？每年能夠生產多少絲綢？南方舖頭售量幾多，主顧如何？阿爺帶了多少錢財去南方，此刻還剩多少？」

沈綾日日跟在洪掌櫃身邊，對南方「沈緞」的財務瞭若指掌，當下取出洪掌櫃交給他帶回的帳本，攤在几上給大姊看，並向她報告這些年來南方「沈緞」的經營情況。

沈雁一邊低頭查閱帳本，一邊傾聽沈綾的敘述，又問了不少細節，最後點頭道：「情況比我想像中好上許多。我們北邊的生意，唉，眼看是不行的了！三年前爾朱氏入城溺殺太后和小皇帝，兩千多名王公卿士和朝臣喪命河陰；兩年前南梁皇帝又派軍攻入洛陽城，皇帝落荒而逃，城中貴族官員、富商平民也紛紛離城逃難。去年皇帝誅殺爾朱榮，年底爾朱氏攻入城中，絞死皇帝，更大肆劫掠……我們在洛陽城中的舊主顧，不是死了，便是逃了。如今爾朱氏再度掌權，又擁立了一個新皇帝，情勢仍極不穩定。唉，眼下亂局，真不知將持續多久？」

沈綾忍不住問道：「大姊，那我們該如何才是？」

沈雁低下頭，說道：「阿爺和大兄原本計畫攜帶所有錢財存貨，舉家遷往南方，但因阿娘和外祖父母身子不好，便決定先行南下，讓我們先去澠池避難，誰知……誰知……」想起父兄慘死，忍不住掉下淚來。她吸了口氣，抹去眼淚，說道：「總之，我們先將阿爺和大兄的喪事辦完了再說。小弟，你安心住下，我會跟奴僕們說，以後必須稱呼你『二郎』。從今以後，你就是沈家名義上的家主了。」

沈綾甚感惶恐，說道：「大姊，這怎麼成？我今年也只有十三歲，如何能擔任沈家家主？況且家中還有主母，還有妳啊！」

沈雁輕嘆一聲，露出苦笑，說道：「阿娘病得不輕，整日昏迷不醒，連喪事都無法主理。至於我，你該知道，河陰之變後，我的婚事便擱置了。老實說，我此生已無所眷戀，一心皈依佛門，出家為尼。然而家中多事，我自不能一走了之，只能暫且留在家中，待諸事安頓妥當後，再做打算。我身為沈家長女，該做的事，自當盡心做好，此外我別無他求。」

沈綾聽她說婚事「擱置」，事實上盧家五郎多半已死於河陰一役；就算盧五郎未曾死去，盧氏舉族受創極重，自顧不暇，這婚事是如何也不會成了。他想起五年之前，沈雁剛剛定親未久，全身上下洋溢著濃郁的驕傲和喜悅；如今她一身縞素，臉頰蒼白瘦削，更看不出之前那個美貌動人、春風得意的沈家大娘影子。沈綾想到此處，心頭一痛，不禁愴然淚下，哽咽道：「大姊！妳受苦了。」

沈雁望向窗外，神色落寞，淡淡地道：「整個洛陽城裡，受苦的當不止我一人。」

沈綾一直掛念著妹妹沈雒，於是問道：「小妹還好麼？」

沈雁搖搖頭，神色又是氣惱，又是擔憂，說道：「她麼？很不好。」

沈綾一驚，忙問：「怎地不好？她病了麼？」

沈雁搖頭道：「不，她沒病。只是她的樣子很不對勁，阿娘臥病不起，她卻不聞不問；阿爺和大兄出事，她也好似不知不覺一般，整日躲在蠶舍中，望著蠶兒發呆，睡也不睡，吃也不吃。」

沈綾皺眉道：「是否因為阿爺大兄出事，她受到的衝擊太大，難以承受，只能將自己封閉起來？」

沈雁伸手撫著額頭，閉上眼睛，說道：「我不知道！我實在沒工夫管她，家中事情千頭萬緒，阿爺大兄的喪事，阿娘和外祖父母的病情，『沈緞』的虧空，家人和伙計的開銷，家裡的錢早已不夠用了！我整天煩惱著這些事情，哪有餘裕去理會小妹在想些甚麼？」

沈綾見她神色焦慮逾恆，只能勉強安慰，說道：「大姊，小妹的事情交給我。家裡和絲鋪的事情，也讓我來替妳分擔。洪掌櫃讓我從南方帶了筆錢回來，為數不多，但或許能幫家裡度過難關，撐上一段時日。」

沈雁眼睛一亮，忙問道：「你帶了多少回來？」

沈綾道：「三萬兩。」

沈雁臉露喜色，大大鬆了口氣，說道：「這可太好了！至少我們能將喪事順利辦了，這個月的工錢也能勉強應付。當此危機時刻，我相信阿爺絕不願意辭退家中奴僕和鋪頭伙計，我們總得撐過這段時日再說。」

沈綾問道：「我聽洪大掌櫃說，他離開洛陽前，總鋪應當存有至少上百萬銀子，怎會不夠？」

沈雁長長嘆了口氣，說道：「這也是阿爺未曾料想到的。他將『沈緞』大部分的錢財都寄存在胡氏糧莊，而這些錢財竟全被胡三強佔了去，拒絕歸還。阿爺離開前，讓胡三還了十萬兩銀子，而胡三答應阿爺在十日之內，多歸還二十萬銀子給娘，但至今一個錢子也沒有。因此我們這九十萬兩就如扔入洛水中一般，一去無回。」

沈綾大為惱怒，高聲道：「這胡三怎能如此不守信用？主母可去向他討過債麼？」

沈雁嘆息道：「阿娘身子不適，無法出門，於是派了冉管事和李大掌櫃一同去胡家討債，但卻被胡三一口回絕，說甚麼阿爺已經去找過他，將一百多萬兩全都取出了，胡氏糧莊已不欠沈家一文錢。偏偏阿爺當時走得急，也沒讓胡三寫張紙據。阿娘得知後大怒，但手中確實沒有憑據，爭不過胡三，此後病勢便更加沉重了。」

沈綾怒道：「這胡三太過分了！難道就沒有別的辦法了麼？」

沈雁黯然搖頭，說道：「我是個年輕女子，你的年紀更幼小，我們倆若跑去胡家理論，絕對討不了好去。胡三連阿娘派去的冉管事和李大掌櫃都不給面子了，又怎會理睬我們？」

沈綾不知能說甚麼，靜默下來。姊弟倆坐在沈雁的飛雁居外廳中，相對而望，默然無語，心中都滿是消沉絕望。

良久後，沈雁嘆了口氣，說道：「你回來了就好。早些休息吧。」

沈綾道：「我該去拜見主母，向主母問安。」

沈雁神色間滿是憂愁煩惱，說道：「基於禮數，你自然該去一下，但阿娘絕對不想見你，我也不曾告訴她我派人去南方接了你回來。她病得很重，已有幾個月沒下過榻了。你在她門外拜見問候便是。」

沈綾道：「是，我這就去。」

他來到父親往年所居的鳳凰臺，但覺四處飄溢著濃郁的藥味，瀰漫著一股難言的深沉鬱悶。沈綾在門外跪倒，說道：「小子沈綾從南方歸來，特來拜見主母，向主母問安。」開門的是嵇嫂，她低頭望向沈綾，神色冷漠中帶著幾分惱怒，只冷冷地道：「主母正歇息著，問安可以免了。」

沈綾問道：「嵇嫂，敢問主母身子康健？」

嵇嫂「哼」了一聲，說道：「不好也不壞。你往後別再來這兒了！」自言自語道：「有這豎子在宅中一日，她便一日不會好起來！」說著便重重地關上房門，將沈綾拒於門外。

沈綾原本就不大敢與羅氏照面，聽說她不肯見自己，倒也鬆了一口氣，趕緊離去，打算去桑園尋找小妹。

羅氏在臥室病榻之上，聽見關門之聲，微微睜眼，虛弱地問道：「是誰？」稆嫂走入臥房中，忙著收拾藥碗，並不回答。羅氏又問道：「妳剛才為何關門？是誰來了？」

稆嫂只好回答道：「娘子，是那豎子。他今日回到家了。」

羅氏聽了，心口如遭重鎚猛擊般，頓時感到眼前發黑，全身虛弱難當，怒道：「他……是誰讓他回來的？」

稆嫂不敢回答，望向陸婇兒。陸婇兒自沈拓和沈維出事後，便整日以淚洗面，悲痛消沉，豐潤的身形削瘦了許多，月圓臉上不再帶笑。她穿著一身素色熟布，那是屬於五服中最輕的喪服「緦麻」，乃晚輩為族伯父母、族兄弟姊妹服喪時所著，喪期三月。陸婇兒原本要求穿著五服中的「小功」，那是為堂伯叔父母、從堂兄弟服喪所著，喪期五月；但冉管事不同意，認為陸婇兒論身分乃是沈宅婢女，論親疏最多不過是羅氏的遠房甥女，並不能著「小功」，因此只讓她服「緦麻」；但陸婇兒仍堅持在左衣袖戴上孝布，那是為男性親屬服喪時所用。

這時她見姨母望向自己，便回答道：「姨母，這是大娘的主張。她說她一個人獨木難支，一定要接那小子回家，好有個商量。於是她寫信去南方，又派了喬五和于叟去接他回來，人才剛剛進家門哪。」

羅氏怒得半坐起身，一邊咳嗽，一邊怒罵道：「雁兒這女娃，竟敢如此不聽話！我交代她多少次了，不准讓那小子進入家門，她卻主動派人去接他回來！這不是將我們沈家的產業拱手送人麼？絕對不成！」

嵇嫂趕忙上前扶她，安撫道：「娘子，您還在病中，不好勞心動氣。先安心養好了病，等身子恢復過來再說。」

羅氏喘息不語。嵇嫂端了藥碗出去後，陸婇兒關上房門，低聲道：「姨母，大娘派人去接回那人的事情，我老早便有耳聞；只是因您這陣子病得不輕，我怕您憂心，因此不敢跟您提起。」

羅氏大為惱怒，斥道：「婇兒，我還道妳最明白我的心思，這麼大的事情，怎能瞞著我？」

陸婇兒安慰道：「姨母請別憂心。我們既曾對付過他一回，便能再對付他一回。我們先瞧瞧他打算玩些甚麼把戲，再下手收拾他不遲。」

羅氏聽了，稍稍寬心，點了點頭。她重新躺倒在榻上，雙眼直盯著屋頂，再也無法閉上，埋怨道：「那黑衣術士江淼的法術不靈！我給了他五千兩銀子，他卻沒能永遠趕走那小子！我得找他來問罪！」

陸婇兒道：「依我瞧，當初他的咒術還是管用的。姨母才跟那術士做出約定，不過半個月，姨父便決定帶那小子南下建康定居，一去三年不歸。這不說明他的巫術有效麼？不然天下哪有這麼巧的事兒？」

羅氏道：「這話是不錯，然而此刻為何又不靈了？」

陸婇兒道：「莫非因為姨父和大郎出事，家中變卦太大，他的咒術才失靈了？」

羅氏沉吟道：「倘若如此，我們是否該去找他，請他再次施咒？這回我要他下更重的咒術，定要將那小子趕得遠遠的，一輩子都無法回到洛陽！但是……但是他的咒術倘若無用，又該如何？唉，我這病體支離，行將就木，如何能跟那小子相鬥？尤其雁兒又站在他那邊！哼，雛兒也是，從小就老是迴護於他。我生了這兩個女兒，卻都不聽我的話，連守衛自己的財產都不懂得，當真無用！」

陸婇兒感嘆道：「姨母！二娘年幼天真，那也罷了。我倒是真正料想不到，竟然連大娘都迴護那小子！大娘在這件事上，可是大錯特錯。我原本以為大娘聰明剔透，沒想到在那小子的事上，她竟如此糊塗！」

羅氏越想越怒，喃喃道：「如今妳姨父和大表哥都不在了，雁兒和雛兒又不聽話，我該如何管住那個小子呢？」

陸婇兒道：「姨母，您可忘了一個人哪。」

羅氏忙問：「誰？」

陸婇兒道：「當然是孫姑啊！她是姨父的親阿姊，一定會盡力幫助您守護沈家財產的。」

羅氏聽了，眼睛一亮，說道：「孫姑！是了，孫姑向來厭惡那小子，她一定會幫我的！」問道：「家中出事後，孫姑一家來過麼？」

陸採兒搖頭道：「沒見他們來過。」

羅氏微微皺眉，說道：「之前他們一家出城避難了，莫非尚未回來？倘若回到城中，定會聽聞沈家出事；自己的親兄弟，孫姑怎會不來弔唁慰問？一定是還沒回來。」於是吩咐道：「明日妳去孫家探問探問，看他們回來沒有。要是回來了，請孫姑盡快來家中見我。」

陸婇兒點頭道：「是，姨母。我理會得。」問道：「那位術士呢？姨母要我去找他麼？」

羅氏想了想，搖頭道：「暫且莫去。待我想想再說。」

沈宅蠶舍之中，二娘沈雒獨自蹲在火爐之旁，望著一竹盤的蠶兒。

沈綾悄悄推開門，進入蠶舍中，見賀嫂不在，只有小妹一人，便喚道：「小妹！」

沈雒並不抬頭，也不回答，仍舊靜靜望著蠶兒，不知是沒聽見，還是聽見了，卻不肯回答。

沈綾來到她身旁，望向她的臉面；兩年多不見，沈雒長大了許多，如今已是個十二歲的女孩兒了，臉上稚氣褪去，面容跟大姊沈雁越來越相似，清秀脫俗，眉目間更透著一股難言的英氣。沈綾想起這兩年多來跟她的通信，她信中一字一句流露的關懷想念，心頭一熱，低聲道：「小妹，我回來啦。」

沈雒靜了一陣，才淡淡地道：「我知道你回來了。」

沈綾蹲在她身邊，望著她的側面和長長的睫毛，問道：「妳還好麼？」

沈雒側過頭，眼睛仍盯在蠶兒身上，說道：「蠶兒好，我就好。」

沈綾望向蠶兒，問道：「那麼今年的蠶兒好麼？」

沈雒嘆了口氣，搖頭道：「不好。我們沈家的運道總跟蠶兒連結在一起。蠶兒好了，我們一整年的絲綢就好，生意就旺，財源就廣。如今這批蠶兒，顏色大小都不好，之前病死了四分之一，其餘的大多瘦小乾黃。我早在去年就知道，今年是咱們沈家很不好的一年。」

沈綾自不相信這等迷信之詞，為了安慰妹妹，說道：「阿爺和大兄出事，主母生病，我們沈家今年確實不好得很。然而還有大姊、妳和我啊！我們三人一定要振作起來，才能讓沈家的厄運轉為好運。」

沈雒再次搖頭，說道：「大姊的婚事不成，她是好不起來的了。至於你，阿娘一心趕你出門，不讓你繼承沈家財產，你也好不到哪兒去。而我呢，就算我一個人好，又有甚麼用？」

沈綾沒想到她會說出這番話來，心想：「小妹一點兒也不稚氣，也不是不懂事。家裡的事情她都清楚得很，只是她年紀太小，無能為力，因此將自己關在蠶舍裡面，盡量不聞不問。」

他嘆了口氣，說道：「小妹，話不是這麼說。大姊派人接我回家，便是希望我助她撐持家業。就算我不能繼承家產，也該為沈家盡一份力。更何況大姊也振作起來了，她一心整頓『沈緞』，忙得焦頭爛額，我和大姊都很需要妳幫忙啊！」

沈雒卻不為所動，仍舊望著蠶兒，說道：「大姊是因為婚事落空，太過悲痛，才將心思都放在『沈緞』之上，一旦危機過去，她便會失去活下去的動力了；而你，你是鬥不過阿娘的。她可以捨棄一切，目的就是要把你趕出沈家。如今阿爺過身，再也沒有人能阻止她；加上大兄也去了，娘更是橫了心，無論如何都要將你趕走。不管你為沈家盡多少力，補足多少虧空，都不會有人感激你，娘也絕對不會讓你成為沈家的一員，繼承任何家產。」

沈綾聽她說起羅氏的決心和絲舖的虧空，心頭一震，暗想：「小妹整日待在蠶舍中，怎會知道這許多？」他靜了一陣，說道：「妳說得沒錯，主母絕不會讓我繼承家產。但我留在家中並非為了爭奪財產，而是為了幫助大姊和妳。不管主母是否領情，我都將盡力而為。」

沈雒終於側過頭望向小兒，眼神銳利地問道：「為甚麼？」

沈綾吸了口氣，說道：「為甚麼？因為我是沈家之子啊！阿爺大兄待我恩情深厚，大姊往年亦曾迴護於我，如今也對我信任有加。而妳……妳素來都待我極好。此刻家中出事，我當然不能撒手不管。」

沈雒凝望著他，眼神清澈，似乎想看穿他真正的意圖。

沈綾被她看得十分不自在，轉開話題，說道：「小妹，別說我的事了。我來找妳，是想看看妳如何了。妳整天待在蠶舍裡，讓大姊擔心得很，對妳的身子也不好。不如，來鋪頭幫幫大姊和我的忙，好麼？」

沈雒緩緩搖頭，說道：「絲鋪的事情，我一點兒也不懂。我只懂得蠶兒。我留在這兒看著蠶兒，就是幫助沈家了。」

沈綾又勸了她幾句，沈雒都不為所動。

沈綾無奈，最後只能說道：「小妹，妳要留在這兒，我也不能阻止妳。但妳必須答應我，心裡不痛快時，一定要來找我，跟我說說妳在擔憂甚麼，千萬不要壓在心裡。無論如何，小兄都是世上最關心妳的人，一定會盡力幫助妳排憂解難，知道麼？」

沈雒卻彷彿沒有聽見一般，不置可否。沈綾又追問了一次，她才不情願地點了點頭。

沈綾這才嘆了口氣，離開了蠶舍。

沈綾離開蠶舍時已是傍晚，天色昏暗。他忽見門外站著一個修長纖瘦的身形，手中提著燈籠，正是賀秋。

沈綾在建康待了三年，身形長高了不少，這時已和賀秋差不多高了。他見賀秋臉上滿是憂愁之色，走上前，問道：「秋姊姊，妳好麼？」

賀秋低眉頷首，說道：「多謝二郎垂問，婢子不敢當。一切都好。」

沈綾想起她家的狀況，問道：「賀大現今如何了？」

賀秋望望蠶舍，示意兩人應當離遠一些，別讓沈雒聽見了。沈綾明白她的用意，於是跟著她走到桑林之中，找了個僻靜之處坐下。

沈綾正想開口，賀秋已開口道：「我來找二郎，是想告訴你一件非常重大的事。我阿娘去獄中探望我阿爺時，他跟我阿娘說了一件事。他說，主人和大郎遭難，很可能……很可能跟開糧莊的胡三有關。」

沈綾大驚，忙問道：「當真？妳阿爺從何得知？」

賀秋道：「我阿爺在牢獄中時，隔壁牢房關的是個盜匪，刑期已滿，就快要出獄了。他聽那盜匪說起，外邊的夥伴找他一起行動，去劫持一個車隊，說那車隊人不多，就是洛陽的富商和幾個家丁，但是帶了很多珠寶、銀錢和貨物，他們準備從小路南下赴梁，將經過穎水的橫波渡口。那盜匪還提到，可以在橫波渡口那兒埋伏偷襲。」

沈綾聞言心神震撼，他原本以為父兄是被一般在荒野流竄的劫匪所害，沒想到此事竟早有預謀！他顫聲問道：「那個盜匪……他可提到那是沈家的車隊？」

賀秋搖頭道：「他們並沒說是哪家的車隊，我阿爺人在獄中，當然也不知道主人和大郎準備祕密南下，因此聽到之時，也沒多留心。」

沈綾皺眉沉吟，說道：「那夥盜賊怎會知道阿爺和大兄南下的計畫？」

賀秋道：「主人時時出門，因此家人雖知道他準備出門，卻並不知道他將帶上十多箱金銀珠寶和絲綢，準備南下建康避禍。而且出門之前，主人和主母只對冉管事和奴僕們說道，這回是打算舉家再次去西方的澠池別苑避難。知道主人和大郎兩人打算南下的，應該只有主母和主母信任的嵇嫂、陸婇兒，以及跟主人同行的幾個奴僕。這些家人和奴僕們，都不可能出賣主人。」

沈綾點了點頭。賀秋續道：「但是我阿娘猜想，在家人之外，還有一個人知道主人打算懷財南下，那就是——胡三。主人離去前，曾去找過胡三，從他的糧莊中取出銀兩。因此主人何時出城，帶著多少錢財，胡三想必都知道。我阿爺猜想，定是胡三通知了強盜，讓他們埋伏在那個渡口，搶走了主人的財貨，殺了主人和大郎，如此他便不必歸還仍欠沈家的大筆金銀了。」

沈綾驚詫難已，不知該如何反應，問道：「妳阿娘聽聞的這些消息……妳跟其他人說過麼？跟主母、大娘說過麼？」

賀秋搖搖頭，說道：「阿娘不敢跟任何人說起此事。一來，她聽聞我阿爺的言語時，我阿爺喝得爛醉，神智不大清醒，因此她並不敢確定真偽；二來，這麼大的事情，她不能就憑阿爺在獄中聽到的幾句流言，便指控胡三乃是背後指使者。而後來主人和大郎果真在橫波渡口出事，阿娘回想起來，才醒悟那些盜賊策畫劫持的正是主人的車隊。阿娘自責不已，更加不敢說出此事，尤其我阿爺又不能出面作證……」

沈綾一驚，問道：「為何賀大不能作證？他怎麼了？」

賀秋低下頭，眼眶含淚，說道：「我阿爺他……他去年年底便失蹤了。」

沈綾更是驚訝，忙問：「他怎會失蹤了？他不是被關在獄中麼？」

賀秋道：「他當時確實是在獄中。去年年底，爾朱兆率兵入城那時，燒殺擄掠，城中一片混亂，很多衙役害怕受到波及，都躲回家中，刑獄更無人看守。後來局勢穩定下來後，他們才發現獄門大開，所有的囚犯都不見了。」

沈綾道：「囚犯們想必都趁亂逃脫了。」

賀秋點點頭，又搖搖頭，說道：「我想大部分的囚犯應是趁亂逃脫了。至於我阿爺，阿娘認為他是被人劫走的。若他逃脫了，一定會回家來見我們，但他一直未曾回家，也毫無音訊。因此阿娘認為他是身不由己，遭人劫持去了。」

沈綾皺起眉頭，說道：「誰會劫持他？」

賀秋道：「阿娘說，阿爺身為武人，往年在江湖上曾有不少仇家，一直想找他報仇。而他入獄之事牽連甚廣，主人在世時，曾盡力花錢壓了下去；主人走後，事情一定會爆發出來。因此阿娘猜想，可能有人想……可能想殺人滅口。」

沈綾越聽越驚，忍不住問道：「牽連甚廣、殺人滅口？那是甚麼意思？」

賀秋低下頭，說道：「二郎，這件事我也不清楚，只有我阿娘知道。你……你找機會去問她吧！」說完後便轉身奔去，一邊奔，一邊掩面啜泣。

沈綾滿腹懷疑，忍不住追上去，高聲叫道：「秋姊姊、秋姊姊！」但賀秋的身影已消失在桑園深處。

沈綾想著種種關於父兄之死的疑點，在夜幕低垂的桑園中呆立良久，腦中無比混亂。

此時天色已黑，沈綾感到一陣難言的疲倦襲來，心想自己也該歇息了，便來到自己往年居住的廚房邊上的隔間，推門一看，只見房裡竟堆滿了雜物，自己往年的床榻和用物都已不在了。他呆在當地，心中籌思：「我離去不過三年多，家人竟連我的屋子和床榻都曾不留下，清得一乾二淨。那我今夜該睡在哪兒？」

這時喬廚娘從廚房出來，見沈綾站在當地，也是一呆，奇道：「二郎，你在這兒做甚麼？」

沈綾指著自己的住處，說道：「回我的住處休息啊！」

喬廚娘望了一眼那間黑沉沉、堆滿雜物的隔間，滿面驚訝之色，說道：「沒人跟二郎說過麼？你這隔間老早改做雜物間了。你這次回來，該當搬到大郎往年居住的多寶閣住下，大娘已差人都收拾好了。」

沈綾一怔，說道：「大兄的多寶閣？那怎麼行？主母怎會准許？」

喬廚娘嘆了口氣，說道：「主母當然不會准許，但這是人娘吩咐的。她說大郎的多寶閣大得很，能住的房間多得是，你也不必住在大郎東廂的臥室，大娘讓人清出了二樓的北廂房供你居住，那是大郎十六歲前所居之處。來，我領你去吧。」吩咐一個廚房小奴道：「你叫上幾個人，去門房將二郎的行李搬去大郎的多寶閣。」

沈綾忙道：「我沒甚麼行李，就只有一只箱子。我自己去門房取便是。」

喬廚娘搖頭道：「不成！讓沈家二郎扛行李，這可成甚麼樣了？我們家裡養著這許多奴僕是做甚麼的？快去！」那小奴應了，快步奔去了。

喬廚娘道：「二郎，我領你去你的新住處。」

沈綾仍舊猶豫，但他此時疲累已極，無力爭辯，便跟著喬廚娘行去。

途中喬廚娘問道：「二郎，你去見過主母了麼？」

沈綾道：「去過了。嵇嫂讓我在門外拜見。」

喬廚娘問道：「可見到那個陸婇兒了麼？」

沈綾道：「沒見到。怎麼？」

喬廚娘嘆了口氣，說道：「那個婇兒哪，想必哀痛得緊。她一直幻想著能嫁給你大兄。」

沈綾一呆，想起陸婇兒那張月圓臉蛋和細細的眼睛，望向自己時充滿鄙夷的神情，問道：「她不是主母的侍女麼？」

喬廚娘道：「所以我才說是幻想啊！婇兒乃是主母遠房表妹之女，因此她始終喚主母『姨母』，也算得是你大兄的遠房表妹。她幼年就沒了父母，家道衰微，做正妻是沒得指望的，但要做個妾，那倒是有可能。」

沈綾心想：「原來陸婇兒果真在暗中戀慕著大兄，那回團圓宴上孫氏兄弟拿婇兒開玩笑，並非空穴來風。」問道：「主母可知道此事？倘若知道，可贊同麼？」

喬廚娘搖頭道：「主母對你大兄何等重視疼愛，一直想給他找個門當戶對的好親事，又最厭惡男子娶妾，怎麼可能贊同大郎娶婇兒為妾？這事兒當然是不成的。大郎顯然也對婇兒毫無興趣，但是婇兒一廂情願，聽說曾多次去找大郎，求他跟主母說想娶她為妾，但都被大郎嚴詞拒絕了。兩人為此多次口角，這事情許多奴僕都是知道的。」

沈綾想起婇兒身形矮小豐腴，圓面細眼，臉上雖總是帶著討好的笑容，心眼兒也靈巧，但終歸是個地位低下、外貌尋常的婢女，心想：「這婇兒癡戀大兄，不論身分地位或長相容貌，都確實是高攀不上。」

說話間，兩人已來到了沈維的居處多寶閣。沈維因是沈家嫡出長子，沈拓和羅氏都對他極為寵愛看重，在他五歲時，便在沈宅的北邊替他另起了一座院子，名為「多寶閣」，專供沈維居住。多寶閣佔地寬廣，上下兩層，共有五十多間房室，配置了三十名奴僕侍婢，每日打掃修整、烹飪打理。這時那二十名奴僕都在樓下的奴僕居處，隔窗見喬廚娘領了沈綾到來，竟都不出來招呼，只裝作未曾看見。

沈綾見到奴僕們的身影，心想：「這些大兄往年的奴僕，大約不願意服侍我吧？」並沒說甚麼。

喬廚娘卻豎起眉毛，大步上前，敲了敲僕居房門，高喊道：「今日當值的是誰？二郎回家了，快來人，送二郎去居室歇息！」

一個老僕不情不願地開門出來，低垂老眼，不肯與沈綾的目光相對，只道：「沒人通知我們。」

喬廚娘斥道：「我這不是來通知你了麼？幾日前，大娘便吩咐你們收拾二樓的北廂房，可收拾好了？」

老僕答道：「收拾好了。」

喬廚娘道：「快領二郎上去。一會兒門房會送二郎的行李來，你們立即替他送去居室。知道了麼？」

老僕答應了，側過身，低頭道：「請跟我來。」竟不肯稱呼他二郎。

喬廚娘見了老僕的神情，皺起眉頭，知道這些人無心服侍沈綾，於是又敲了敲奴僕居處的門，喚道：「你們平日誰負責給大郎準備洗澡水？」

一個小奴答道：「是我。」

喬廚娘吩咐道：「快去燒盆熱水，送上去給二郎。二郎老遠從南方回來，風塵僕僕。你們誰不好好招呼他的，我跟大娘說去！」那小奴和其他奴婢僕婦聽她語氣嚴厲，只得乖乖應了。

喬廚娘望向沈綾，見他不但疲憊，臉上更滿是憂慮不安，只能安慰道：「二郎想必累了，今晚早些休息吧。你先沐浴更衣，我去廚下給你準備些晚膳送來。你想吃甚麼？」

沈綾往年只吃家人的剩菜，或是跟奴僕一塊兒吃，有甚麼吃甚麼，從來沒人問過他想吃甚麼，一時愣住，隨口道：「甚麼都好。」

喬廚娘笑道：「我記得，你往年愛吃烤乳豬、羊肉香腸和泡菜，我立即去做。還有酪漿，南方不興喝酪漿的，是麼？」

沈綾果然十分想念酪漿，說道：「南方人只喝茶，不喝酪漿。」

喬廚娘笑道：「你有三年沒喝酪漿了吧？我讓他們現擠一碗鮮羊奶酪漿，熱呼呼的，盡快給你送來！」

沈綾滿懷感激，說道：「多謝喬廚娘了！」

喬廚娘笑道：「二郎不必客氣。」快步去了。

沈綾望著喬廚娘離開多寶閣，才跟著那老僕上樓，來到一間寬闊的房室之外。老僕替他開了門，待他進去後，便立在門口，略微猶豫，不知該立即離去，還是該問他需要甚麼。當年他服侍沈維時，定會立在門口等候，等到大郎說他可以離去了，才行禮離去；但此時多寶閣的所有奴婢僕婦都十分瞧不起這庶出的二郎，而且羅氏曾派嵇嫂來嚴厲地囑咐他們，要他們絕不能當沈綾是沈家郎君，應當完全無視他的存在，更不可服侍他。這時老僕想起主母的嚴令，終於下定決心，伸手關門，轉身離去。

沈綾卻忽然回過身，直望向他，神色和善，微笑問道：「請問老丈如何稱呼？」

老僕一呆，沈家上下，從來沒有人稱他為「老丈」，一時不知沈綾是否在對自己說話，啞口不答。

沈綾又問道：「請問老丈貴姓？」

老僕這才確定他是在對自己發言，戰戰兢兢地答道：「我麼？我姓劉。」

沈綾道：「劉叟，辛苦你了。你若不介意，請你替我點上油燈。」

劉叟一呆，天色已黑，主人進屋，自己竟不曾主動點起油燈，實在失職之至，當即道：「是、是。」趕緊上前，取火刀火石打起火，將屋中的十多盞油燈都點上了。

沈綾望著他點燈，想起洪掌櫃偷偷給自己的私房錢，於是從懷中掏出一兩銀子，遞過去給劉叟，說道：「多謝你了，劉叟。你跟樓下大夥兒說，今兒沒事了，都早些休息吧。」

劉叟又是一陣猶豫。一兩銀子並不少，而且主人給自己賞錢，若是不收，自是極為無禮；若是收下，豈不承認了這少年是自己的主子？他不敢伸手接賞，也不敢不接，尷尬地站在門口不動。

沈綾自幼跟奴僕相處，對奴僕的心思知之甚詳，自己若不擺出主人的架子，這些奴僕永遠都不會服己，永遠都會想方設法騎在自己的頭上，於是擺出嚴肅的神色，緩緩說道：「大兄不幸遇難，實是天妒英才，老天無眼。你等侍奉大兄多年，想必更是傷心逾恆。當此舉喪之際，你們還得忍痛服侍我，委實辛苦。你去跟他們說，讓大夥兒早些休息，我今夜不會再喚來你等了。明日卯時初，準時送上早膳。下去吧。」

劉叟聽他言語中滿是權威和自信，果然被震懾住了，上前恭敬接過了賞銀，躬身道：「是，是。多……多謝。」退出門去，關上了房門。沈綾見他仍不敢稱呼自己二郎，不禁苦笑，但也懶得追究。

房門關上後，沈綾放眼往這間巨大的房室望去，但見居室長二十丈，寬十丈，幾乎和沈氏祖宅的正廳一般大小。他方才聽喬廚娘說起，才知道這間居室乃是大兄沈維童年及少年時所居，成年後他便搬去了一樓的東廂房，此處便改成了書房。沈維並非喜愛讀書之人，因此這房室便空置著，雖設有書櫃、書案和筆墨等物，卻極少使用。這時僕人略略清掃了一番，在居室東邊的床榻上添加了枕頭被褥等物；房室南方是一排檀木窗戶，窗櫺雕刻著細緻的草木花卉。沈綾上前推開窗戶，見窗外便是多寶閣當中的庭院，從二樓居高望去，因正值嚴冬一月，只見到一片敗葉枯枝，頗為蒼涼。

沈綾想到南下途中，大兄多次對己展露善意，甚至請求父親允許他教自己武術，而自己當時只知道隱藏退讓，謹小慎微，始終維持著警戒提防，不敢與大兄坦誠相對。建康祖宅一別，他便再也未曾見過大兄了；再次相見，大兄竟已躺在棺木之中！沈綾想到此處，不禁深深後悔當時未曾敞開心胸，信任大兄，與其交心。那是兄弟間唯一真誠相處的時機，大兄雖多番嘗試，自己卻並未把握，白白錯失，此時後悔，已然太遲。

沈綾沉浸於悲悔之中，忽聽有人敲門，卻是門房替他送行李來了。多寶閣的兩個小奴也抬來了一個木製澡盆，放在房中，另提來三壺熱滾滾的浴湯，注入澡盆至八分滿。不多時，喬廚娘派廚房小奴端了三個大托盤，送上香噴噴的晚膳，共有五道菜餚，包括沈綾往年最喜愛的烤乳豬、羊肉香腸和泡菜等，配上鮮魚小米粥、蔥花饅頭和熱騰騰的鮮羊奶酪。廚房小奴們抬來了三張食案，在上安置金杯銀碟、玉筷，再將種種菜餚陳列於食案之上。這般精美膳飲和周到服侍，沈家從主人、主母以至大郎、大娘和二娘，都是自小到大便享用慣了的，沈綾卻從未消受過，不禁受寵若驚，一一道謝打賞，讓奴婢僕婦們自去休息，才關上了房門。

這時天色已然全黑，沈綾持起一盞油燈，在室中走了一圈。只見居室的東方設有床榻，被褥全新，皆為「沈緞」，顏色素淡；南方有幾個紅木衣櫥，他打開櫥門，裡面放了兩套摺疊好的孝衣，為最粗糙的生麻布所製，左右衣旁和下襬故意不縫口，乃是子女為父母服喪所著的「斬衰」。沈綾拿起來一比，正好合身；想是父兄舉喪，家中上上下下都得穿著合適的喪服，沈家織室的裁縫得知自己將會回家，身為孝子之一，必然會出現在喪禮之上，因此不得不給他也做上一套「斬衰」，否則便大大地不合禮制，不但對亡者不敬，也將招致外人冷言批評。衣櫥中還有幾件大兄昔時的衣褲鞋襪，但大兄身材高大，這些衣物對沈綾來說仍是過大了。

沈綾打開了自己的行李箱子，將從南方帶回家的幾件衫褲放入衣櫃中，心想：「守喪期間自當穿著孝衣。我從南方帶來的衣衫較為單薄，在北方就不夠暖和了，遲些我得給自己添置幾件冬衣。幸好洪掌櫃給了我不少私房銀兩，家裡的織室若不給我做衣衫，我便自己去大市其他的衣飾鋪頭買上幾件。唉！到時再說吧。」

他來到澡盆之旁，伸手入水，觸手灼熱；他脫下衣衫，跨入木盆，洗刷一番後，便沉浸在熱水之中，泡了一回熱澡，直到水溫轉涼，他才慢慢出盆，取過一旁的棉布擦乾身子，穿上乾淨的絲綢內衫。他望向食案上的餐盤，頓覺飢腸轆轆，當即在案旁坐下，狼吞虎嚥地吃了喬廚娘送來的晚膳，又喝了一大碗新鮮的羊奶酪，和記憶中一般美味。他長途跋涉了十餘日，又和大姊小妹談了許久話，吃飽喝足之後，這時當真累壞了。他站起身，緩緩來到東首的床榻之旁，一頭栽倒在枕頭上，拉上柔軟薰香的絲綢被子，準備就此睡去。然而他思潮起伏，一時無法入眠；他心底清楚知道，自己此番回家，已不是當年那個必須永遠躲在暗處、盡量不讓人見到的卑賤庶子了。他此刻乃是沈家二郎，靈堂上唯一的「孝子」，沈家和「沈緞」的繼承人之一。

昏暗之中，他望向臥榻靠牆邊的垂簾，見簾布以藍染花布製成，圖案是夏竹冬梅，簡單素雅。布面頗為陳舊，顯然是原本就掛在牆邊之物，並非新添。他心中一動：「為何這垂簾用的是藍染花布，而非『沈緞』？大兄又為何會在牆上懸掛這麼一幅花布？」

他坐起身，伸手去摸那幅花布，感到入手細滑；他掀開花布，赫然見到其後竟然並非木板牆面，而是一面巨大的銅鏡。他大為好奇，下榻取了油燈來，仔細觀看，心想：「大兄少年時的臥室中，為何會有這麼大的一面銅鏡？」

他伸手在銅鏡上撫摸，感到邊緣似乎有個把手，使勁往旁一扳，那銅鏡竟然往旁滑開了！原來這面銅鏡並非固定於牆上，而是一道可以滑動的門。

沈綾將銅鏡滑開數尺，鏡後露出了一間密室，約為沈綾身處的那間房室的一半大小。他大為好奇，執著油燈，跨入密室，看清了室中布置，不由得震驚難已！但見密室的三面牆上密密麻麻地掛著各種短兵器和暗器，有匕首、短刀、短戟、飛鏢、蒺藜等，木板地和木牆上斑斑駁駁地都是刀劍斬伐的痕跡，顯然是個祕密的練武之地！

沈綾原本知道大兄懂得武術，心想：「此地想必便是大兄童年和少年時祕密練武之地了。」但見室中諸物上都已堆積了半寸的灰塵，看來已有數年沒有人進來過了。

他在密室中走了一圈，忽然留意到密室中的一角有張床榻，榻上的被褥枕頭皆為藍染花布所製；榻旁有張木几，几上空無一物。沈綾心想：「看來大兄有時也會睡在這密室中。」見一旁有個衣櫥，心想：「這衣櫥中可能留有大兄少年時的衣物，或許能合我身。」於是打開衣櫥，見裡面整齊地疊放了數件衣衫，沈綾取起一瞧，卻不由得一呆；只見那衣衫竟是女子樣式，而且尺寸甚小，似乎是給女童穿著的。

沈綾大奇，心想：「莫非大姊年幼時曾住在此處？」隨即否定：「大姊自幼便居於自己的飛雁居，怎會跑來睡在大兄用以練武的密室中呢？況且大姊顯然不懂得武術，也不知道大兄懂得武術。」

他望向那藍染花布的床榻，以及榻旁的木几，心想：「莫非……莫非曾有個女孩兒祕密居於此室，而大兄竟從未讓人知曉？即便當真如此，那也是許多年前的事了吧？喬廚娘說，大兄十六歲後便搬去了東廂房居住，在那之後，那神祕女童顯然便不住在這兒了。」

沈綾只覺一切都詭異神祕至極，難以參透。他感到一股疲倦襲上全身，再也無法多想，回到居室之中，關好了銅鏡門，放下藍染花布，躺倒在床榻上，沉沉睡去。

第三十四章　七巫

洛陽城阜財里一座碧瓦白牆的大宅中，處處掛著雪白布幔；平日年節裡張燈結彩的萬福堂，此時已成了一片白濛濛的靈堂，堂上放著兩具金絲楠木製成的棺材。靈堂之側，十多個身著灰衣袈裟的光頭僧人排排而坐，為首的僧人一手敲著木魚，一手搖著銅鈴，眾僧整齊而低沉地誦念著經咒。

一個十七、八歲的少女一身白色麻布孝服，領著同樣裝束、年紀較小的一個少年和一個少女跪在堂前，不時俯身拜倒，向前來弔唁的賓客回禮。

那少女正是沈家長女沈雁，她身旁的是庶出兄弟沈綾和同母妹妹沈雒。大姊沈雁一張瓜子臉，杏眼桃腮，膚凝如脂，雖在熱喪之中，未施脂粉，卻仍難掩她出奇的秀麗。許多弔客都忍不住多望了她幾眼，心想：「沈家大娘，沉魚落雁，不愧為洛陽第一閨秀，好個美人兒啊！」

正午過後，一個體形福泰、身著葛衫、眉疏眼闊的中年人來到靈前，躬身向靈位行禮，之後來到大姊沈雁身前，低聲說道：「沈家大娘，還請節哀！」

沈雁抬頭望向那中年人，認出正是私吞了沈家百萬錢財的胡三，心中怒火頓起。她並不答腔，只垂眼低頭為禮。胡三見她滿面敵意，只裝作視而不見，對身後的管事說道：「奠儀呢？」

管事胡貴從懷中抽出一個白色封袋，遞給胡三；胡三接過了，將封袋轉交給沈雁，嘆息著說道：「妳阿爺生前，乃是我最親近的生意夥伴，情比兄弟。如今他遭此橫難，我只有比妳等更加難過啊！」說著伸手擦拭眼角。

沈雁仍舊不答。胡三自顧自地又道：「沈家和盧家的親事近在咫尺，卻就此破滅，實在可惜啊，可惜！」他說到此處，即使滿面悲嘆之色，嘴角卻不禁露出一絲幸災樂禍之意。

沈雁緊咬著牙，維持沉默。她身旁的兄弟沈綾豁然站起身，眼神炯炯如火，堂上眾人的目光都集中在他身上。

沈綾神色雖憤怒，舉止卻異常沉穩；他舉手作揖，對胡三微微躬身，說道：「胡三伯大駕光臨敝舍，弔唁先父先兄，沈家上下無不感激涕零。先父生前極重視友情義氣，對胡三伯向來親近信任；胡三伯和先父既情若兄弟，想必先父曾託付您幫他照顧身後諸事。我們這群沈家後輩，往後只能仰仗胡三伯栽培維護了。」說著又是深深一揖。

胡三聽了沈綾的這一番話，答應也不是，否認也不是，揚起眉毛，一時不知該如何回答。他原本期待這孩子會說出一番無禮不遜之言，自己便能乘機發怒指責，拂袖而去，往後便能藉口在靈堂受了沈家子弟之辱，憤而與沈家絕交。卻不料這孩子不過十多歲年紀，言語卻極為穩重老成，這番話即使語氣帶著憤懣譏刺，措詞卻十分恭敬得體，堂上賓客看在眼中，都竊竊私議起來：「這就是沈家庶子？」「不過十來歲年紀，口齒倒是伶俐，舉止也沉穩得緊。」

胡三咳嗽一聲，臉上堆起極為勉強的笑容，問道：「你叫沈綾，是個不知名的小妾生下的庶子，是麼？」

沈綾聽他出言侮辱自己的身世，神色絲毫不變，穩重地回答道：「侄兒確為庶出，兼且年幼無知。如今家門不幸，遭奸人所害，以致父兄同時遇難。但願胡三伯顧念與先父的交情，放我等一條生路，我等便感激不盡了。」

胡三聽了，臉色頓變，一時說不出話來。

沈雁望了沈綾一眼，低聲道：「阿綾。」

沈綾低下頭，退到大姊身後。

沈雁望向胡三，說道：「二弟年幼粗疏，悲痛之中，出言無狀，還請世伯勿怪。」

胡三沉下臉，斥責道：「好個庶子！大娘，貴府怎地如此沒有規矩，竟讓個庶子出現在先人靈堂之上？不但如此，還任由他行止不端，大言不慚，忤逆尊長。妳阿娘怎不管管？任憑這庶子在大庭廣眾之間胡言亂語，丟人現眼，實令沈氏全族蒙羞！」

沈雁冷冷地道：「二弟乃是先父孝子，在此守靈答禮，不知有何不妥？閣下在先父先兄的靈之前大呼小叫，無端斥責孝子，不知又是何等禮數？」

胡三聽她的言語只比弟弟更加直率尖銳，自己能擺長輩架子，嚇唬斥責年幼的沈綾，對這已成年的沈家長女卻不敢當眾斥責，於是只能假裝未曾聽見，故意左右望望，說道：「怎不見沈夫人？她貴體安好麼？」

沈雁聲音冰冷，回答道：「有勞胡三伯垂問。父兄突遭橫難，阿娘深受打擊，復遭友人拖欠巨款，一氣之下，至今臥病難起。」

胡三聽她提起自己拖欠沈家鉅額金錢不還之事，臉上神色一變，只能咳嗽一聲，裝作一切與己無關，說道：「也真難為夫人了。」抬頭望了靈堂一眼，又望了望兩具棺木，點點頭，說道：「大娘請節哀順便，願尊慈早日康復。」說完轉身便大步走出堂門，管事胡貴匆忙在後跟上。

沈雁凝視著他的背影走出沈家大門，暗暗咬牙切齒。

入夜之後，靈堂上一片淒清，念經的僧人都已離去，大門關上，堂前的白色蠟燭幾已燒盡。

沈雁等姊弟三人坐在靈前守夜，妹妹沈雒年紀小，不斷點頭，再也支撐不住，最後終於閉上眼睛，靠著姊姊睡了過去。

寂靜之中，沈雁忽然開口道：「綾弟，關於阿爺大兄之死，你是不是知道些甚麼？」

沈綾抬頭望向大姊，見她凝視著自己，神情嚴肅。沈綾見靈堂並無他人，靈堂外的奴僕也都去休息了，內外一片寂靜，於是說道：「小弟竊想，阿爺和大兄之死，或許與胡三有關。」

沈雁瞇起眼睛，望著弟弟，說道：「我也有此懷疑。你何以有此想法？」

沈綾道：「阿爺和大兄何時出城，帶著多少錢財，除了家人知道外，那姓胡的也知道。他虧欠我們家將近百萬兩，很可能是他知會了強盜，讓他們埋伏在人跡稀少的渡口，奪走了阿爺的財貨，殺了阿爺和大兄，好強佔沈家的錢財不還。」

沈雁臉色蒼白，咬著嘴唇，問道：「可有證據麼？」

沈綾想了想，決定將賀秋的說詞告訴大姊，於是壓低聲音說道：「關於胡三指使強盜下手劫殺的推想，其實是秋姊姊跟我說的。她阿娘告訴她，她阿爺在獄中時，曾聽關在隔壁牢房的囚犯說起，有個車隊在某日清晨，將帶著絲綢和金銀珠寶來到穎水邊的橫波渡口，計畫在渡口埋伏偷襲。」

沈雁聽了，睜大了眼，滿面驚詫之色，也壓低聲音，說道：「你是說賀秋？她阿爺可就是那個因殺人入獄的賀大麼？」

沈綾點頭道：「正是。」

沈雁皺起眉頭，問道：「賀家諸人，可以信任麼？」

沈綾道：「我聽賀嫂說起過，賀大往年曾跟隨阿翁，他與阿爺是一起長大的，曾是阿爺相當信任的隨從。賀嫂和賀秋姊姊長年在桑園中掌管桑蠶，十分照顧小妹，秋姊姊所言，應當可信。」他抬頭望向沈雁，問道：「大姊又為何認為此事與胡三有關？」

沈雁神色悲憤，說道：「這是阿娘的猜想。她說阿爺出門之前，曾從胡三的糧莊取出十萬兩，帶著南下，姓胡的答應將盡快歸回餘下的欠款。沒想到阿爺才上路幾日，便發生這等慘禍！很顯然，胡三是極少數知道阿爺南下計畫之人，也知道他身攜大量金銀。但誰也料想不到，姓胡的竟能狠毒至此！」

沈綾心頭悲憤難平，靜了一會兒，才問道：「如果背後指使者當真是他，大姊，我們能做甚麼？」

沈雁忍不住掉下眼淚，她咬牙抹去眼淚，說道：「等阿娘身子好些了，她自能撐起沈家家業，替阿爺討回公道！」

沈綾抿了抿嘴，想問：「要是主母一病不起呢？」卻不敢問出口。

沈雁明白弟弟的心思，臉現堅決之色，說道：「要是阿娘病情未能好轉，我就必須撐起這個家。我無緣嫁入盧家，那是我福分不足，命該如此。但身為沈家長女，自當恪盡長女之責，擔起阿爺留下的家業，重振『沈緞』。」她望著弟弟，說道：「綾弟，阿姊需要你幫忙。你定會全心幫助阿姊的，是麼？」

沈綾自回家以來，一直無法確定大姊沈雁為何不顧主母的反對，堅持派人從南方接自己回家奔喪。他自幼從未真正與大姊相處過，對她了解極少；沈雁乃是嫡出長女，年紀長他五歲，在家中素受父母寵愛重視，定下的婚事又屬上佳，夫家盧氏乃北方名門望族，未來一片光明；而他自己身為庶出幼子，在沈家地位卑微，甚至已被主母逐出家門，送去南方常住，不准歸家。沈綾回到沈宅之後，雖已與大姊長談數回，但大多圍繞著父兄喪事、絲鋪虧空、南方「沈緞」經營等事，而沈雁也曾短暫提起他是沈家的繼承人之一，認定家產應由他和姊妹三人均分。自從沈綾回家之後，即使他只有十三歲，沈雁卻事事找他商量，聽取他的意見；沈綾早已看出大姊對自己十分重視，而在這份重視背後，則隱隱含藏著她期望能有弟弟全力的支持。

此時沈綾聽姊姊親口求懇自己相助，不禁心頭一熱，立即點頭道：「小弟一定盡力幫助大姊，唯大姊之命是從！」

沈雁略略鬆了口氣，點頭說道：「你雖非阿娘親生，但阿爺說你聰明伶俐絕不在大兄之下。如今『沈緞』每月虧損數千銀兩，現銀短缺，大量債務無法收回，存貨貯積難以出售。我們的當務之急，是清查綢莊帳冊，查驗庫存，檢點桑園工頭和店鋪伙計，量入為出，盡力維持。『沈緞』的錢財出入，一定要掌握在我們自己手中，絕不能讓外人經手。待度過了眼前的難關之後，再圖重振『沈緞』。」

沈綾點頭同意，又問道：「然而，阿爺大兄的仇，如何得報？」

沈雁微微搖頭，說道：「此事只能暫且讓官差去查辦了。我們此刻手中缺錢，又沒有籠絡官府的頭路，絕對鬥不過那姓胡的。等『沈緞』生意穩定了，總有一日，我們定要那姓胡的付出代價！」

沈綾點頭稱是。

姊弟倆都未曾注意，趴在一旁地上沉睡的妹妹沈雒已雙眼微睜，靜靜傾聽大姊和小兄的對話，再也無法入睡。她想起父親和大兄對自己的諸般寵愛，忍不住默默流下眼淚，心頭如刀割一般疼痛；她咬緊了牙根，下定決心，無論花上多少心神光陰，自己定要殺死害了父兄的惡人，替父兄報仇雪恨！

沈雁眼見夜已深沉，便讓侍女于洛去找王乳娘來，吩咐道：「二娘睡著了，妳們抱她回知秋苑睡下吧。」

王乳娘答應了，和于沱等幾個婢女一起抱起沈雒。沈雒不想讓兄姊知道自己醒了，便仍假裝睡著，任由婢女將自己抱回知秋苑。

沈雁望著妹妹離去，對沈綾招招手，說道：「綾弟，我們去我的居處坐坐，喝碗酪漿。」

沈綾跟著大姊來到她的飛雁居，一逕來到沈雁的臥室之中。沈綾幾年前曾來過大姊的居處，但從未進入過大姊的閨房；但見此處地面以上好楠木所製，上鋪多張色彩斑斕的波斯地氈；東面牆上掛著一幅六尺寬的大幅刺繡，繡的是「百鳥朝鳳」，每隻雀鳥姿態各異，色彩鮮豔，羽翼喙爪皆係巧真實，栩栩如生。

沈綾就近觀望那幅「百鳥朝鳳」，忍不住讚嘆道：「大姊，這是誰人所繡？我在江東三年，從未見過如此細緻齊整的繡工！」

沈雁微微一笑，說道：「是我繡的。」

原來這幅「百鳥朝鳳」正是沈雁十二歲時親手繡製的得意之作。她心靈手巧，繡藝精湛，沈拓和羅氏對此極為驕傲，決定將這幅「百鳥朝鳳」掛在「沈緞」大市總舖中一個月，讓客人和路人欣賞。當時前來觀賞「百鳥朝鳳」的洛陽士女成千上百，隊伍排出數里，將總舖前的道路擠得水洩不通，見者無不驚嘆稱奇，讚賞不絕。當時洛陽居民皆知沈家大娘沈雁不但美貌過人，而且和其母一般騎術精湛，丰姿卓然，卻不知她竟也雅善刺繡，繡工遠勝城中漢人世家中的閨秀，甚至絕不輸給洛陽城中專職刺繡的繡娘，一時成為洛陽佳話。

除了那幅刺繡外，沈雁的閨房布置高雅，每件擺設玩物都極為精緻，臥室旁的佛堂中供著白衣觀音，香爐中燒著三寶檀香，香煙裊裊，馨香怡人。

沈雁對侍女于洛道：「將油燈都點上了。替我和二郎送上酪漿。」

于洛應了，點起了室中的十餘盞油燈，又讓僕婦呈兩碗上新鮮的羊奶酪漿。沈家自己養了十餘頭羊，並有專職的羊夫餵養照顧，每日擠奶製作新鮮羊奶酪漿，以冰塊鎮住，供主人一家隨時飲用。

于洛送上酪漿後，沈雁對她道：「妳出去吧，關上了房門。」

于洛出去後，沈雁對沈綾道：「我有些物事要給你看。」

沈綾甚是好奇，但見沈雁從枕頭後取出一只描金紅漆檀木箱，從懷中取出一把鑰匙，打開了銅鎖，掀開箱蓋。沈綾低頭望去，卻見箱中放著一塊白綢，裡面鼓鼓的，不知包裹著甚麼。

沈雁跪在箱旁，打開白綢，油燈光照之下，白綢上躺著一柄短刀，一柄匕首，一柄彎刀，一柄短戟。四件兵器的刃上仍有血跡，已轉為深赭色。

沈綾大驚，慄慄問道：「大姊，這是……這是甚麼？」

沈雁緩緩說道：「這是我從阿爺和大兄的身上和手上取出的。」她指著每一件兵刃，娓娓道來：「短刀插在阿爺胸口，彎刀插在大兄咽喉。匕首握在阿爺手上，短戟則握在大兄手上。」

沈綾一一細看，只見那些兵刃雖仍沾著血跡，但刃身銀光燦耀，刃口顯然極為鋒銳，治製精緻，顯非一般士兵所用兵器。他全身一寒，想像清晨時分，橫波渡口畔，父兄曾用這些兵器和劫匪互鬥，情勢想必驚險至極。他吸了口氣，問道：「這些是……是大姊從他們身上取出來的？」

沈雁點頭道：「正是。事情一發生，我便立即帶著冉管事和家中奴僕趕去橫波渡口，比官差早到一步。那縣尉猜想下手的可能是爾朱氏手下士兵，但我心中不信，擔心縣尉不敢認真辦案，便預先取走了這幾樣兵器。」

沈綾勉強鎮定心神，指著短刀和彎刀，說道：「這幾件兵器，是一般士兵所用的麼？」

沈雁搖頭道：「我問過外祖父，他說一般士兵使刀使矛，從不佩戴短刀或彎刀。而且我見這些兵器精細銳利，應非士兵能有。」

沈綾望向那柄匕首，見柄底彷彿有字跡，仔細望去，果然刻了個「拓」字；再看短

注《顏氏家訓・治家篇》有云：「河北婦人，織紝組紃之事，黼黻錦繡羅綺之工，大優於江東也。」

戟時，柄底處也刻了個「維」字。他對大姊指出刻字，說道：「我曾見到過這柄匕首和短戟。毫無疑問，它們確實是阿爺和大兄的兵器。」

沈雁聽了一怔，忙問：「你在哪兒見過？」

沈綾決定將自己所知全都告知大姊，於是說道：「我跟隨阿爺和大兄南下時，曾見到他們在野地中比武過招，手中持的就是這兩樣兵器。當年在家中時，我也曾見到大兄躍上庭院牆頭，顯然他們兩人身負武藝。」於是說了自己在那年團圓夜庭院中以及在南下旅途中偷窺所見，並說了大兄曾提議阿爺開始教自己武術，阿爺卻似有何隱憂，嚴詞拒絕等情。

沈雁聽完之後，完全呆了，許久都說不出話來，半晌後才疑惑道：「阿爺和大兄忙於絲綢生意，怎麼可能懂得武術？又哪有工夫練習武術？」

沈綾道：「我回到家中後，在大兄多寶閣少年時的居處找到了一間練武密室，裡面放滿了各種兵器。或許大兄少年時，便是躲在那密室中練武，因此無人知曉？」

沈雁更是驚詫，說道：「你說的那間密室，我竟全不知情。你能帶我去看看麼？」

沈綾答應了，沈雁於是蓋上檀木箱，小心鎖上收好，跟著沈綾來到多寶閣往年沈維的居處。沈綾遣開僕從，關好門戶，這才推開藍染花布後的銅鏡之門，露出了那間練武密室。

沈雁跨入密室中，持著油燈環望一周，只看得呆立當場。她勉強整理思緒，說道：「此事令人難以置信，卻也印證了我心中一直懷藏的疑惑。我見到阿爺和大兄的遺體時，便直覺感到他們並非遭一般匪徒劫殺；在見到他們所持兵器時，更加懷疑事情不似表面單純。如今聽你所述，又親眼見到這間密室，我才確知阿爺和大兄都懂得武術，都是武人！可是，阿娘卻全不知情，我甚至對大兄住處的這間練武密室聞所未聞。這怎麼可能？」

沈綾搖頭道：「想是阿爺和大兄蓄意隱瞞。我在家中那時，原本便極少見到阿爺和大兄。一來我身為庶子，不受重視，二來也因為他們長年出門在外，甚少在家。大姊，妳多年和阿爺大兄相處，難道一點兒也未曾看出端倪麼？」

沈雁搖了搖頭，說道：「我是女兒家，自幼和阿娘較親近，跟在阿爺身旁的總是大兄，他們一起出門做買賣，一起去絲舖辦事，可說是朝夕相處。若他們有甚麼不為人知的祕密，要瞞過阿娘、我和小妹，也並非無此可能。但他們……他們為何要瞞著我們？阿娘也懂得騎馬射箭，也練過武術，習武也沒有甚麼不好啊！」

沈綾沉吟道：「我聽賀秋說過，她阿爺賀大也是武人，而他有著許多仇家。因此我猜想，或許阿爺和大兄，甚至阿翁，都是因為躲避仇家，才在洛陽做起絲綢生意，成了富商，之後便以絲綢生意掩藏身分。」

沈雁回想往事，皺眉說道：「這麼說來，阿爺和大兄時時出外經商，很可能並非每回都是真的去做生意，而是去辦不能讓家人知道的武人祕事？是了，阿爺和大兄出門，有時只讓賀大跟著，其他的伙計和奴僕都不帶，那很可能便是如此了。」嘆了口氣，說道：

「阿爺和大兄有著這許多不為人知的祕密，如今他們雙雙逝去，這些事情，只怕再也無人知曉了。」

沈綾道：「家人中唯一知道阿爺祕密的，應該只有賀大一人。只可惜他已從獄中消失，下落不明。就不知賀嫂和賀秋知道多少？」

沈雁聞言一驚，說道：「下落不明？怎麼回事？他不是還在獄中麼？」

沈綾告知大姊在爾朱兆大兵入城、局勢混亂之際，獄門大開，囚犯全數逃逸，賀大從獄中消失、杳無音訊、賀嫂母女極為擔心等情。

沈雁大感訝異，說道：「我竟全然不知此事！」

沈綾道：「這幾個月來家中遭遇劇變，大姊忙得分身乏術，賀嫂或許因此並未向大姊稟告。」

沈雁沉吟道：「賀大在獄中聽見那些盜匪之間的談話，可是給胡三定罪的關鍵證據。那隔壁的囚犯叫甚麼名號，出獄後人在何處？我們或許可依此線索追查下去，找出胡三指使盜匪劫殺阿爺和大兄的證據。」

沈綾道：「我們自然可以再次向賀嫂詢問，但她所知可能也不多。一來賀大人已失蹤，二來據說賀大在提起此事時喝得爛醉，口齒不清，想來更不知道隔壁的囚犯名號為何。」

沈雁皺起眉頭，說道：「我們若直言詢問賀嫂，不知她會否如實相告？」

沈綾想了想，說道：「不試試，又怎知她願不願意說出？如今阿爺和大兄逝去，賀嫂若知道些甚麼，也是時候告訴我們了。我們可以讓她觀看這些兵器，問她有沒有關於凶手的線索。」

沈雁想了想，卻改變主意，搖頭道：「不，我認為此事須緩上一緩。我等暫且別去向賀嫂詢問此事。」

沈綾一愣，奇道：「卻是為何？」

沈雁嘆了口氣，說道：「我從未與懂得武術的人打過交道。倘若她不肯說，卻又如何？倘若……倘若她和賀大竟與阿爺和大兄遇難有關，豈不更糟？賀氏母女身負武術，又居於大宅中的桑園裡，我們都不懂得武術，若她們欲謀不軌，那可是易如反掌。」

沈綾想起父親曾說過自己對不起賀大的言語，心中也有些猶疑了，搖頭道：「我等不知阿爺與賀家往年有何恩怨，而賀嫂對我似乎頗有疑忌，或許確實不應輕舉妄動。」

沈雁點頭道：「你說得是。此事不可操之過急，我等且觀望一陣，再做道理。」說到此，她忍不住疲倦，打了個呵欠，這些時日來她忙著操辦父兄的喪事，數日未有好眠，疲倦至極，說道：「我該就寢了。你也早點歇息吧。」

沈綾送大姊送回到飛雁居，回往多寶閣時，剛好經過前院。他想起多年前的團圓夜後曾見到賀秋在庭院中守夜，心想：「不知秋姊姊今夜是否也在院中守夜？」

想到此處，他信步來到萬福堂外，感到夜色冰涼，寒意襲人，抬頭望去，天上一輪彎月已然偏西，早已過了四更。沈綾心中一動，直覺院中有人，輕聲喚道：「秋姊姊！」

庭院中一片寂靜，只有微風吹過樹梢的沙沙聲響，和草叢中時有時無的蟲鳴。沈綾心想：「或許秋姊姊並不在這兒。」

正要舉步回往多寶閣，忽聽一人低喝道：「止步！莫近！」

沈綾回過頭，但見黑暗中閃過數道銀光，浮出幾個人影：一個身形苗條的黑衣人，似乎正是賀秋，正持匕首在身前快速揮舞；她身前站了一排七個白衣人，雙手都攏在寬大的袖子中，肅然靜立，似乎並未出手攻擊，然而賀秋匕首揮舞甚急，顯然在抵擋著來自四面八方的攻招，不斷後退，似乎就要招架不住了。

沈綾見了，又驚又急，叫道：「秋姊姊！」

他這一聲呼喚，賀秋固然大驚失色，那七個白衣人也同時震動，眼光一齊向他射來。沈綾見到他們的眼睛在黑暗中閃閃發光，金、赤、青、紫各異，不禁大吃一驚！

稍早之前，沈家萬福堂之外，賀秋一身黑衣，伏在樹上守夜。沈家為主人和大郎舉辦喪禮七日，她也守了七夜，此時已感到疲累不堪。她打了個呵欠，揉揉眼睛，再往牆頭望去時，卻猛然驚醒過來！但見牆頭站著七個白衣人，一個個的眼睛都是異色，有的青色，有的赤色，有的金色，有的紫色，有的褐色，全都直勾勾地望向萬福堂。

賀秋深深地吸了一口氣，知道來的全是巫者，自己單獨一人，只怕無法抵抗。她心念電轉：「需得找阿娘來幫手。」

她立即閃身下樹，想去桑園尋找母親。就在這時，牆頭一人忽然湧身跳下，攔在她面前，開口道：「慢著！我等並無惡意。」

賀秋停下腳步，從腰間拔出匕首，橫在身前。只見面前的白衣人的眼睛是金黃色的，在黑暗中閃閃發光，顯得極為詭異。

但聽金目人道：「我們對沈家絕無惡意，來此只為了觀望沈家二郎。」說的是漢語，口音頗為古怪。

賀秋微微一怔，說道：「二郎？」忍不住回頭，望了一眼坐在靈堂中的沈綾。

金目人道：「不錯。」又道：「我們不會久待，只在遠處遙望一下，便已足夠。」

賀秋懷疑地問道：「卻是為何？」

金目人並不回答，只躬身行禮，說道：「小娘子請勿追問，此事甚難說清。我等只待半晌便離去，請不必聲張。」

賀秋冷然道：「沈家豈能讓你等說來就來，說去就去？」

金目人微微搖頭，說道：「沈宅之中，只有少數武人，並無巫者，原本無力攔阻我等前來。我等若心存惡意，早就對汝輩下手了。」

賀秋聽他說得凶狠，心頭也不禁一顫；她年紀尚輕，武功有限，此時又是寡不敵眾，無法以甚麼狠話相回；但要就此讓步，也心有不甘，只能鼓起勇氣，正色道：「沈家此刻處於熱喪之中，兩位小娘子和二郎正為父兄守喪，不可打擾。今夜我便不跟你等計較，但你等須得快快離去！」

金目人雙手攏在袖子中，說道：「我等今夜也已看得夠了。不如這樣吧，小娘子若能請貴府二郎出來前院中走上幾步，我們立即便離去，一個月內，再也不來貴宅吵擾，小娘子意下如何？」

賀秋滿心懷疑，暗想：「他們為何要讓二郎出來院中？他們不但人多，又身懷巫術，若想傷害或挾持二郎，隨時可以下手，靈堂的大門又怎擋得住他們？又為何定要二郎出來前院走上幾步？」搖頭道：「我不能任由你們放肆！」

金目人顯得有些不耐，揮手說道：「本巫在數年之前，便曾在上商里見過貴府二郎。我若想傷害他，當時老早便已下手了。就是此時此刻，我若想傷害他，諒妳也攔我不住。我好言相求，妳卻執意不肯，倘若逼得我等不得不出手，對妳和貴府二郎都無好處！」

賀秋還在遲疑間，但聽後面一個白衣人說道：「太遲啦，他們剛剛離開靈堂，進內屋去了！」

這時正是沈雁讓王乳娘抱小妹回知秋苑去，並領沈綾來到飛雁居，給他看從父兄身上起出的兵器那時。

一眾白衣人眼見沈家姊弟離開了靈堂，不知去向，都一齊唉聲嘆氣起來，有的哀叫道：「哎喲，今夜到此為止了！」「可惜啊可惜！」「怎地這麼快便進去了？」有的白衣人情緒則轉為憤怒，紛紛叫道：「若非這小女娃推推拖拖，我們早就能見到沈家二郎了！」「都是她從中阻擾！」「我不是說過麼？早早除去了她，可省了多少事！」

賀秋聽他們口口聲聲指責自己，群情激憤，心中暗生驚懼，舉起匕首護在胸前，喝道：「二郎已去歇息了，你們還不快快離去！」

那七個白衣人卻已陷入憤怒的情緒，不可自制，一步步走上前，逼近賀秋。賀秋感到背脊發寒，暗想：「他們若要動強，我絕無勝算，今夜只怕要死在此地！」

她原本生怕驚動沈雁和沈綾等人，不敢出聲呼喚母親，但此時姊弟已入內，她再無顧忌，運起內息，高聲叫道：「阿娘快來！前院有敵！」

白衣人聽她出聲求救，意見再次分歧，有的道：「別將事情鬧大了，咱們快走吧！」有的則道：「沈家真正有本事的武人，也只有她們娘兒倆，有甚麼好怕的？今夜乘機除去了，省得日後麻煩！」另一個道：「大的較難對付，先殺了這小的再說。」「她們多年來保護沈家，沒有功勞，也有苦勞，我等怎能殺害她們？」「我們來此是客，豈可輕易動粗？還是該留下條後路，往後再來拜訪才方便啊。」「依我說，今夜索性撂倒了她們，闖進內室去瞧瞧二郎是正經。」

這七個巫者，倒有七個意見，沒有兩人的意見相同。賀秋聽在耳中，心想：「這些巫者看來並非同夥，想是來自不同背景的巫者，彼此並不熟識。不知他們為何一起來到沈宅？當真如他們所說，就是來看看二郎的麼？」

這時一個聲音嬌嫩的女巫開口了，說道：「總而言之，這女娃老是攔阻咱們，我看了就煩，先除去了這女娃再說！」率先出手，一團青色火焰從她手掌中射出，飛向賀秋的面門。賀秋驚呼一聲，趕緊舉匕首擋開，那團火焰斜飛了出去，落入樹叢，消失不見。其餘六巫見有人出手，也都拋下了顧忌，各施法術，攻向賀秋。

當沈綾來到前院中時，見到的正是這個景象：七個巫者袖手而立，面對著賀秋，看上去彷彿水波不驚，其實正各以凌厲巫術攻擊賀秋。若非其中二巫不願殺傷賀秋，從中阻擾，賀秋早已屍橫就地了。

賀秋略一側頭，最先見到了沈綾的身影。她見那些白衣人尚未發現他，便出聲低喝道：「止步！莫近！」

沈綾看清了形勢，忍不住驚呼道：「秋姊姊！」

他這一聲呼喚，賀秋固然大感驚憂，那七個白衣人也同時震動，眼光一齊向他射來。沈綾見到他們的眼睛在黑暗中閃閃發光，青、赤、金、紫都有，不禁大吃一驚。

這時七個白衣人立即停止對賀秋的攻擊，不約而同地向著沈綾跨近一步。沈綾感到一股凜冽的寒氣撲面而來，全身寒毛倒豎，一時手足無措。

賀秋急叫道：「二郎，快回入室內！」

沈綾卻擔心賀秋的安危，說道：「秋姊姊，妳跟我一起進去！」大步來到賀秋身旁，離那些白衣人不過五尺遠近。白衣人狀若瘋狂，各自發出奇異的吼聲，一齊舉步向沈綾衝來。賀秋連忙舉起匕首在身前畫了一個大弧形，試圖逼退眾巫，但那些巫者毫不懼怕，仍舊繼續搶步上前。

沈綾生怕他們傷害賀秋和自己，又驚又急，一眨眼間見一群人已逼到眼前，就要出手，忍不住閉上眼睛，心中大喊：「停止！」

就在那電光石火的一剎那間，一切全都倏然靜止了。賀秋的身子凝住不動，匕首停在半空之中；那七個白衣人也停頓在當地，有的正往前跨步，一隻腳舉起半尺，懸在半空，竟不落下；有的正轉頭望向身旁之人，頸子似乎卡住了一般，臉面微側，就此靜止。

沈綾呆望了一會兒，確定他們果真毫不動彈，心頭不禁湧起一股驚奇，暗想：「這是怎麼回事？這些人為何都不動了？」

他不暇多想，上前拉住賀秋，半拖半扯地將她拉入靈堂，匆匆關上大門，放下門閂。

沈綾喘了口氣，探頭往窗外望去，但見那七個白衣人仍舊定在當地，如同中了甚麼術法一般，身子僵直，原本精光燦爛、色彩各異的眼睛似乎黯淡了些。就在沈綾的注視之下，那七個人的身影漸漸模糊，好似一團夜霧緩緩飄來，遮掩了他們的白衣；而他們的眼睛也如同燈火慢慢燒盡一般，逐漸黯淡下去，最後終於消失在黑暗中。不多時，庭院中空無一物，那七個人的身影竟完全消失無蹤了。

沈綾心中驚疑不定，暗想：「他們走了麼？」他不敢開門查看，低頭望向賀秋，但見她雙眼緊閉，呼吸平穩，看來似乎昏了過去。

沈綾略略放心，轉頭望向父親和大兄的棺木和靈位，心中動念：「是阿爺和大兄在天之靈保護我麼？」

他怔怔地望著靈堂上幾乎燒盡的白色蠟燭，心跳終於慢下，胸中的倉皇恐懼也逐漸轉為安寧平和。

不久後，賀秋悠悠醒轉過來，睜大了眼，滿面驚恐，彷彿不知道自己身在何處。

沈綾問道：「妳還好麼？」

賀秋臉色蒼白，點了點頭。

沈綾問道：「剛才那些是甚麼人？」

賀秋聲音微弱，說道：「那些……他們應當都是巫者。」

沈綾回想多年前的團圓宴，自己也曾偷看到賀秋扔匕首趕走一個高踞牆頭、疑為巫者之人；大兄現身詢問勘查之後，便進入書房與父親討論此事；他記得那時大兄對阿爺說道，那並非第一回有巫者來家中探視了，二人懷疑可能與盧家有關，或與自己有關。因為巫者是自駙馬府拜壽後才開始出現的，大兄懷疑自己出門時被巫者盯上，想藉由傷害自己以向阿爺報仇云云。

想到此處，他開口問道：「多年前的團圓宴上，妳也曾趕走過一個巫者，是麼？」

賀秋一驚，心想：「他怎會知道？」卻點了點頭。

沈綾微微皺眉，問道：「這些巫者來到家裡，究竟有何意圖？」

賀秋微一遲疑，想要回答：「我不知他們有何意圖。」她雖聽那些巫者自稱是來「觀望沈家二郎」的，但她並不相信，也不認為自己應當將他們的言語轉述給二郎聽，平白令他驚恐擔憂。然而她聽沈綾直言相問，不願說謊隱瞞，於是回答道：「他們方才對我說道：『我們對沈家絕無惡意，來此只為了觀望沈家二郎。』」

沈綾聽了，不禁一呆，回想自己去上商里那回，也有許多身著白衣鳥羽的巫者從四面八方出現，將自己圍在中間，盯著自己瞧，令他驚嚇不已。當時大巫咎曾對他說道：「上商里共有十位巫者，方才全都到齊了。他們都是來看你的。」又說他們不會傷害他；而今夜來此的巫者，竟然也說想來觀望他，也說對沈家並無惡意。

他記起在上商里見過的大巫咎和其他巫者都身著綴著鳥羽的白衣，眼睛都是金色的；方才那七巫之中，似乎也有一個人的眼睛是金色。沈綾心想：「方才那七個白衣人中的金眼人，或許正是那日我在上商里見過的十個巫者之一？」

他回想方才庭園中七巫的高矮形容，大巫咎和小童子彣當然不在其中；而在上商里見過的其餘八名巫者，他只記得他們身穿白衣，袖口綴以五彩鳥羽，眼睛為金色，容貌卻已記不清了。今日來家中的七個巫者都著白衣，樣式各不相同，印象中金眼那人的衣袖上，似乎確實綴有五彩鳥羽。

沈綾心中愈發懷疑：「我和巫者似乎有著甚麼特殊的緣分？上商里的巫者雖向我逼近，但並不曾傷害我；今日來的巫者也是一般，號稱不會傷害我，只是想觀望我。但我究竟有甚麼吸引巫者之處？我可是連一點兒巫術也不懂啊！」

他想之不透，望向賀秋，問道：「妳曾說過，妳阿爺可能是被仇家劫走了。這些巫者，會否與妳阿爺的仇家有關？」

賀秋對此似乎毫無懷疑，立即搖了搖頭。

沈綾想了想，又追問道：「妳阿爺當年是否因失手殺了仇家，才被捕入獄？」

賀秋咬著嘴唇，猶豫一陣，才道：「二郎，這些事情我原本不應該說的，然而事已至此，我還是應當說出來，好讓你知曉。只是你千萬不能告訴主母、大娘或二娘。」

沈綾道：「妳儘管說吧，我不會告訴主母、大姊和小妹的。」

賀秋抬起頭望向他，說道：「我聽我阿爺阿娘說，當年殺人肇禍的……乃是大郎。我阿爺是替他頂罪的。」

沈綾聞言，呆了半晌，才道：「殺人的是……是大兄？他怎會殺人？他殺了誰？」

賀秋問道：「二郎可知道我阿爺當初被控犯了何罪，殺了何人？」

賀大入獄時，沈綾才出生不久，自然不知道當時究竟發生了何事，只聽賀嫂和賀秋說起賀大在城外某地因喝醉酒而誤殺了人，當場就捕，差點被判死刑，父親曾出力相救等情。但賀大當時殺了誰，情勢如何，他自是一無所知，於是搖了搖頭。

賀秋臉色蒼白，說道：「當時大郎只有十歲，阿爺奉主人之命，帶大郎先回洛陽，二人在離洛陽不遠的柏谷塢下榻。那夜忽然有一群人闖入客舍，說是來找主人和大郎尋仇。」

沈綾奇道：「尋仇？阿爺和大兄得罪了甚麼人？」

賀秋嘆了口氣，說道：「二郎，你可知主人和大郎都是武人？」

沈綾點頭道：「我知道他們身負武術。」

賀秋問道：「二郎卻是如何得知？」

沈綾道：「我在南下途中，曾偷見到他們持武器過招，也偷聽到他們談論，得知大兄和阿爺的武術都學自阿翁。」

賀秋點頭道：「不錯，他們將此事瞞得極緊。沈宅中除了我們一家外，更無他人知曉。」

沈綾忍不住道：「但我始終想不明白，阿翁、阿爺和大兄若當真都是武術高明的武人，那他們不但瞞過了外人，連主母、大姊、小妹和喬五也全瞞住了。他們怎能保密到此地步，連家人都全不知情？」

賀秋道：「主母和大娘、二娘確實全不知情。主母出身鮮卑武將之家，人人都知主母擅長弓馬，一說起武藝，眾人的眼光自然都集中在她身上，便不會多留意主人了。主人與她成婚，正是最好的掩護。至於大娘和二娘，她們甚少隨主人和大郎離開洛陽，自然皆被瞞在鼓裡。主人十分謹慎，出門做生意時，會帶上喬五和其他奴僕伙計；但若出門辦的事和武人有關，便只帶上我阿爺一人。」

沈綾甚覺難以置信，又道：「阿爺跟隨阿翁從建康搬來洛陽，自少年起就在鋪頭幫忙打理，他如何有閒暇去學武術？大兄也是，他從小跟在阿爺身邊學做生意，哪裡有工夫學武術？」

賀秋道：「他們想必花了許多額外的工夫苦練，但掩藏得很好，因此其他人都不知道。主人和大郎為何總是出門在外，想必也是為了方便主人傳授武藝給大郎。」

沈綾和大姊沈雁曾談論猜測及此，點了點頭；他又想起多寶閣大兄臥室旁的那間練武密室，卻沒有說出。他想了想，問道：「妳說大兄和妳阿爺在客舍遇到仇家，後來如何了？」

賀秋道：「我聽我阿娘轉述，當時只有我阿爺和大郎在客舍中，他們被敵人引誘到客舍後的荒僻空地之上，和仇家交起手來。對頭總有十多人，個個身負武術，阿爺和大郎以少敵多，勉強殺退了敵人。便在他們走回客舍的路上，忽有一人奔上前來，指著大郎詛咒謾罵。大郎當時年紀小，天色又黑，只道此人也是對頭之一，便揮短戟刺向那人的胸口，不料那人竟毫不抵抗，一刀便被大郎刺死在地。那人死後，他們才發現他並非仇家之一，竟是洛陽城中有頭有面的染料商，是個姓黃的漢人。」

沈綾皺眉道：「這莫非是個陷阱？」

賀秋道：「我阿爺也是如此猜想。總之這姓黃的染料商醉醺醺地從客舍出來，他身邊跟著不少僕從，見到主人被殺，都驚呼叫喊起來，紛紛衝出。我阿爺趕緊讓大郎躲入黑暗的樹林中，自己則留在當場善後。」

沈綾想像當時情景，也不禁滿身冷汗。

賀秋低下頭，說道：「他們自然並未料到會在當地出事，在客舍住下時，用的是真實姓名。那夜住在那客舍中的，只有我阿爺、大郎和那黃姓染料商一夥；我阿爺留在荒地上，立即便被那黃姓染料商的手下捉住了，押回洛陽，送官問罪。主人這時已知道真相，只能央求我阿爺繼續頂罪。我阿爺同意了，於是對官差說人是他殺的，供稱當時兩人都醉酒，到客舍外解手，黑暗中彼此推撞，吵起架來，他失手殺死了對方。」

沈綾神色凝重，說道：「虧得妳阿爺如此忠心，竟願意出頭替主人之子頂罪！」

賀秋搖搖頭，說道：「料想主人也是在無奈之下，才出此下策。他不能讓人知道大郎身負武術，更不能透露他們那回出門究竟是辦甚麼事，只能讓我阿爺頂了罪。我阿爺被官差關進了牢獄，因他坦承殺人，凶器人證具足，很快便定了罪，判處死刑。主人得不斷向官府使賄，拖延行刑，我阿爺才能活到今日。」

沈綾想起團圓宴那夜自己偷聽到父兄對話，父親當時曾對大兄說道：「他往年對我一向忠誠，我怎願做出任何對不起他的事？但我也是身不由己啊！」心中思索：「賀大原來是為了替大兄頂罪，才遭官差逮捕入獄的。這麼說來，我們沈家當真對不起賀大一家！賀嫂和秋姊姊始終對我等忠心耿耿，甚至夜夜在院中守衛，著實不易。如今賀大失蹤，不知卻是去了何處？」

他心中甚感歉疚，說道：「秋姊姊，妳阿爺為了替大兄頂罪而入獄，是我們虧欠於妳一家。只盼妳阿爺平安無事，早日歸來。」

賀秋眼中帶淚，搖頭道：「二郎快別這麼說。我阿爺是自願的，我阿娘也完全支持阿爺這麼做。主人待我們一家恩情深重，曾在我阿娘病重時延醫照料，保全了我們一家三口。我阿爺所為，實不足以報答主人恩德的萬一。」

沈綾想了想，又問道：「然而今夜來家中的那些巫者，又是怎麼回事？」

賀秋抹去眼淚，搖頭道：「我也不知。從約莫四、五年前開始，便有許多術士和巫者一流，不時在半夜來到宅中，大多藏身於圍牆之上偷窺，但從未膽敢進入宅內。我和我阿娘守夜時，偶爾會遇見一、兩個，出面呼喝一聲，叫破他們的行蹤，他們通常便自行離去了。當時主人和大郎都知道此事，卻也猜不出這些人來家中有何意圖。每當我們出面質問，他們便立即消失在黑暗中，行動滑溜迅捷，從來也沒能捉住過任何一個，更無法向他們逼問。後來主人吩咐別理會他們，將他們趕走便是。直到三年之前，他們便不再出現了。今夜是三年來，我第一次見到他們再現身。」

沈綾點了點頭，心中一動：「這三年，不正好是我去了建康的三年麼？」問道：「妳說他們往年並不敢進入宅中，為何這回他們不但進來了，還來到了靈堂之外？」

賀秋臉色蒼白，說道：「我也不知為何。這回他們的膽子突然大了，或許因為他們知道主人和大郎過世，家中沒有武術高強之人，因此才肆無忌憚，登堂入室？」

沈綾沉吟道：「這些術士或巫者倘若不時闖入家中，糾纏不清，又該如何是好？」

賀秋搖搖頭，說道：「婢子真的不知。」又問道：「二郎，他們方才怎地……怎地全都走了？」

沈綾回想方才的情景，說道：「我方才上前去拉妳，想將妳帶入屋中，忽然見到妳和那七個白衣人都定在當地，僵立不動，好似變成了木偶一般。我不知道發生了何事，只能匆匆將妳拉入靈堂之中，關上了門。再後來那七個白衣人便漸漸消失在黑暗中，彷彿……彷彿一場惡夢一般。他們為何突然不動了？為何他們敢於進入大宅庭院，卻不敢追入靈堂？他們若不曾停下，而是追入了靈堂，又將對我等如何？」想到此處，不禁全身一顫。

賀秋當時昏暈過去，此時聽了沈綾的述說，並未親見，自然也不明白方才究竟發生了何事，只道：「他們退去了便好。我去跟阿娘說，明夜開始，我們母女倆須得一起守夜，才能抵禦這些巫者。」

沈綾擔憂道：「如此不會太勞累麼？我是否該跟大姊商量，多請幾位護院來家中守夜？」

賀秋搖頭道：「這等巫者，一般護院是擋不住的。」

沈綾皺眉心想：「護院擋不住，妳們母女二人卻能？」

靈堂中靜了一陣，賀秋望向靈堂上沈拓和沈維的牌位，幽幽地道：「二郎，你既已知道主人和大郎懂得武術，便該明白他們並非尋常富商。他們武術高強，足以防身，南下時在穎水邊遇匪搶劫，竟遭匪殺死，此事絕不單純。我阿爺在獄中聽見的消息，或許有幾分真實，但若無更多證據，畢竟難以為憑。」

沈綾點了點頭，心想：「我是否該去找賀嫂，給她看看大姊藏起的兵刃，問她能否從兵器中看出線索？然而大姊似乎頗有顧忌，還是莫輕舉妄動為上。」

他心頭一片混亂，這幾日忙著安排喪禮，在靈堂守喪，拜謝弔客，早已暈頭轉向，再也難以思考，只說道：「我也這麼認為。我們定須深入調查，尤其須追查胡三和此事的關係。今日他來家中弔唁，說了不少風涼話，令大姊氣憤不已。」

賀秋嘆了口氣，說道：「可嘆我們手中沒有證據，拿他沒有辦法。」

沈綾道：「待我們先將喪事辦完，再慢慢去追查究竟是誰害死了阿爺和大兄。」想起賀秋的父親，問道：「妳阿爺失蹤至今，妳阿娘打算如何？我能幫得上忙麼？」

賀秋道：「我娘擔心得很。她打算出城去尋找我阿爺，打聽一些線索。但是如今發生巫者入宅之事，阿娘自是走不了了。我們得留下保護兩位小娘子和二郎，這是主人託付給我賀家的任務，我們自得繼續負起守夜的責任。」

沈綾道：「然而賀大下落不明，著實令人憂心。請妳告知賀嫂，若她需要任何幫助，儘管告知，我一定盡力辦到。」

賀秋答應道謝了。

沈綾見天色已黑，說道：「秋姊姊，多謝妳了。妳早些去休息吧。」

賀秋神色疲憊地點了點頭，說道：「多謝二郎。」行禮而去。

沈綾望著她的背影，心中思潮起伏，感覺疑點重重，一時無法釐清。回到大兄往年居住的多寶閣，沈綾來到二樓自己的臥室，躺倒在榻上，回想著方才見到的那七個白衣人，一時不知是真是幻，是醒是夢，暗自尋思：「那些人若真是巫者，或許他們確實是衝著我來的。賀秋說他們三年未曾出現，正好是我不在家中的三年。我回家還沒幾日，他們便又出現了。這其中究竟有何原因？或許我該再去上商里尋尋大巫咎，向他請問其中緣由。」

他想著想著，終於沉入夢鄉。

次日沈綾醒來時，見到日頭已高，不禁一驚，匆匆換上孝衣，來到靈堂。大姊沈雁和小妹沈雛已在靈堂上燒著紙錢，沈雁見他遲到，低聲問道：「怎麼啦？昨夜很晚才入睡麼？」

沈綾點點頭，又搖搖頭，說道：「我……我昨夜……」想說出賀秋阻擋七巫闖宅之事，又怕嚇著姊妹，於是改口道：「我昨夜倦得很，一回寢室便睡了。」

沈雁低聲道：「喪禮還有好幾日呢，別太累了。」

沈綾再點點頭，心中琢磨起七巫的行跡和賀秋的言語，生起一絲又一絲細微的疑惑：「賀秋說她阿爺入獄，是為了替大兄頂罪；由於阿爺對他們一家恩情深重，因此賀大是心甘情願的。賀大入獄又失蹤之後，賀嫂和賀秋母女仍舊住在桑園之中；如今阿爺大兄過世後，她們仍舊每夜在庭院守護，驅趕術士巫者。賀家為何對我沈家如此忠心？這其中必有甚麼我尚未明白的因由。」

他又想起團圓宴那夜偷聽到父親和大兄的對話，大兄曾勸父親道：「賀大的事，確實不該再拖下去了。」當時父親沉靜不答，大兄又道：「我明白阿爺一念不忍之心，但留下他，就如同在身邊留著一個隱憂啊！」而父親厲聲喝道：「大郎，此事我自會處理，你不必多言，知道了麼？」

沈綾心中反覆思維父兄這段對話的含意，心中愈發疑惑：「大兄當時到底要勸阿爺做甚麼？阿爺又為何不忍？隱憂，那又是甚麼意思？」

（下冊待續）

國家圖書館出版品預行編目資料

綾羅歌・卷二/鄭丰著. -- 初版. -- 臺北市：奇幻基地出版，城邦文化事業股份有限公司出版：英屬蓋曼群島商家庭傳媒股份有限公司城邦分公司發行, 民111.05
冊；公分

ISBN 978-626-7094-51-8 (卷2：平裝).

863.57　111006503

ISBN　978-626-7094-51-8
Printed in Taiwan.

鄭丰臉書專頁
http://www.facebook.com/zhengfengwuxia

奇幻基地官網及臉書粉絲團
http://www.facebook.com/ffoundation

城邦讀書花園
www.cite.com.tw

綾羅歌・卷二

作　　者／鄭丰
企畫選書人／王雪莉
責任編輯／王雪莉
發　行　人／何飛鵬
總　編　輯／王雪莉
業務經理／李振東
行銷企劃／陳姿億
資深版權專員／許儀盈
版權行政暨數位業務專員／陳玉鈴
法律顧問／元禾法律事務所　王子文律師
出版／奇幻基地出版
城邦文化事業股份有限公司
台北市 104 民生東路二段 141 號 8 樓
電話：(02)25007008　傳真：(02)25027676
網址：www.ffoundation.com.tw
e-mail：ffoundation@cite.com.tw
發行／英屬蓋曼群島商家庭傳媒股份有限公司城邦分公司
台北市 104 民生東路二段 141 號 11 樓
書虫客服服務專線：(02)25007718・(02)25007719
24 小時傳真服務：(02)25170999・(02)25001991
服務時間：週一至週五 09:30-12:00・13:30-17:00
郵撥帳號：19863813　戶名：書虫股份有限公司
讀者服務信箱 E-mail：service@readingclub.com.tw
歡迎光臨城邦讀書花園　網址：www.cite.com.tw
香港發行所／城邦（香港）出版集團有限公司
香港灣仔駱克道 193 號東超商業中心 1 樓
電話：(852) 2508-6231 傳真：(852) 2578-9337
馬新發行所／城邦（馬新）出版集團
【Cite(M)Sdn. Bhd.(458372U)】
11, Jalan 30D/146, Desa Tasik,
Sungai Besi, 57000 Kuala Lumpur, Malaysia.
電話：(603) 90578822　傳真：(603) 90576622

書名題字／董陽孜
封面設計／陳文德
排　　版／邵麗如
印　　刷／高典印刷有限公司
■ 2022 年（民 111）5 月 31 日初版一刷

售價／ 380 元

廣　告　回　函
北區郵政管理登記證
台北廣字第000791號
郵資已付，免貼郵票

104 台北市民生東路二段141號11樓

英屬蓋曼群島商家庭傳媒股份有限公司城邦分公司 收

請沿虛線對摺，謝謝

奇幻基地

每個人都有一本奇幻文學的啓蒙書

奇幻基地粉絲團：http://www.facebook.com/ffoundation

書號：1HO138　　書名：綾羅歌．卷二

請於此處用膠水黏貼

奇幻基地

讀者回函卡

謝謝您購買我們出版的書籍！請費心填寫此回函卡，我們將不定期寄上城邦集團最新的出版訊息。

姓名：________________________ 性別：□男 □女

生日：西元__________年__________月__________日

地址：________________________

聯絡電話：__________傳真：__________

E-mail ：________________________

學歷：□1.小學 □2.國中 □3.高中 □4.大專 □5.研究所以上

職業：□1.學生 □2.軍公教 □3.服務 □4.金融 □5.製造 □6.資訊

□7.傳播 □8.自由業 □9.農漁牧 □10.家管 □11.退休

□12.其他________________________

您從何種方式得知本書消息？

□1.書店 □2.網路 □3.報紙 □4.雜誌 □5.廣播 □6.電視

□7.親友推薦 □8.其他________________________

您通常以何種方式購書？

□1.書店 □2.網路 □3.傳真訂購 □4.郵局劃撥 □5.其他

您購買本書的原因是（單選）

□1.封面吸引人 □2.內容豐富 □3.價格合理

您喜歡以下哪一種類型的書籍？（可複選）

□1.科幻 □2.魔法奇幻 □3.恐怖 □4.偵探推理

□5.實用類型工具書籍

有更多想要分享給
我們的建議或心得嗎？
立即填寫電子回函卡

您是否為奇幻基地網站會員？

□1.是□2.否（若您非奇幻基地會員，歡迎您上網免費加入，可享有奇幻基地網站線上購書75 折，以及不定時優惠活動：http://www.ffoundation.com.tw/）

對我們的建議：________________________

____

____

請於此處用膠水黏貼